COLLECTION
FOLIO BILINGUE

Heinrich von Kleist

Die Marquise von O...
La marquise d'O...

Der Zweikampf
Le duel

Traduit de l'allemand,
préfacé et annoté
par Martin Ziegler

Gallimard

PRÉFACE

L'inconvénient de toute présentation d'une œuvre, de toute présentation d'une « lecture » de celle-ci, aussi circonspecte soit-elle, est de réduire au silence — mais un silence souvent criant — toute autre présentation. Dans un même geste, on tait plus de choses qu'on n'en dit. Le nombre de lectures possibles qu'offre, presque d'emblée, La marquise d'O... *notamment, est tel qu'il serait inconvenant de prétendre en pouvoir dresser même la liste dans l'espace d'une « introduction ». Aussi, il nous paraît moins frustrant, littéralement, moins propre à souligner le défaut, de présenter quelques « procédés » d'écriture de Kleist, permettant au lecteur de trouver, en quelque sorte, ses propres repères de lecture.*

Il est certains détails, mais non moins essentiels, que la lecture même attentive du texte traduit estompe et qu'une première lecture du texte original fait davantage apparaître comme une difficulté — genre labyrinthe — que comme une richesse. Or, peut-être pourrait-on dire, sans céder à la rhétorique, que la richesse du texte de Kleist réside, pour une bonne part, dans cette difficulté semblant souvent fautive et inutile, que la richesse est dans le « mal » que nous avons à lire.

Et point ici, de façon insidieuse, la suggestion d'une certaine lecture au détriment des autres. Nous songeons à ce qui ne relève

pas du sens des mots et des phrases, du récit en tant que tel. Nous songeons à ce qui, quand l'utilisation n'en est pas étrange ou qu'elle ne fait pas défaut, n'est pas considéré en lisant : la ponctuation.

Nous avons essayé de restituer celle-ci telle qu'elle existe dans le texte de Kleist et nonobstant le fait qu'elle enfreint les règles établies. Certes, les règles de ponctuation, tout comme celles de l'orthographe, étaient assez lâches lorsque Kleist, tout au début du XIX*e siècle, écrit ces deux nouvelles, plus lâches, en tout cas, qu'aujourd'hui. Le non-respect n'est cependant pas moins flagrant. Et pas moins sensé et significatif, comme on verra aisément si l'on veut bien se donner le mal de s'attarder un instant à ces signes infimes qui freinent ou accélèrent, suspendent ou font chuter le mouvement des phrases si longues et, en apparence, si tortueuses.*

Kleist, d'une façon similaire à Kafka, traîne une réputation sinon de fou du moins d'excentrique, d'angoissé, d'inhibé. Les documents que nous possédons sur son existence n'étant pas rares, l'amateur ou le professionnel des relations cliniques pourra sans difficulté en dresser le tableau ou essayer de corriger ceux qui ont déjà été faits. Or ces mêmes documents nous apprennent également que Kleist est fort respectueux — semblable, là aussi, à Kafka, son alter ego pour certains exégètes — autant des convenances que des conventions. La phrase longue, relayant la phrase courte sans verbe, parfois sans verbe ni sujet, une ponctuation peu orthodoxe ne nous semblent donc pas révéler quelque humeur réfractaire, au mieux, ou, au pis, quelque difficulté à écrire, mais une volonté de rythmer très étrangement le texte. Oui, les nombreuses variations dans ce mode d'écriture surprennent tant que l'idée que leur fonction est, précisément, de surprendre s'impose. Les multiples mouvements, les arrêts, les suspensions, les accélérations, les abîmes, les changements de

direction font du texte l'égal de la situation qu'il est censé décrire — la marquise et Littegarde face à l'incrédulité de leur entourage : un affrontement. Le texte de Kleist — comme Kleist lui-même — guerroie.

Il guerroie, entre autres, avec l'esprit du lecteur. L'écriture est une armée pour Kleist, ou une arme, fût-ce pour accélérer la mort de l'auteur. Nous y reviendrons.

Or, bien sûr, ce n'est qu'une manière de voir. Une autre conduirait à dire que ces phrases labyrinthiques (quel en est le centre ?) ou dépourvues de leur ossature, constituées donc de vides qui les composent, que ces arrêts et ces suspensions intempestives indiquent un abîme. Un espace vide, où l'écriture, peut-être, s'éclaire de ce qui lui fait défaut. Que le lecteur de Kleist se rapporte aux nombreux deux-points et aux tirets. Loin d'introduire seulement un discours direct ou une nouvelle pensée, les deux-points, souvent, marquent cet instant qui préside à la pensée, bien avant son énonciation. Parfois peut-être présidant à une pensée qui restera mutique, qui ne se montrera pas, comme si celui qui pense avait brusquement changé de direction, comme s'il avait procédé à quelque volte-face invisible pour mieux surgir ailleurs, pour surprendre. Durant toute la lecture et de La marquise d'O... et du Duel, on ne peut se défaire de l'impression que les deux héroïnes en savent plus qu'elles n'en disent. Un soupçon pèse sur elles, un Verdacht : le terme allemand disant bien le travail intense de la pensée. Or, c'est le comte F... qui répondra à la question qui s'étend d'un bout à l'autre du récit, de la première à la dernière phrase : celle de la paternité ou celle, d'un point de vue textuel, du centre autour duquel tout tourne, c'est-à-dire que chacun, étymologiquement, désire trouver... et, comme on le verra plus loin, où chacun trouve son désir, précisément quand ce centre lui révèle que ce désir est ailleurs. Kleist, dès le début, désigne en tant que tel ce centre

vide par l'emploi singulier du tiret (voir La marquise d'O..., *note 2 de la p. 23). Injustifié eu égard aux règles syntaxiques, ce tiret ouvre sur un défaut qui est celui du texte lui-même. Un défaut (défaut, manque de savoir, et de la marquise et du lecteur) qui nourrit le texte, qui lui donne sa vitesse, qui permet également que le désir — et, partant, le plaisir — soit multiple et non un.*

Lorsqu'on va plus en avant dans cette exploration des signes muets qu'est la ponctuation, on peut accéder à un autre territoire de l'écriture de Kleist. Nous avons déjà évoqué très rapidement les deux-points et le tiret. Nous y ajouterons le point d'interrogation à l'endroit d'une phrase affirmative et son absence dans le cas contraire. Deux questions au moins se posent alors. Dans le cas d'un discours direct ou indirect prêté à un protagoniste : le narrateur intervertirait affirmation et négation. Dans le cas d'une phrase du narrateur (Kleist ?), la réponse est plus malaisée si l'on ne veut pas se laisser aller à attribuer l'inversion à quelque esprit. Pour l'instant, nous laisserons de côté que Kleist, ce faisant, efface dans un même geste la frontière entre interrogation et affirmation, entre question et réponse. Nous retiendrons seulement que les places occupées par le narrateur et les protagonistes ne sont pas aussi assurées qu'on pourrait le croire si la ponctuation observait la règle. Il en va de même pour l'emploi de la virgule. Il arrive que Kleist l'omette même pour passer d'un discours direct au discours du narrateur. Ou qu'il omette les guillemets, dans Le duel, *quand « parle » Littegarde, Friedrich ou l'empereur (mais pas les autres personnages).*

Nous savons que cette inversion protagoniste-narrateur — que révèle donc également le signe le plus infime de la ponctuation, la virgule — se trouve jusque dans certains titres : peut-être dans Homburg et Hermannsschlacht pour le H de Heinrich ; peut-être dans Kohlhaas pour le H et le K ; sûrement

dans Käthchen von Heilbronn, nom en miroir. Nous nous garderons toutefois de situer ceci sur le versant de l'identification. En y adjoignant une autre observation, à partir des deux présents récits (bien qu'à un degré plus important dans La marquise d'O... *que dans* Le duel*), nous dirons que l'interchangeabilité est plus large encore que celle que nous a permis de montrer l'emploi singulier de la ponctuation.*

Certains exégètes de Kleist ont indiqué que celui-ci avait eu pour modèle de la scène incestueuse (?) dans La marquise d'O..., *entre la marquise et son père, la 63e lettre de* La Nouvelle Héloïse *de Rousseau. Et d'affirmer, implicitement ou non, que Kleist n'aurait pas — sans pouvoir s'abriter derrière le nom de Rousseau et de Goethe (qui patronne la revue où cette lettre est publiée) — osé écrire une scène aussi « osée ». Soit. Quant à nous, ladite scène nous conduit plutôt à reconsidérer l'incertitude des places qu'occupent les différents protagonistes. C'est « à la main de sa fille » que le gouverneur doit paraître pour dîner, mais il tarde encore, occupé qu'il est à embrasser sa fille à bouche-que-veux-tu sous l'œil ravi de la mère. Ceci précisément à un moment du récit où tous les éléments devant permettre de connaître l'identité du père de l'enfant sont réunis, mais restent sans réponse. Moment donc où, en l'absence d'un père nommable pour l'enfant, le soupçon de la paternité pourrait bien venir peser sur le père même de la marquise.*

On peut s'étonner du ravissement de la colonelle, mère de la marquise. À condition que celle-ci soit incontestablement la mère et non, comme le suggère une expression ambivalente de Kleist, l'alter ego de sa fille. Ainsi, c'est la mère autant que la fille qui rougit à la vue du dos de Leopardo, et c'est encore la mère qui, pour concevoir sa ruse, présente Leopardo comme un père possible. Père possible pour l'enfant ? Ou amant possible pour la mère ?

Pour clore ce petit guide de lecture de La marquise d'O...

et du Duel, *nous attirerons encore l'attention sur une autre particularité — à deux visages.*

Kleist emploie un autre « procédé » pour faire apparaître l'indétermination des lieux, dans tous les sens du terme : lieux en tant que tels (M...), suspendus comme les personnages (F..., G..., etc.), lieux de locution (protagonistes, narrateur ou auteur). Ce procédé — propice à renforcer le mystère, cher à Kleist, mais il nous semble que ce n'est pas là son seul dessein — consiste à ramollir, en quelque sorte, les signifiants. De deux façons : ou bien par l'utilisation d'un même terme dans toutes ses acceptions (voir, notamment, le terme de Zwischenfall : *incident, ce qui, littéralement, tombe entre — entre deux termes ?), si bien que c'est toujours un autre mot qui pourrait judicieusement le remplacer, le premier devenant presque un simple « tenant lieu » ; ou bien par l'utilisation, d'affilée, de deux, voire trois adjectifs si proches dans leur sens qu'ils se renforcent en même temps qu'ils s'annulent, leur caractéristique disparaissant dans la surcharge créée.*

Il ne s'agit pas de faire croire, dans cette introduction donnant quelques indications de lecture, que Kleist manipule la langue, ou certains de ses aspects, à la manière d'un Kafka, d'un Faulkner ou d'un Claude Simon, et qu'il prépare la réflexion de Maurice Blanchot. Tout comme on peut juger l'importance d'une œuvre par le nombre de ses émules, on peut en déclarer la grande valeur en faisant remarquer l'absence de ceux-ci. Si le thème de La marquise d'O... *(une conception à l'insu de la femme, à défaut d'être, à proprement parler, « immaculée ») se retrouve dans toutes les littératures du monde, l'écriture de Kleist possède une forme tout à fait particulière. La transgression certaine des règles — celle-là même qui fait*

qu'une écriture se métamorphose sinon progresse — tient peut-être également au fait qu'il a toujours répugné à Kleist d'écrire des nouvelles. C'est le drame qui lui convient, là où le geste remplace mot et phrase. Nos deux nouvelles fourmillent de gestes, dans tous les sens du terme (jusques et y compris celui de poème épique). À considérer la place qu'occupe l'écriture dans la vie de Kleist (en font partie ses projets de gazetier et ses lettres autant que le théâtre et les récits), on peut comprendre l'écrit même, ici et là, comme un geste. Geste héroïque, peut-être, stratégique à coup sûr.

Dans quel but ? Ou : quelle est exactement la place qu'occupe l'écriture chez Kleist ? Peut-être n'est-ce pas la bonne question encore. Nous savons que Kleist s'est battu sur tous les fronts, au sein même de l'armée prussienne, élément tantôt considéré, tantôt rejeté, soupçonné d'espionnage, d'intelligence avec l'ennemi. Ce jusqu'en 1808, après l'effondrement militaire de la Prusse et la captivité de Kleist à Joux et à Châlons-sur-Marne. Son combat se poursuit sur la scène politique et culturelle. Auprès des femmes, à la recherche de l'âme sœur, il n'a jamais cessé. Certes, la littérature y est un atout, un moyen de séduction. Encore qu'il n'existe pas de grande maison à l'époque où la lecture de La marquise d'O... *soit possible sans provoquer quelque scandale. Ce que Kleist écrit semble ainsi s'adresser à lui-même ou être la place qu'il cherche pour lui-même. Mais cette place fuit à mesure qu'il s'en approche, le mystère, à son propre endroit, l'énigme, s'épaissit toujours plus, comme s'épaissit un brouillard, faisant que l'obscurité est totale au bord de la tombe : Penthésilée, Käthchen von Heilbronn, Kohlhaas, le prince de Homburg. La lumière, elle, est à un pas. Les combats de Kleist visant à gagner quelque clarté à son propre sujet, pour une part importante par le biais de l'écriture, le conduisent à considérer que la mort seule éclairera son mystère.*

La fin est connue : Kleist ne voulait pas mourir seul. Il cherchait l'âme sœur pour un double suicide, garant du « faste de la tombe ». Sans succès pendant longtemps, notamment auprès de sa cousine Marie von Kleist. Réponse favorable, en revanche, en 1811, d'Henriette Vogel avec laquelle il fait de la musique. Se sachant condamnée (probablement par un cancer de l'utérus), aimant Kleist, sans pour autant être une amie intime, elle le suit le 20 novembre de la même année au Wannsee (Berlin) dans une auberge. Ils y dînent avec gaieté, font leur courrier avant de dormir. Le lendemain, ils règlent l'aubergiste, expédient leurs lettres, prennent un autre repas suivi de café, puis se rendent à cinquante mètres de l'auberge sur la rive du lac. Deux coups de feu. Kleist a tiré dans le cœur d'Henriette Vogel avant de se tirer une balle dans la bouche.

Martin Ziegler

Die Marquise von O…

La marquise d'O…

DIE MARQUISE VON O...

(Nach einer wahren Begebenheit, deren Schauplatz vom Norden nach dem Süden verlegt worden [1])

In M..., einer bedeutenden Stadt im oberen Italien, ließ die verwitwete Marquise von O..., eine Dame von vortrefflichem Ruf, und Mutter von mehreren wohlerzogenen Kindern, durch die Zeitungen bekannt machen : daß sie, ohne ihr Wissen, in andre Umstände gekommen sei [2], daß der Vater zu dem Kinde, das sie gebären würde, sich melden solle; und daß sie, aus Familienrücksichten, entschlossen wäre, ihn zu heiraten. Die Dame, die einen so sonderbaren, den Spott der Welt reizenden Schritt, beim Drang unabänderlicher Umstände, mit solcher Sicherheit tat, war die Tochter des Herrn von G..., Kommandanten der Zitadelle bei M... Sie hatte, vor ungefähr drei Jahren, ihren Gemahl, den Marquis von O..., dem sie auf das innigste und zärtlichste zugetan war, auf einer Reise verloren, die er, in Geschäften der Familie, nach Paris gemacht hatte. Auf Frau von G...s, ihrer würdigen Mutter, Wunsch, hatte sie,

LA MARQUISE D'O...

(D'après un événement réel dont le lieu a été transposé du nord au sud[1])

À M..., ville importante du nord de l'Italie, la marquise d'O..., une dame veuve de la meilleure réputation et mère de plusieurs enfants bien élevés, fit connaître par la voie des journaux : que, à son insu, elle s'était trouvée dans une position intéressante[2], que le père devait se présenter pour l'enfant dont elle accoucherait ; et que, par égard pour sa famille, elle était résolue à l'épouser. La dame qui faisait avec une telle assurance une démarche si étrange, provoquant la risée du monde, sous la pression d'une situation inéluctable, était la fille du seigneur de G..., gouverneur de la citadelle près de M... Elle avait perdu, à peu près trois ans auparavant, son époux, le marquis d'O..., pour lequel elle avait l'attachement le plus profond et le plus tendre, dans un voyage qu'il avait fait à Paris pour des affaires de famille. Sur le désir de Mme de G..., sa digne mère, elle avait,

1. D'autres éditions ne comportent pas ce sous-titre. On peut cependant supposer qu'il est le fait de Kleist.

2. Littéralement : se trouver dans d'autres circonstances. Cette expression n'a pas, à l'époque de Kleist, de connotation de plaisanterie.

nach seinem Tode, den Landsitz verlassen, den sie bisher bei V... bewohnt hatte, und war, mit ihren beiden Kindern, in das Kommandantenhaus, zu ihrem Vater, zurückgekehrt. Hier hatte sie die nächsten Jahre mit Kunst, Lektüre, mit Erziehung, und ihrer Eltern Pflege beschäftigt, in der größten Eingezogenheit zugebracht: bis der... Krieg plötzlich die Gegend umher mit den Truppen fast aller Mächte und auch mit russischen erfüllte. Der Obrist von G..., welcher den Platz zu verteidigen Order hatte, forderte seine Gemahlin und seine Tochter auf, sich auf das Landgut, entweder der letzteren, oder seines Sohnes, das bei V... lag, zurückzuziehen. Doch ehe sich die Abschätzung noch, hier der Bedrängnisse, denen man in der Festung, dort der Greuel, denen man auf dem platten Lande ausgesetzt sein konnte, auf der Waage der weiblichen Überlegung entschieden hatte: war die Zitadelle von den russischen Truppen schon berennt, und aufgefordert, sich zu ergeben. Der Obrist erklärte gegen seine Familie, daß er sich nunmehr verhalten würde, als ob sie nicht vorhanden wäre; und antwortete mit Kugeln und Granaten. Der Feind, seinerseits, bombardierte die Zitadelle. Er steckte die Magazine in Brand, eroberte ein Außenwerk, und als der Kommandant, nach einer nochmaligen Aufforderung, mit der Übergabe zauderte, so ordnete er einen nächtlichen Überfall an, und eroberte die Festung mit Sturm.

Eben als die russischen Truppen, unter einem heftigen Haubitzenspiel[1], von außen eindrangen, fing der linke Flügel des Kommandantenhauses Feuer und nötigte die Frauen, ihn zu verlassen.

après sa mort, quitté la résidence qu'elle avait jusqu'alors habitée près de V..., et elle était revenue avec ses deux enfants dans la maison du gouverneur, chez son père. Elle avait passé là les années suivantes à s'occuper d'art, de lecture et d'éducation et à soigner ses parents dans l'isolement le plus grand : jusqu'à ce que, subitement, la guerre de... vînt inonder la région de troupes de presque toutes les puissances, y compris celle de la Russie. Le colonel de G..., qui avait l'ordre de défendre la place, ordonna à sa femme et à sa fille de se retirer soit dans leurs terres soit dans celles de son fils situées près de V... Mais avant d'avoir pu peser les dangers, d'une part, auxquels elles s'exposaient dans la forteresse, et, d'autre part, les horreurs de la guerre en rase campagne : la citadelle était déjà attaquée par les troupes russes et sommée de se rendre. Le colonel signifia à sa famille qu'il se comporterait désormais comme si elle n'était pas là ; et répondit par balles et obus. L'ennemi, de son côté, bombarda la citadelle. Il incendia les magasins, enleva un ouvrage avancé, et, tandis que le gouverneur, après une nouvelle sommation, hésitait à se rendre, il ordonna une attaque nocturne et prit d'assaut la forteresse.

Juste au moment où les troupes russes, sous un violent jeu d'obusier [1], faisaient irruption, l'aile gauche de la maison du gouverneur prit feu, ce qui obligea les femmes à la quitter.

1. Le mot « obus » pourrait venir de *Haubitz*, littéralement : lanceur de pierres, par le tchèque *haufnice*.

Die Obristin, indem sie der Tochter, die mit den Kindern die Treppe hinabfloh, nacheilte, rief, daß man zusammenbleiben, und sich in die unteren Gewölbe flüchten möchte; doch eine Granate, die, eben in diesem Augenblicke, in dem Hause zerplatzte, vollendete die gänzliche Verwirrung in demselben. Die Marquise kam, mit ihren beiden Kindern, auf den Vorplatz des Schlosses, wo die Schüsse schon, im heftigsten Kampf, durch die Nacht blitzten, und sie, besinnungslos, wohin sie sich wenden solle, wieder in das brennende Gebäude zurückjagten. Hier, unglücklicher Weise, begegnete ihr, da sie eben durch die Hintertür entschlüpfen wollte, ein Trupp feindlicher Scharfschützen, der, bei ihrem Anblick, plötzlich still ward, die Gewehre über die Schultern hing, und sie, unter abscheulichen Gebärden, mit sich fortführte. Vergebens rief die Marquise, von der entsetzlichen, sich unter einander selbst bekämpfenden, Rotte bald hier, bald dorthin gezerrt, ihre zitternden, durch die Pforte zurückfliehenden Frauen, zu Hülfe. Man schleppte sie in den hinteren Schloßhof, wo sie eben, unter den schändlichsten Mißhandlungen, zu Boden sinken wollte, als, von dem Zetergeschrei der Dame herbeigerufen, ein russischer Offizier erschien, und die Hunde, die nach solchem Raub lüstern waren, mit wütenden Hieben zerstreute. Der Marquise schien er ein Engel des Himmels zu sein. Er stieß noch dem letzten viehischen Mordknecht, der ihren schlanken Leib umfaßt hielt, mit dem Griff des Degens ins Gesicht, daß er, mit aus dem Mund vorquellendem Blut, zurücktaumelte;

La colonelle, se précipitant à la suite de sa fille qui dévalait l'escalier avec les enfants, leur cria qu'il fallait rester ensemble et se réfugier sous les voûtes souterraines ; mais un obus qui, juste alors, éclata dans la maison, paracheva toute cette confusion. La marquise, avec ses deux enfants, arriva sur l'esplanade du château où les coups de feu d'un combat devenu très violent perçaient la nuit de leurs éclairs et la repoussaient, elle, éperdue, ne sachant plus vers où se tourner, dans le bâtiment en flammes. Là, par malheur, elle tomba, au moment où elle voulait s'échapper par la porte de derrière, sur des tirailleurs ennemis qui, à sa vue, s'arrêtèrent, mirent l'arme à l'épaule et se saisirent d'elle avec des gestes répugnants. C'est en vain que la marquise, tiraillée de côté et d'autre par cette meute qui se battait pour elle, appelait à l'aide ses femmes tremblantes qui s'enfuyaient par la porte. On la traîna dans la cour intérieure du château où elle allait s'effondrer sous les violences les plus odieuses quand survint, attiré par les cris aigus de la dame, un officier russe qui, par de furieux coups dispersa ces chiens qu'un tel rapt avait rendus lubriques. À la marquise, il apparut tel un ange du ciel. Il frappa au visage, avec le pommeau de son épée le dernier assassin bestial qui tenait enlacé son corps svelte, de sorte que, le sang jaillissant de sa bouche, il tomba en arrière en chancelant ;

bot dann der Dame, unter einer verbindlichen, französischen Anrede den Arm, und führte sie, die von allen solchen Auftritten sprachlos [1] war, in den anderen, von der Flamme noch nicht ergriffenen, Flügel des Palastes, wo sie auch völlig bewußtlos niedersank. Hier— [2] traf er, da bald darauf ihre erschrockenen Frauen erschienen, Anstalten, einen Arzt zu rufen; versicherte, indem er sich den Hut aufsetzte, daß sie sich bald erholen würde; und kehrte in den Kampf zurück.

Der Platz war in kurzer Zeit völlig erobert, und der Kommandant, der sich nur noch wehrte, weil man ihm keinen Pardon geben wollte, zog sich eben mit sinkenden Kräften nach dem Portal des Hauses zurück, als der russische Offizier, sehr erhitzt im Gesicht, aus demselben hervortrat, und ihm zurief, sich zu ergeben. Der Kommandant antwortete, daß er auf diese Aufforderung nur gewartet habe, reichte ihm seinen Degen dar, und bat sich die Erlaubnis aus, sich ins Schloß begeben, und nach seiner Familie umsehen zu dürfen. Der russische Offizier, der, nach der Rolle zu urteilen, die er spielte, einer der Anführer des Sturms zu sein schien, gab ihm, unter Begleitung einer Wache, diese Freiheit; setzte sich, mit einiger Eilfertigkeit, an die Spitze eines Detachements, entschied, wo er noch zweifelhaft sein mochte, den Kampf, und bemannte schleunigst die festen Punkte des Forts. Bald darauf kehrte er auf den Waffenplatz zurück, gab Befehl, der Flamme, welche wütend um sich zu greifen anfing, Einhalt zu tun, und leistete selbst hierbei Wunder der Anstrengung, als man seine Befehle nicht mit dem gehörigen Eifer befolgte.

offrit ensuite à la dame son bras en s'adressant courtoisement à elle en français et la conduisit, interdite [1] après toutes ces scènes, dans l'autre aile du palais que la flamme n'avait pas encore gagnée où elle s'effondra sans connaissance aucune. Là — [2] il prit des dispositions, puisque les femmes effrayées ne tardèrent pas à paraître, pour appeler un médecin ; il leur assura, tout en mettant son chapeau, qu'elle se remettrait bientôt ; et retourna au combat.

En peu de temps, la place fut conquise entièrement, et le gouverneur, qui ne se défendait plus que parce qu'on ne voulait pas lui faire quartier, se repliait avec des forces défaillantes vers le portail de la demeure, lorsque l'officier russe, le visage en feu, sortit et lui cria de se rendre. Le gouverneur répondit qu'il n'avait attendu que cette sommation, lui tendit son épée et demanda la permission de regagner le château et de voir ce qu'était devenue sa famille. L'officier russe qui, à en juger par le rôle qu'il jouait, semblait être un des chefs de l'assaut, lui donna cette liberté en le faisant accompagner d'une garde ; il se plaça avec une certaine hâte à la tête d'un détachement, décida du combat là où il pouvait être encore douteux et fit occuper au plus vite les points sûrs du fort. Il revint promptement sur la place d'armes, donna l'ordre d'arrêter la flamme qui se mit à s'étendre rageusement, en réalisant lui-même une prodigieuse activité lorsqu'on n'exécutait pas ses ordres avec le zèle adéquat.

1. Nous avons préféré « interdit », « entre deux dires », à « muet » (*sprachlos*, littéralement : sans parole).

2. Concernant ces étranges tirets nous nous permettons de renvoyer le lecteur à notre introduction.

Bald kletterte er, den Schlauch in der Hand, mitten unter brennenden Giebeln umher, und regierte den Wasserstrahl; bald steckte er, die Naturen der Asiaten mit Schaudern erfüllend, in den Arsenälen, und wälzte Pulverfässer und gefüllte Bomben heraus. Der Kommandant, der inzwischen in das Haus getreten war, geriet auf die Nachricht von dem Unfall, der die Marquise betroffen hatte, in die äußerste Bestürzung. Die Marquise, die sich schon völlig, ohne Beihülfe des Arztes, wie der russische Offizier vorher gesagt hatte, aus ihrer Ohnmacht wieder erholt hatte, und bei der Freude, alle die Ihrigen gesund und wohl zu sehen, nur noch, um die übermäßige Sorge derselben zu beschwichtigen, das Bett hütete, versicherte ihn, daß sie keinen andern Wunsch habe, als aufstehen zu dürfen, um ihrem Retter ihre Dankbarkeit zu bezeugen. Sie wußte schon, daß er der Graf F..., Obristleutenant vom t...n Jägerkorps, und Ritter eines Verdienst- und mehrerer anderen Orden war. Sie bat ihren Vater, ihn inständigst zu ersuchen, daß er die Zitadelle nicht verlasse, ohne sich einen Augenblick im Schloß gezeigt zu haben. Der Kommandant, der das Gefühl seiner Tochter ehrte, kehrte auch ungesäumt in das Fort zurück, und trug ihm, da er unter unaufhörlichen Kriegsanordnungen umherschweifte, und keine bessere Gelegenheit zu finden war, auf den Wällen, wo er eben die zerschossenen Rotten revidierte, den Wunsch seiner gerührten Tochter vor. Der Graf versicherte ihn, daß er nur auf den Augenblick warte, den er seinen Geschäften würde abmüßigen können, um ihr seine Ehrerbietigkeit zu bezeugen.

Tantôt il grimpait, le tuyau à la main, au milieu de pignons en flammes et dirigeait le jet de l'eau ; tantôt il se retrouvait dans les arsenaux, glaçant d'épouvante le cœur des Asiates, et il roulait dehors des tonneaux de poudre et des bombes chargées. Le gouverneur qui, entre-temps, était entré dans la demeure, tomba dans la plus grande consternation en apprenant l'accident dont avait été victime la marquise. La marquise qui s'était déjà complètement remise de son évanouissement sans le secours du médecin, comme l'avait prédit l'officier russe, et qui, toute joyeuse de revoir les siens sains et saufs, gardait le lit uniquement pour apaiser leur inquiétude démesurée, lui assura qu'elle n'avait pas d'autre désir que de pouvoir se lever pour témoigner à son sauveteur sa gratitude. Elle savait déjà qu'il était le comte F..., lieutenant-colonel du corps de chasseurs de T... et chevalier de l'ordre du Mérite et de plusieurs autres ordres. Elle pria son père de lui demander instamment de ne pas quitter la citadelle sans s'être montré un instant au château. Le gouverneur, qui rendait hommage au sentiment de sa fille, retourna sans plus tarder au fort, et alors que celui-ci allait et venait, en donnant sans répit des ordres militaires sur les remparts où il passait en revue les troupes décimées, et qu'il n'y avait pas d'occasion meilleure de le rencontrer, il lui fit part du désir de sa fille émue. Le comte lui assura qu'il n'attendait que l'instant où ses affaires lui laisseraient quelques loisirs pour lui témoigner sa haute considération.

Er wollte noch hören, wie sich die Frau Marquise befinde? als ihn die Rapporte mehrer Offiziere schon wieder in das Gewühl des Krieges zurückrissen. Als der Tag anbrach, erschien der Befehlshaber der russischen Truppen, und besichtigte das Fort. Er bezeugte dem Kommandanten seine Hochachtung, bedauerte, daß das Glück seinen Mut nicht besser unterstützt habe, und gab ihm, auf sein Ehrenwort, die Freiheit, sich hinzubegeben, wohin er wolle. Der Kommandant versicherte ihn seiner Dankbarkeit, und äußerte, wie viel er, an diesem Tage, den Russen überhaupt, und besonders dem jungen Grafen F..., Obristleutenant vom t...n Jägerkorps, schuldig geworden sei. Der General fragte, was vorgefallen sei; und als man ihn von dem frevelhaften Anschlag auf die Tochter desselben unterrichtete, zeigte er sich auf das äußerste entbrüstet. Er rief den Grafen F... bei Namen vor. Nachdem er ihm zuvörderst wegen seines eignen edelmütigen Verhaltens eine kurze Lobrede gehalten hatte, wobei der Graf über das ganze Gesicht rot ward, schloß er, daß er die Schandkerle, die den Namen des Kaisers brandmarkten, niederschießen lassen wolle; und befahl ihm, zu sagen, wer sie seien? Der Graf F... antwortete, in einer verwirrten Rede, daß er nicht im Stande sei, ihre Namen anzugeben, indem es ihm, bei dem schwachen Schimmer der Reverberen im Schloßhof, unmöglich gewesen wäre, ihre Gesichter zu erkennen. Der General, welcher gehört hatte, daß damals schon das Schloß in Flammen stand, wunderte sich darüber; er bemerkte, wie man wohl bekannte Leute in der Nacht an ihren Stimmen erkennen könnte; und gab ihm, da er mit einem verlegenen Gesicht die Achseln zuckte, auf, der Sache auf das allereifrigste und strengste nachzuspüren.

Il voulut encore s'enquérir de l'état de la marquise quand les rapports de plusieurs officiers l'entraînèrent de nouveau dans le tumulte de la guerre. Au lever du jour, arriva le commandant en chef des troupes russes qui inspecta le fort. Il marqua au gouverneur sa grande estime, regretta que la chance n'eût pas mieux secondé son courage et lui accorda, contre sa parole d'honneur, la liberté d'aller où il voudrait. Le gouverneur l'assura de sa gratitude et lui dit combien il se sentait redevable, en cette journée envers les Russes en général et en particulier envers le jeune comte F..., lieutenant-colonel du corps de chasseurs de T... Le général demanda ce qui s'était passé ; et, quand on lui rapporta l'outrageux attentat contre la fille du gouverneur, il montra la plus extrême indignation. Il fit avancer le comte F... en l'appelant par son nom. Après avoir fait brièvement l'éloge de sa noble attitude, ce qui couvrit de rougeur le visage du comte, il conclut qu'il allait donner l'ordre de faire fusiller les infâmes qui avaient flétri le nom de l'empereur ; et il lui ordonna de dire qui ils étaient ? Le comte F... répondit par un discours confus qu'il n'était pas à même de donner leurs noms, puisqu'il lui avait été impossible de reconnaître leurs visages sous la faible lueur des réverbères de la cour du château. Le général, qui avait appris qu'à ce moment le château était déjà en flammes, s'en étonna ; il fit remarquer qu'on pouvait distinguer à leurs voix, la nuit, les gens qu'on connaît bien ; et il le chargea, tout en haussant les épaules d'un air gêné, d'enquêter à ce sujet de la manière la plus zélée et la plus sévère.

In diesem Augenblick berichtete jemand, der sich aus dem hintern Kreise hervordrängte, daß einer von den, durch den Grafen F... verwundeten, Frevlern, da er in dem Korridor niedergesunken, von den Leuten des Kommandanten in ein Behältnis geschleppt worden, und darin noch befindlich sei. Der General ließ diesen hierauf durch eine Wache herbeiführen, ein kurzes Verhör über ihn halten; und die ganze Rotte, nachdem jener sie genannt hatte, fünf an der Zahl zusammen, erschießen. Dies abgemacht, gab der General, nach Zurücklassung einer kleinen Besatzung, Befehl zum allgemeinen Aufbruch der übrigen Truppen; die Offiziere zerstreuten sich eiligst zu ihren Korps; der Graf trat, durch die Verwirrung der Auseinander-Eilenden, zum Kommandanten, und bedauerte, daß er sich der Frau Marquise, unter diesen Umständen, gehorsamst empfehlen müsse: und in weniger, als einer Stunde, war das ganze Fort von Russen wieder leer.

Die Familie dachte nun darauf, wie sie in der Zukunft eine Gelegenheit finden würde, dem Grafen irgend eine Äußerung ihrer Dankbarkeit zu geben; doch wie groß war ihr Schrecken, als sie erfuhr, daß derselbe noch am Tage seines Aufbruchs aus dem Fort, in einem Gefecht mit den feindlichen Truppen, seinen Tod gefunden habe. Der Kurier, der diese Nachricht nach M... brachte, hatte ihn mit eignen Augen, tödlich durch die Brust geschossen, nach P... tragen sehen, wo er, wie man sichere Nachricht hatte, in dem Augenblick, da ihn die Träger von den Schultern nehmen wollten, verblichen war.

À ce moment, quelqu'un qui sortait des derniers rangs du cercle rapporta qu'un des infâmes, blessé par le comte, s'étant affaissé dans le corridor, avait été traîné par les gens du gouverneur dans un réduit et s'y trouvait encore. Le général ordonna à un garde de l'amener, de lui faire subir un rapide interrogatoire ; et de fusiller toute la troupe après que celui-ci eut donné les noms, cinq en tout. Cela fait, le général, laissant sur la place une petite garnison, donna l'ordre de départ au reste des troupes ; les officiers se dispersèrent en toute hâte vers leurs unités ; le comte, dans la confusion de ceux qui couraient en tous sens, s'approcha du gouverneur ; et lui dit ses regrets de devoir dans ces circonstances présenter ses plus respectueux hommages à Mme la marquise : et en moins d'une heure le fort fut complètement évacué par les Russes.

La famille réfléchissait alors à la manière de trouver dans l'avenir une occasion de donner au comte quelque témoignage de sa reconnaissance ; mais quel ne fut pas son effroi lorsqu'elle apprit que, le jour même de son départ du fort, il avait trouvé la mort dans un combat avec des troupes ennemies. Le courrier qui apporta cette nouvelle à M... l'avait vu de ses propres yeux, frappé à mort d'un coup de feu dans la poitrine, transporté à P... où, on le savait avec certitude, il avait expiré à l'instant où les porteurs allaient le descendre de leurs épaules.

Der Kommandant, der sich selbst auf das Posthaus verfügte, und sich nach den näheren Umständen dieses Vorfalls erkundigte, erfuhr noch, daß er auf dem Schlachtfeld, in dem Moment, da ihn der Schuß traf, gerufen habe: »Julietta! Diese Kugel rächt dich!« und nachher seine Lippen auf immer geschlossen hätte. Die Marquise war untröstlich, daß sie die Gelegenheit hatte vorbeigehen lassen, sich zu seinen Füßen zu werfen. Sie machte sich die lebhaftesten Vorwürfe, daß sie ihn, bei seiner, vielleicht aus Bescheidenheit, wie sie meinte, herrührenden Weigerung, im Schlosse zu erscheinen, nicht selbst aufgesucht habe; bedauerte die Unglückliche, ihre Namensschwester, an die er noch im Tode gedacht hatte; bemühte sich vergebens, ihren Aufenthalt zu erforschen, um sie von diesem unglücklichen und rührenden Vorfall zu unterrichten; und mehrere Monden vergingen, ehe sie selbst ihn vergessen konnte.

Die Familie mußte nun das Kommandantenhaus räumen, um dem russischen Befehlshaber darin Platz zu machen. Man überlegte anfangs, ob man sich nicht auf die Güter des Kommandanten begeben sollte, wozu die Marquise einen großen Hang hatte; doch da der Obrist das Landleben nicht liebte, so bezog die Familie ein Haus in der Stadt, und richtete sich dasselbe zu einer immerwährenden Wohnung ein. Alles kehrte nun in die alte Ordnung der Dinge zurück. Die Marquise knüpfte den lange unterbrochenen Unterricht ihrer Kinder wieder an, und suchte, für die Feierstunden, ihre Staffelei und Bücher hervor: als sie sich, sonst die Göttin der Gesundheit selbst, von wiederholten Unpäßlichkeiten befallen fühlte, die sie ganze Wochen lang,

Le gouverneur, qui s'était dépêché lui-même à la maison de poste pour demander de plus amples détails sur cet événement, apprit encore que, sur le champ de bataille, au moment où le coup de feu l'avait frappé, il s'était écrié : « Julietta ! Cette balle te venge ! », et puis avait fermé ses lèvres pour toujours. La marquise était inconsolable d'avoir laissé échapper l'occasion de se jeter à ses pieds. Elle se faisait les plus violents reproches de ne pas avoir été elle-même à sa recherche devant son refus, sans doute inspiré, pensait-elle, par sa modestie, de paraître au château ; elle plaignait l'infortunée, son homonyme, à laquelle il avait pensé encore dans la mort ; elle s'efforça en vain de découvrir son séjour, pour l'informer de ce malheureux et émouvant événement ; et plusieurs lunes passèrent, avant qu'elle-même eût pu l'oublier.

La famille fut alors obligée de vider la demeure du gouverneur pour faire place aux autorités russes. On se demanda d'abord si l'on ne se retirerait pas sur les terres du gouverneur, ce à quoi inclinait beaucoup la marquise ; mais comme le colonel n'aimait pas la vie à la campagne, la famille alla occuper une maison de la ville où elle s'installa pour en faire sa demeure permanente. Ce fut alors le retour à l'ancien état de choses. La marquise reprenait l'instruction longtemps interrompue de ses enfants et revenait à son chevalet et à ses livres aux heures de loisir : lorsqu'elle se sentit, elle, la déesse même de la santé, prise de malaises répétés qui, pendant des semaines entières,

für die Gesellschaft untauglich machten. Sie litt an Übelkeiten, Schwindeln und Ohnmachten, und wußte nicht, was sie aus diesem sonderbaren Zustand machen solle. Eines Morgens, da die Familie beim Tee saß, und der Vater sich, auf einen Augenblick, aus dem Zimmer entfernt hatte, sagte die Marquise, aus einer langen Gedankenlosigkeit [1] erwachend, zu ihrer Mutter : wenn mir eine Frau sagte, daß sie ein Gefühl hätte, ebenso, wie ich jetzt, da ich die Tasse ergriff, so würde ich bei mir denken, daß sie in gesegneten Leibesumständen wäre. Frau von G... sagte, sie verstände sie nicht. Die Marquise erklärte sich noch einmal, daß sie eben jetzt eine Sensation gehabt hätte, wie damals, als sie mit ihrer zweiten Tochter schwanger war. Frau von G... sagte, sie würde vielleicht den Phantasus [2] gebären, und lachte. Morpheus wenigstens, versetzte die Marquise, oder einer der Träume aus seinem Gefolge, würde sein Vater sein; und scherzte gleichfalls. Doch der Obrist kam, das Gespräch ward abgebrochen, und der ganze Gegenstand, da die Marquise sich in einigen Tagen wieder erholte, vergessen.

Bald darauf ward der Familie, eben zu einer Zeit, da sich auch der Forstmeister von G..., des Kommandanten Sohn, in dem Hause eingefunden hatte, der sonderbare Schrecken, durch einen Kammerdiener, der ins Zimmer trat, den Grafen F... anmelden zu hören. Der Graf F...! sagte der Vater und die Tochter zugleich; und das Erstaunen machte alle sprachlos [3].

l'empêchèrent de paraître en société. Elle souffrait de nausées, de vertiges et de faiblesses, et ne savait que faire de cet état étrange. Un matin, alors que la famille était réunie pour le thé et que le père avait quitté la pièce pour un instant, la marquise dit à sa mère, en se réveillant d'une longue torpeur[1] : Si une femme me disait avoir ressenti la même chose que moi à l'instant où j'ai pris ma tasse, je penserais à part moi qu'elle est dans une position bénie. Mme de G... dit qu'elle ne la comprenait pas. La marquise expliqua une nouvelle fois qu'elle venait d'éprouver la même sensation qu'autrefois quand elle était enceinte de sa deuxième fille. Mme de G... lui dit qu'elle accoucherait peut-être de Fantase[2], et rit. Morphée, pour le moins, répliqua la marquise, ou l'un des rêves de son cortège serait le père; et elle plaisanta également. Mais le colonel arriva, la conversation fut interrompue et tout ce propos, la marquise s'étant rétablie en quelques jours, fut oublié.

Peu de temps après, à un moment où le maître des forêts de G..., le fils du gouverneur séjournait lui aussi à la maison, la famille connut l'étrange frayeur de voir un valet de chambre entrer dans la pièce en annonçant le comte F... Le comte F... ! s'écrièrent en même temps le père et sa fille; et l'étonnement les rendait tous interdits[3].

1. Littéralement : absence de pensées.

2. Latinisé, pour « fantaisie », peut-être « fantasme », dans le sens d' « illusion ». Divinité imaginaire et trompeuse, fils de la Nuit et du Songe.

3. Voir note 1 p. 23.

Der Kammer diener versicherte, daß er recht gesehen und gehört habe, und daß der Graf schon im Vorzimmer stehe, und warte. Der Kommandant sprang sogleich selbst auf, ihm zu öffnen, worauf er, schön, wie ein junger Gott, ein wenig bleich im Gesicht, eintrat. Nachdem die Szene unbegreiflicher Verwunderung vorüber war, und der Graf, auf die Anschuldigung der Eltern, daß er ja tot sei, versichert hatte, daß er lebe; wandte er sich, mit vieler Rührung im Gesicht, zur Tochter, und seine erste Frage war gleich, wie sie sich befinde? Die Marquise versicherte, sehr wohl, und wollte nur wissen, wie *er* ins Leben erstanden sei? Doch *er*, auf seinem Gegenstand beharrend, erwiderte: daß sie ihm nicht die Wahrheit sage; auf ihrem Antlitz drücke sich eine seltsame Mattigkeit aus; ihn müsse alles trügen, oder sie sei unpäßlich, und leide. Die Marquise, durch die Herzlichkeit, womit er dies vorbrachte, gut gestimmt, versetzte: nun ja; diese Mattigkeit, wenn er wolle, könne für die Spur einer Kränklichkeit gelten, an welcher sie vor einigen Wochen gelitten hätte; sie fürchte inzwischen nicht, daß diese weiter von Folgen sein würde. Worauf er, mit einer aufflammenden Freude, erwiderte: er auch nicht! und hinzusetzte, ob sie ihn heiraten wolle? Die Marquise wußte nicht, was sie von dieser Aufführung denken solle. Sie sah, über und über rot, ihre Mutter, und diese, mit Verlegenheit, den Sohn und den Vater an; während der Graf vor die Marquise trat, und indem er ihre Hand nahm, als ob er sie küssen wollte, wiederholte: ob sie ihn verstanden hätte? Der Kommandant sagte: ob er nicht Platz nehmen wolle; und setzte ihm, auf eine verbindliche, obschon etwas ernsthafte Art einen Stuhl hin.

Le serviteur assura qu'il avait bien vu et bien entendu et que le comte était déjà dans l'antichambre et attendait. Le gouverneur se leva aussitôt d'un bond pour aller lui ouvrir, ce sur quoi lui, beau, comme un jeune dieu, une légère pâleur au visage, entra. Quand cette scène d'inconcevable ébahissement eut pris fin et que le comte eut assuré, face à l'affirmation des parents, le tenant pour mort, qu'il était bien vivant ; il se tourna vers leur fille, le visage très ému et sa première question fut de savoir comment elle allait. La marquise assura qu'elle allait fort bien et voulut seulement savoir comment il était revenu à la vie. Mais lui, sans céder sur son objet, répondit qu'elle ne lui disait pas la vérité ; son visage exprimait une étrange lassitude ; il eût été bien trompé si elle n'était pas mal à son aise et dolente. La marquise, mise en bonne humeur par la cordialité avec laquelle il disait tout cela, répliqua : en effet, cette lassitude, s'il le voulait, pouvait être la trace d'une maladie dont elle avait souffert quelques semaines auparavant ; mais elle ne craignait aucunement depuis que cela pût avoir d'autres suites. À quoi il répondit avec une joie enflammée : lui non plus ! et demanda alors si elle voulait l'épouser. La marquise ne savait que penser de cette conduite. Rougissant de plus en plus, elle regardait sa mère, et celle-ci, avec gêne, regardait son fils et son mari ; tandis que le comte avançait vers la marquise et, lui prenant la main comme pour la baiser, répétait : si elle l'avait compris ? Le gouverneur demanda s'il ne voulait pas s'asseoir et lui avança un siège d'une façon courtoise bien qu'assez sévère.

Die Obristin sprach: in der Tat, wir werden glauben, daß Sie ein Geist sind, bis Sie uns werden eröffnet haben, wie Sie aus dem Grabe, in welches man Sie zu P... gelegt hatte, erstanden sind. Der Graf setzte sich, indem er die Hand der Dame fahren ließ, nieder, und sagte, daß er, durch die Umstände gezwungen, sich sehr kurz fassen müsse; daß er, tödlich durch die Brust geschossen, nach P... gebracht worden wäre; daß er mehrere Monate daselbst an seinem Leben verzweifelt hätte; daß während dessen die Frau Marquise sein einziger Gedanke gewesen wäre; daß er die Lust und den Schmerz nicht beschreiben könnte, die sich in dieser Vorstellung umarmt hätten; daß er endlich, nach seiner Wiederherstellung, wieder zur Armee gegangen wäre; daß er daselbst die lebhafteste Unruhe empfunden hätte; daß er mehrere Male die Feder ergriffen, um in einem Briefe, an den Herrn Obristen und die Frau Marquise, seinem Herzen Luft zu machen; daß er plötzlich mit Depeschen nach Neapel geschickt worden wäre; daß er nicht wisse, ob er nicht von dort weiter nach Konstantinopel werde abgeordert werden; daß er vielleicht gar nach St. Petersburg werde gehen müssen; daß ihm inzwischen unmöglich wäre, länger zu leben, ohne über eine notwendige Forderung seiner Seele ins Reine zu sein; daß er dem Drang bei seiner Durchreise durch M..., einige Schritte zu diesem Zweck zu tun, nicht habe widerstehen können; kurz, daß er den Wunsch hege, mit der Hand der Frau Marquise beglückt zu werden, und daß er auf das ehrfurchtsvollste, inständigste und dringendste Bitte, sich ihm hierüber gütig zu erklären. —

La colonelle dit : en effet, nous allons croire que vous êtes un esprit, jusqu'à ce que vous nous ayez révélé comment vous êtes sorti de la tombe où l'on vous avait couché à P... Le comte s'assit, lâchant la main de la marquise, et dit que les circonstances lui commandaient d'être bref; que, blessé à mort à la poitrine, il avait été transporté à P... ; là, pendant plusieurs mois, il avait douté de pouvoir vivre; que pendant tout ce temps madame la marquise avait été son unique pensée; qu'il ne pouvait décrire le plaisir et la douleur qui dans son image s'étaient mêlés; qu'après son rétablissement il était enfin revenu à l'armée; qu'il y avait ressenti l'agitation la plus grande; qu'il avait maintes fois pris la plume pour ouvrir son cœur à monsieur le colonel et à madame la marquise; qu'il avait subitement été envoyé à Naples avec des dépêches; qu'il ne savait pas si, de là, on ne lui donnerait pas l'ordre de partir pour Constantinople; que peut-être même il devrait aller jusqu'à Saint-Pétersbourg; qu'il lui serait alors impossible de vivre plus longtemps sans être au clair avec une exigence nécessaire de son âme; que, passant à M..., il n'avait pu résister à faire quelque démarche dans ce dessein; bref, qu'il avait le secret désir d'avoir le bonheur d'obtenir la main de la marquise, et qu'il lui adressait la plus respectueuse, la plus instante et la plus pressante prière de bien vouloir se prononcer favorablement. —

Der Kommandant, nach einer langen Pause, erwiderte: daß ihm dieser Antrag zwar, wenn er, wie er nicht zweifle, ernsthaft gemeint sei, sehr schmeichelhaft wäre. Bei dem Tode ihres Gemahls, des Marquis von O..., hätte sich seine Tochter aber entschlossen, in keine zweite Vermählung einzugehen. Da ihr jedoch kürzlich von ihm eine so große Verbindlichkeit auferlegt worden sei: so wäre es nicht unmöglich, daß ihr Entschluß dadurch, seinen Wünschen gemäß, eine Abänderung erleide; er bitte sich inzwischen die Erlaubnis für sie aus, darüber im Stillen während einiger Zeit nachdenken zu dürfen. Der Graf versicherte, daß diese gütige Erklärung zwar alle seine Hoffnungen befriedige; daß sie ihn, unter anderen Umständen, auch völlig beglücken würde; daß er die ganze Unschicklichkeit fühle, sich mit derselben nicht zu beruhigen: daß dringende Verhältnisse jedoch, über welche er sich näher auszulassen nicht im Stande sei, ihm eine bestimmtere Erklärung äußerst wünschenswert machten; daß die Pferde, die ihn nach Neapel tragen sollten, vor seinem Wagen stünden; und daß er inständigst bitte, wenn irgend etwas in diesem Hause günstig für ihn spreche, — wobei er die Marquise ansah — ihn nicht, ohne eine gütige Äußerung darüber, abreisen zu lassen. Der Obrist, durch diese Aufführung ein wenig betreten, antwortete, daß die Dankbarkeit, die die Marquise für ihn empfände, ihn zwar zu großen Voraussetzungen berechtige: doch nicht zu so großen; sie werde bei einem Schritte, bei welchem es das Glück ihres Lebens gelte, nicht ohne die gehörige Klugheit verfahren.

Le gouverneur, après un long silence, répondit : que cette demande, pour autant qu'elle fût sérieuse, et il n'en doutait pas, était certes très flatteuse. Cependant, à la mort de son époux, le marquis d'O..., sa fille avait pris la décision de ne pas s'engager dans un second mariage. Mais puisqu'elle avait récemment contracté envers le comte une si grande obligation : il ne serait pas impossible que sa résolution ne vînt à subir un changement conforme à ses vœux ; il le priait cependant en son nom de lui accorder un certain délai pour y réfléchir dans le calme. Le comte assura que ces bienveillantes déclarations satisfaisaient certes à tous ses espoirs ; qu'en d'autres circonstances elles l'auraient comblé de bonheur ; qu'il sentait tout ce qu'il y avait d'inconvenant à ne pas y trouver son apaisement : mais que des circonstances pressantes, dont il n'était pas en mesure de s'expliquer plus en détail, rendaient souhaitable une déclaration plus ferme ; que les chevaux qui devaient l'amener à Naples étaient déjà attelés ; et son instante prière était que si, dans la maison, quelque chose parlait en sa faveur — ce disant il regardait la marquise —, on ne le laissât point se mettre en route sans une remarque favorable. Le colonel, un peu embarrassé par cette conduite, répondit que la reconnaissance qu'éprouvait pour lui la marquise l'autorisait, certes, à d'importantes anticipations, mais certes pas de telle ampleur ; devant une démarche où il y allait du bonheur de sa vie, elle ne pouvait procéder sans la réflexion requise.

Es wäre unerlaßlich, daß seiner Tochter, bevor sie sich erkläre, das Glück seiner näheren Bekanntschaft würde. Er lade ihn ein, nach Vollendung seiner Geschäftsreise, nach M... zurückzukehren, und auf einige Zeit der Gast seines Hauses zu sein. Wenn alsdann die Frau Marquise hoffen könne, durch ihn glücklich zu werden, so werde auch er, eher aber nicht, mit Freuden vernehmen, daß sie ihm eine bestimmte Antwort gegeben habe. Der Graf äußerte, indem ihm eine Röte ins Gesicht stieg, daß er seinen ungeduldigen Wünschen, während seiner ganzen Reise, dies Schicksal vorausgesagt habe; daß er sich inzwischen dadurch in die äußerste Bekümmernis gestürzt sehe; daß ihm, bei der ungünstigen Rolle, die er eben jetzt zu spielen gezwungen sei, eine nähere Bekanntschaft nicht anders als vorteilhaft sein könne; daß er für seinen Ruf, wenn anders diese zweideutigste aller Eigenschaften in Erwägung gezogen werden solle, einstehen zu dürfen glaube; daß die einzige nichtswürdige Handlung, die er in seinem Leben begangen hätte, der Welt unbekannt, und er schon im Begriff sei, sie wieder gut zu machen; daß er, mit einem Wort, ein ehrlicher Mann sei, und die Versicherung anzunehmen bitte, daß diese Versicherung wahrhaftig sei. — Der Kommandant erwiderte, indem er ein wenig, obschon ohne Ironie, lächelte, daß er alle diese Äußerungen unterschreibe. Noch hätte er keines jungen Mannes Bekanntschaft gemacht, der, in so kurzer Zeit, so viele vortreffliche Eigenschaften des Charakters entwickelt hätte.

Il était indispensable qu'avant de se déclarer, sa fille eût le bonheur de le connaître plus amplement. Il l'invita à revenir, après avoir accompli son voyage d'affaires, à M... et à être quelque temps l'hôte de la maison. Si alors la marquise pouvait espérer trouver son bonheur avec lui, il serait, lui aussi, mais pas avant, heureux d'apprendre qu'elle lui aurait rendu une réponse précise. Le comte remarqua, tandis que son visage rougissait fortement, qu'il avait prévu ce destin pour ses vœux impatients pendant tout son voyage ; que désormais il se voyait plongé dans le plus profond chagrin ; qu'étant donné le rôle ingrat qu'il se trouvait réduit à jouer dans le présent, être mieux connu ne pouvait être qu'un avantage ; que, quant à sa réputation, s'il fallait toutefois prendre en considération la plus équivoque des qualités, il croyait pouvoir s'en porter garant ; que l'unique action indigne qu'il eût commise dans sa vie était inconnue du monde, et qu'il était sur le point de la réparer ; qu'il était, en un mot, un homme honnête et qu'il priait qu'on acceptât comme la vérité l'assurance qu'il en donnait. — Le gouverneur repartit avec un léger sourire, bien que sans ironie, qu'il souscrivait à toutes ces déclarations. Jamais encore il n'avait fait la connaissance d'un jeune homme qui, en si peu de temps, eût fait preuve d'autant d'excellentes qualités de caractère.

Er glaube fast, daß eine kurze Bedenkzeit die Unschlüssigkeit, die noch obwalte, heben würde; bevor er jedoch Rücksprache genommen hätte, mit seiner sowohl, als des Herrn Grafen Familie, könne keine andere Erklärung, als die gegebene, erfolgen. Hierauf äußerte der Graf, daß er ohne Eltern und frei sei. Sein Onkel sei der General K..., für dessen Einwilligung er stehe. Er setzte hinzu, daß er Herr eines ansehnlichen Vermögens wäre, und sich würde entschließen können, Italien zu seinem Vaterlande zu machen. — Der Kommandant machte ihm eine verbindliche Verbeugung, erklärte seinen Willen noch einmal; und bat ihn, bis nach vollendeter Reise, von dieser Sache abzubrechen. Der Graf, nach einer kurzen Pause, in welcher er alle Merkmale der größten Unruhe gegeben hatte, sagte, indem er sich zur Mutter wandte, daß er sein Äußerstes getan hätte, um dieser Geschäftsreise auszuweichen; daß die Schritte, die er deshalb beim General en Chef, und dem General K..., seinem Onkel, gewagt hätte, die entscheidendsten gewesen wären, die sich hätten tun lassen; daß man aber geglaubt hätte, ihn dadurch aus einer Schwermut aufzurütteln, die ihm von seiner Krankheit noch zurückgeblieben wäre; und daß er sich jetzt völlig dadurch ins Elend gestürzt sehe. — Die Familie wußte nicht, was sie zu dieser Äußerung sagen sollte. Der Graf fuhr fort, indem er sich die Stirn rieb, daß wenn irgend Hoffnung wäre, dem Ziele seiner Wünsche dadurch näher zu kommen, er seine Reise auf einen Tag, auch wohl noch etwas darüber, aussetzen würde, um es zu versuchen. — Hierbei sah er, nach der Reihe, den Kommandanten, die Marquise und die Mutter an.

Il était près de croire qu'un temps limité de réflexion dissiperait l'irrésolution qui régnait encore ; cependant, avant d'en avoir conféré tant avec les siens qu'avec la famille du comte, il ne pouvait lui faire aucune autre explication que celle qu'il avait donnée. Le comte répliqua qu'il était sans parents et libre. Son oncle était le général K... et il se portait garant de son approbation. Il ajouta qu'il possédait une fortune respectable et qu'il pourrait se décider à faire de l'Italie sa patrie. Le gouverneur s'inclina courtoisement, lui exprima de nouveau sa volonté ; et le pria de laisser ce sujet jusqu'à la fin de son voyage. Le comte, après un court silence où il avait donné toutes les marques de la plus grande inquiétude, dit, en se tournant vers la mère, qu'il avait tout fait pour éviter ce voyage d'affaires : que les démarches qu'il avait osé entreprendre auprès du général en chef et du général K..., son oncle, étaient les plus déterminées qui se pussent faire ; mais qu'on avait pensé que cela le réveillerait d'une mélancolie que sa maladie avait laissée derrière elle ; et qu'il se voyait donc sombrer maintenant dans la détresse. — La famille ne savait que répondre à une telle déclaration. Le comte poursuivit, en passant la main sur son front, que, s'il restait quelque espoir d'approcher ainsi du but de ses vœux, il remettrait son voyage d'un jour et sans doute d'un peu plus pour s'y essayer. — Ce disant, il regardait tour à tour le gouverneur, la marquise et sa mère.

Der Kommandant blickte mißvergnügt vor sich nieder, und antwortete ihm nicht. Die Obristin sagte: gehn Sie, gehn Sie, Herr Graf; reisen Sie nach Neapel; schenken Sie uns, wenn Sie wiederkehren, auf einige Zeit das Glück Ihrer Gegenwart; so wird sich das Übrige finden. — Der Graf saß einen Augenblick, und schien zu suchen, was er zu tun habe. Drauf, indem er sich erhob, und seinen Stuhl wegsetzte: da er die Hoffnungen, sprach er, mit denen er in dies Haus getreten sei, als übereilt erkennen müsse, und die Familie, wie er nicht mißbillige, auf eine nähere Bekanntschaft bestehe: so werde er seine Depeschen, zu einer anderweitigen Expedition, nach Z..., in das Hauptquartier, zurückschicken, und das gütige Anerbieten, der Gast dieses Hauses zu sein, auf einige Wochen annehmen. Worauf er noch, den Stuhl in der Hand, an der Wand stehend, einen Augenblick verharrte, und den Kommandanten ansah. Der Kommandant versetzte, daß es ihm äußerst leid tun würde, wenn die Leidenschaft, die er zu seiner Tochter gefaßt zu haben scheine, ihm Unannehmlichkeiten von der ernsthaftesten Art zuzöge: daß er indessen wissen müsse, was er zu tun und zu lassen habe, die Depeschen abschicken, und die für ihn bestimmten Zimmer beziehen möchte. Man sah ihn bei diesen Worten sich entfärben, der Mutter ehrerbietig die Hand küssen, sich gegen die Übrigen verneigen und sich entfernen.

Als er das Zimmer verlassen hatte, wußte die Familie nicht, was sie aus dieser Erscheinung machen solle. Die Mutter sagte, es wäre wohl nicht möglich, daß er Depeschen, mit denen er nach Neapel ginge, nach Z... zurückschicken wolle, bloß, weil es ihm nicht gelungen wäre,

Le gouverneur baissait les yeux d'un air mécontent et ne répondait pas. La colonelle dit : partez, partez, monsieur le comte ; faites votre voyage à Naples ; et faites-nous le plaisir, à votre retour, de votre présence quelque temps : ainsi le reste se fera. — Le comte resta un instant assis, paraissant chercher ce qu'il devait faire. Puis se levant, et écartant son siège : comme il devait reconnaître que les espérances, dit-il, avec lesquelles il était entré dans la maison étaient prématurées, et qu'il ne désapprouvait pas la famille de persister à vouloir faire plus amplement connaissance : aussi allait-il renvoyer ses dépêches à Z..., au quartier général, pour une autre expédition, et il acceptait pour quelques semaines l'offre aimable d'être l'hôte de la maison. Là-dessus, la main posée sur la chaise, debout contre le mur, il resta immobile un instant en regardant le gouverneur. Le commandant répliqua qu'il lui serait extrêmement pénible de voir que la passion qu'il semblait avoir développée pour sa fille lui attirât les désagréments les plus sérieux ; que cependant il savait ce qu'il devait faire ou ne pas faire, renvoyer les dépêches et occuper l'appartement qu'on lui réservait. À ces mots, on le vit devenir exsangue, baiser respectueusement la main de la mère, s'incliner devant les autres personnes et s'éloigner.

Quand il eut quitté la pièce, la famille ne sut que penser d'un pareil comportement. La mère dit qu'il ne pouvait se faire qu'il renvoyât à Z... les dépêches avec lesquelles il devait aller à Naples uniquement parce qu'il n'avait pas réussi,

auf seiner Durchreise durch M..., in einer fünf Minuten langen Unterredung, von einer ihm ganz unbekannten Dame ein Jawort zu erhalten. Der Forstmeister äußerte, daß eine so leichtsinnige Tat ja mit nichts Geringerem, als Festungsarrest, bestraft werden würde! Und Kassation obenein, setzte der Kommandant hinzu. Es habe aber damit keine Gefahr, fuhr er fort. Es sei ein bloßer Schreckschuß beim Sturm; er werde sich wohl noch, ehe er die Depeschen abgeschickt, wieder besinnen. Die Mutter, als sie von dieser Gefahr unterrichtet ward, äußerte die lebhafteste Besorgnis, daß er sie abschicken werde. Sein heftiger, auf einen Punkt hintreibender Wille, meinte sie, scheine ihr grade einer solchen Tat fähig. Sie bat den Forstmeister auf das dringendste, ihm sogleich nachzugehen, und ihn von einer so unglückdrohenden Handlung abzuhalten. Der Forstmeister erwiderte, daß ein solcher Schritt gerade das Gegenteil bewirken, und ihn nur in der Hoffnung, durch seine Kriegslist zu siegen, bestärken würde. Die Marquise war derselben Meinung, obschon sie versicherte, daß ohne ihn die Absendung der Depeschen unfehlbar erfolgen würde, indem er lieber werde unglücklich werden, als sich eine Blöße geben wollen. Alle kamen darin überein, daß sein Betragen sehr sonderbar sei, und daß er Damenherzen durch Anlauf, wie Festungen, zu erobern gewohnt scheine. In diesem Augenblick bemerkte der Kommandant den angespannten Wagen des Grafen vor seiner Tür. Er rief die Familie ans Fenster, und fragte einen eben eintretenden Bedienten, erstaunt, ob der Graf noch im Hause sei? Der Bediente antwortete, daß er unten, in der Domestikenstube,

en passant par M..., à obtenir un oui, au terme d'un entretien de cinq minutes, d'une dame totalement inconnue de lui. Le maître des forêts observa qu'un acte d'une telle légèreté n'exposait à rien de moins qu'aux arrêts de forteresse ! Avec la cassation par dessus, ajouta le gouverneur. Il n'y a toutefois aucun danger, poursuivit-il. Ce n'était qu'un coup parti en l'air lors de l'assaut ; avant de renvoyer ses dépêches, il retrouverait bien son bon sens. La mère marqua la plus vive appréhension en apprenant les risques qu'il courait à les renvoyer. Son grand désir ne poursuivant qu'un seul but, estima-t-elle, lui paraissait justement capable d'une telle action. Avec la plus grande insistance, elle pria le maître des forêts de le suivre sur-le-champ et d'empêcher une action aussi néfaste. Le maître des forêts répondit que cette démarche produirait justement l'effet contraire, et ne ferait que le fortifier dans l'espoir de vaincre par cette ruse de guerre. La marquise fut du même avis, mais elle assura que même sans elle, les dépêches seraient de toute façon envoyées, car il préférait certainement être malheureux que se démentir. Tous s'accordaient à trouver très étrange son comportement, et cette façon apparemment habituelle d'emporter le cœur des dames comme des forteresses. À ce moment, le gouverneur aperçut devant sa porte la voiture attelée du comte. Il appela sa famille à la fenêtre et, surpris, il demanda à un domestique qui entrait justement si le comte était toujours dans la maison ? Le domestique répondit qu'il était en bas, dans l'office,

in Gesellschaft eines Adjutanten, Briefe schreibe und Pakete versiegle. Der Kommandant, der seine Bestürzung unterdrückte, eilte mit dem Forstmeister hinunter, und fragte den Grafen, da er ihn auf dazu nicht schicklichen Tischen seine Geschäfte betreiben sah, ob er nicht in seine Zimmer treten wolle? Und ob er sonst irgend etwas befehle? Der Graf erwiderte, indem er mit Eilfertigkeit fortschrieb, daß er untertänigst danke, und daß sein Geschäft abgemacht sei; fragte noch, indem er den Brief zusiegelte, nach der Uhr; und wünschte dem Adjutanten, nachdem er ihm das ganze Portefeuille übergeben hatte, eine glückliche Reise. Der Kommandant, der seinen Augen nicht traute, sagte, indem der Adjutant zum Hause hinausging: Herr Graf, wenn Sie nicht sehr wichtige Gründe haben — Entscheidende! fiel ihm der Graf ins Wort; begleitete den Adjutanten zum Wagen, und öffnete ihm die Tür. In diesem Fall würde ich wenigstens, fuhr der Kommandant fort, die Depeschen — Es ist nicht möglich, antwortete der Graf, indem er den Adjutanten in den Sitz hob. Die Depeschen gelten nichts in Neapel ohne mich. Ich habe auch daran gedacht. Fahr zu! — Und die Briefe Ihres Herrn Onkels? rief der Adjutant, sich aus der Tür hervorbeugend. Treffen mich, erwiderte der Graf, in M... Fahr zu, sagte der Adjutant, und rollte mit dem Wagen dahin.

Hierauf fragte der Graf F..., indem er sich zum Kommandanten wandte, ob er ihm gefälligst sein Zimmer anweisen lassen wolle? Er würde gleich selbst die Ehre haben, antwortete der verwirrte Obrist; rief seinen und des Grafen Leuten, das Gepäck desselben aufzunehmen:

en compagnie d'un officier d'ordonnance à écrire des lettres et à sceller des paquets. Le gouverneur, refoulant son trouble, descendit en hâte avec le maître des forêts et demanda au comte, en le voyant faire ce travail sur des tables qui n'étaient pas faites pour cela s'il ne voulait pas regagner son appartement? et s'il n'avait point par ailleurs quelques ordres à donner? Le comte, tout en continuant d'écrire activement, répondit qu'il le remerciait très humblement et que son travail était achevé; en fermant la lettre d'un cachet, il demanda l'heure, et souhaita bon voyage à l'officier d'ordonnance après lui avoir remis tout le portefeuille. Le gouverneur, qui n'en croyait pas ses yeux, dit, tandis que l'officier sortait de la maison : Monsieur le comte, si vous n'avez pas de raisons extrêmement importantes — Décisives ! l'interrompit le comte ; accompagnant l'officier jusqu'à sa voiture et lui ouvrant la portière. Dans ce cas, poursuivit le gouverneur, les dépêches — Ce n'est pas possible, répondit le comte, en aidant l'officier à prendre place ; les dépêches sont sans valeur sans moi à Naples. J'y ai pensé aussi. En route ! — Et les lettres de monsieur votre oncle? cria l'officier, se penchant à la portière. Elles me trouveront, répliqua le comte, à M... En route, dit l'officier d'ordonnance, et la voiture s'éloigna.

Là-dessus, le comte F..., se retournant vers le gouverneur, lui demanda s'il voulait bien lui faire l'amabilité d'indiquer sa chambre? J'aurai moi-même tout de suite cet honneur, répondit le gouverneur, déconcerté ; fit prendre les bagages par ses gens et par ceux du comte,

und führte ihn in die für fremden Besuch bestimmten Gemächer des Hauses, wo er sich ihm mit einem trocknen Gesicht empfahl. Der Graf kleidete sich um; verließ das Haus, um sich bei dem Gouverneur des Platzes zu melden, und für den ganzen weiteren Rest des Tages im Hause unsichtbar, kehrte er erst kurz vor der Abendtafel dahin zurück.

Inzwischen war die Familie in der lebhaftesten Unruhe. Der Forstmeister erzählte, wie bestimmt, auf einige Vorstellungen des Kommandanten, des Grafen Antworten ausgefallen wären; meinte, daß sein Verhalten einem völlig überlegten Schritt ähnlich sehe; und fragte, in aller Welt, nach den Ursachen einer so auf Kurierpferden gehenden Bewerbung. Der Kommandant sagte, daß er von der Sache nichts verstehe, und forderte die Familie auf, davon weiter nicht in seiner Gegenwart zu sprechen. Die Mutter sah alle Augenblicke aus dem Fenster, ob er nicht kommen, seine leichtsinnige Tat bereuen, und wieder gut machen werde. Endlich, da es finster ward, setzte sie sich zur Marquise nieder, welche, mit vieler Emsigkeit, an einem Tisch arbeitete, und das Gespräch zu vermeiden schien. Sie fragte sie halblaut, während der Vater auf und niederging, ob sie begreife, was aus dieser Sache werden solle? Die Marquise antwortete, mit einem schüchtern nach dem Kommandanten gewandten Blick: wenn der Vater bewirkt hätte, daß er nach Neapel gereist wäre, so wäre alles gut. Nach Neapel! rief der Kommandant, der dies gehört hatte. Sollt ich den Priester holen lassen? Oder hätt ich ihn schließen lassen und arretieren, und mit Bewachung nach Neapel schicken sollen? — Nein, antwortete die Marquise,

et le conduisit dans les appartements réservés aux hôtes où il prit sèchement congé de lui. Le comte se changea ; quitta la maison pour aller se présenter au gouverneur de la place, et invisible pendant tout le reste de la journée dans la maison, il n'y revint qu'un peu avant le dîner.

Pendant ce temps la famille était demeurée dans la plus vive agitation. Le maître des forêts rapporta combien avaient été déterminées les réponses du comte à certaines observations du commandant ; il estimait que son attitude avait toutes les apparences d'une démarche réfléchie ; et demandait quelles raisons y avait-il au monde à faire ainsi une demande au grand galop ? Le gouverneur déclara n'y rien comprendre et invita la famille à n'en plus parler désormais en sa présence. La mère regardait à chaque instant par la fenêtre, se demandant s'il n'allait pas revenir, regretter sa légèreté et la réparer. Enfin, dans l'obscurité qui tombait, elle s'assit auprès de la marquise qui, très absorbée dans son travail à une table, semblait fuir la conversation. Elle lui demanda à mi-voix, tandis que le père marchait de long en large, si elle avait une idée de ce qui allait s'ensuivre ? La marquise répondit, jetant un regard timide sur le gouverneur : que si son père avait réussi à le faire partir pour Naples, tout eût été pour le mieux. Pour Naples ! s'écria le gouverneur, qui avait entendu. Fallait-il faire chercher le prêtre ? Ou bien aurais-je dû le faire arrêter, enfermer, puis expédier à Naples sous escorte ? — Non, répondit la marquise,

aber lebhafte und eindringliche Vorstellungen tun ihre Wirkung; und sah, ein wenig unwillig, wieder auf ihre Arbeit nieder. — Endlich gegen die Nacht erschien der Graf. Man erwartete nur, nach den ersten Höflichkeitsbezeugungen, daß dieser Gegenstand zur Sprache kommen würde, um ihn mit vereinter Kraft zu bestürmen, den Schritt, den er gewagt hatte, wenn es noch möglich sei, wieder zurückzunehmen. Doch vergebens, während der ganzen Abendtafel, erharrte man diesen Augenblick. Geflissentlich alles, was darauf führen konnte, vermeidend, unterhielt er den Kommandanten vom Kriege, und den Forstmeister von der Jagd. Als er des Gefechts bei P..., in welchem er verwundet worden war, erwähnte, verwickelte ihn die Mutter bei der Geschichte seiner Krankheit, fragte ihn, wie es ihm an diesem kleinen Orte ergangen sei, und ob er die gehörigen Bequemlichkeiten gefunden hätte. Hierauf erzählte er mehrere, durch seine Leidenschaft zur Marquise interessanten, Züge: wie sie beständig, während seiner Krankheit, an seinem Bette gesessen hätte; wie er die Vorstellung von ihr, in der Hitze des Wundfiebers, immer mit der Vorstellung eines Schwans verwechselt hätte, den er, als Knabe, auf seines Onkels Gütern gesehen; daß ihm besonders eine Erinnerung rührend gewesen wäre, da er diesen Schwan einst mit Kot [1] beworfen, worauf dieser still untergetaucht, und rein [2] aus der Flut wieder emporgekommen sei; daß sie immer auf feurigen Fluten umhergeschwommen wäre, und er Thinka gerufen hätte, welches der Name jenes Schwans gewesen, daß er aber nicht im Stande gewesen wäre,

mais de vives et pressantes représentations produisent leur effet ; et d'un air quelque peu fâché elle baissa les yeux sur son ouvrage. À la nuit, le comte parut enfin. Après les premiers échanges de politesses, on n'attendait plus qu'une chose, c'est que ce sujet fût abordé pour assaillir le comte d'un élan commun et le faire revenir, si c'était encore possible, sur le geste qu'il avait osé. Mais, durant tout le repas, ce fut en vain qu'on attendit ce moment. Évitant avec application tout propos qui pouvait y conduire, il conversa avec le gouverneur sur la guerre et avec le maître des forêts sur la chasse. Quand il évoqua la bataille près de P..., où il avait été blessé, la mère l'entreprit au sujet de sa maladie, lui demandant comment les choses s'étaient passées dans cette petite localité et s'il y avait trouvé les soins convenables à son état. Il relata alors plus d'un trait dont sa passion pour la marquise faisait tout l'intérêt : comment, pendant sa maladie, elle avait été assise à son chevet ; comment, dans sa fièvre de blessé, il avait toujours confondu son image avec celle d'un cygne qu'il avait vu, enfant, dans le domaine de son oncle ; qu'un souvenir l'avait surtout remué quand il avait jeté de la boue [1] sur ce cygne qui avait plongé, silencieux, et avait reparu, émergeant du flot, dans toute sa blancheur [2] ; qu'elle avait toujours nagé sur des flots de feu, et qu'il l'avait appelée Thinka, du nom de ce cygne, mais sans parvenir à l'attirer vers lui,

1. À l'origine le « mal », a tout aussi fréquemment le sens de « fange » ou d' « excrément » que de « boue ».
2. Littéralement : pur.

sie an sich zu locken, indem sie ihre Freude gehabt hätte, bloß am Rudern und In-die-Brust-sich-werfen; versicherte plötzlich, blutrot im Gesicht, daß er sie außerordentlich liebe: sah wieder auf seinen Teller nieder, und schwieg. Man mußte endlich von der Tafel aufstehen; und da der Graf, nach einem kurzen Gespräch mit der Mutter, sich sogleich gegen die Gesellschaft verneigte, und wieder in sein Zimmer zurückzog: so standen die Mitglieder derselben wieder, und wußten nicht, was sie denken sollten. Der Kommandant meinte: man müsse der Sache ihren Lauf lassen. Er rechne wahrscheinlich auf seine Verwandten bei diesem Schritte. Infame Kassation stünde sonst darauf. Frau von G... fragte ihre Tochter, was sie denn von ihm halte? Und ob sie sich wohl zu irgend einer Äußerung, die ein Unglück vermiede, würde verstehen können? Die Marquise antwortete: Liebste Mutter! Das ist nicht möglich. Es tut mir leid, daß meine Dankbarkeit auf eine so harte Probe gestellt wird. Doch es war mein Entschluß, mich nicht wieder zu vermählen; ich mag mein Glück nicht, und nicht so unüberlegt, auf ein zweites Spiel setzen. Der Forstmeister bemerkte, daß wenn dies ihr fester Wille wäre, auch *diese* Erklärung ihm Nutzen schaffen könne, und daß es fast notwendig scheine, ihm irgend *eine* bestimmte zu geben. Die Obristin versetzte, daß da dieser junge Mann, den so viele außerordentliche Eigenschaften empföhlen, seinen Aufenthalt in Italien nehmen zu wollen, erklärt habe, sein Antrag, nach ihrer Meinung, einige Rücksicht, und der Entschluß der Marquise Prüfung verdiene.

Le maître des forêts, s'asseyant auprès d'elle, lui demanda comment elle le trouvait de sa personne ? La marquise, quelque peu gênée, répondit : il me plaît et me déplaît ; et s'en rapporta aux sentiments des autres. La colonelle dit : s'il revient de Naples et si les renseignements que nous recueillerons sur lui d'ici là ne contredisent pas l'impression générale qu'il t'a faite : dans quel sens te déclarerais-tu, au cas où il renouvellerait sa demande. Dans ce cas, répliqua la marquise, je — puisque ses désirs semblent en effet si vifs — elle s'arrêta et ses yeux étaient brillants en le disant — j'exaucerais ses désirs à cause de l'obligation que j'ai contractée envers lui. La mère, qui avait toujours souhaité le remariage de sa fille, ne cacha que difficilement la joie d'entendre cette déclaration, songeant à ce qu'on pouvait en faire. Le maître des forêts dit, en se levant brusquement de son siège, que, pour peu que la marquise pensât possible de lui faire un jour la joie de lui donner sa main, il fallait absolument faire sur-le-champ le nécessaire pour éviter les suites de son geste fou. La mère était du même avis et soutenait qu'il n'y avait pas là, somme toute, un si grand risque à courir puisque face à tant d'aussi hautes qualités, comme celles qu'il avait déployées la nuit où les Russes avaient enlevé le fort, il n'y avait que peu à craindre que le reste de sa vie n'obéît pas, lui aussi, à ces vertus. La marquise tenait ses yeux baissés et donnait les marques de la plus vive émotion. On pourrait, poursuivit la mère en lui prenant la main,

etwa eine Erklärung, daß du, bis zu seiner Rückkehr von Neapel, in keine andere Verbindung eingehen wollest, zukommen lassen. Die Marquise sagte : *diese* Erklärung, liebste Mutter, kann ich ihm geben; ich fürchte nur, daß sie ihn nicht beruhigen, und uns verwickeln wird. Das sei meine Sorge! erwiderte die Mutter, mit lebhafter Freude; und sah sich nach dem Kommandanten um. Lorenzo! fragte sie, was meinst du? und machte Anstalten, sich vom Sitz zu erheben. Der Kommandant, der alles gehört hatte, stand am Fenster, sah auf die Straße hinaus, und sagte nichts. Der Forstmeister versicherte, daß er, mit dieser unschädlichen Erklärung, den Grafen aus dem Hause zu schaffen, sich anheischig mache. Nun so macht! macht! macht! rief der Vater, indem er sich umkehrte: ich muß mich diesem Russen schon zum zweitenmal ergeben! — Hierauf sprang die Mutter auf, küßte ihn und die Tochter, und fragte, indem der Vater über ihre Geschäftigkeit lächelte, wie man dem Grafen jetzt diese Erklärung augenblicklich hinterbringen solle? Man beschloß, auf den Vorschlag des Forstmeisters, ihn bitten zu lassen, sich, falls er noch nicht entkleidet sei, gefälligst auf einen Augenblick zur Familie zu verfügen. Er werde gleich die Ehre haben zu erscheinen! ließ der Graf antworten, und kaum war der Kammerdiener mit dieser Meldung zurück, als er schon selbst, mit Schritten, die die Freude beflügelte, ins Zimmer trat, und zu den Füßen der Marquise, in der allerlebhaftesten Rührung niedersank. Der Kommandant wollte etwas sagen: doch er, indem er aufstand, versetzte, er wisse genug! küßte ihm und der Mutter die Hand,

lui donner à entendre que, d'ici son retour à Naples, tu n'as l'intention de t'engager avec personne d'autre. La marquise dit : chère mère, je peux lui faire cette déclaration ; je crains seulement qu'elle ne le rassure pas et que, pour nous, elle ne complique les choses. J'en fais mon affaire ! repartit la mère toute joyeuse ; et se tourna vers le commandant. Lorenzo ! demanda-t-elle, qu'en penses-tu ? et se disposa à quitter son siège. Le gouverneur, qui avait tout entendu, se tenait près de la fenêtre, regardait dans la rue et ne disait rien. Le maître des forêts assura qu'il se faisait fort d'éloigner le comte de la maison avec cette déclaration anodine. Eh bien faites ! faites ! faites ! cria le père en se retournant : voici qu'il me faut me rendre à ce Russe une seconde fois ! — La mère se leva d'un bond, l'embrassa lui et sa fille et, tandis que le père souriait de son affairement, elle demanda comment on pourrait à l'instant même faire porter sans retard au comte cette déclaration ? On décida, comme le proposait le maître des forêts, d'envoyer quelqu'un le prier, au cas où il ne serait pas encore déshabillé, de bien vouloir rejoindre la famille un instant. Il avait l'honneur d'arriver tout de suite ! fit répondre le comte, et à peine le domestique qui l'annonça avait-il paru qu'il entrait lui-même dans le salon porté par des pas auxquels la joie donnait des ailes et se jeta aux pieds de la marquise, en proie à la plus intense émotion. Le gouverneur voulait dire quelque chose : mais lui, se relevant, dit qu'il en savait assez ! lui baisa la main ainsi qu'à la mère,

umarmte den Bruder, und bat nur um die Gefälligkeit, ihm sogleich zu einem Reisewagen zu verhelfen. Die Marquise, obschon von diesem Auftritt bewegt, sagte doch: ich fürchte nicht, Herr Graf, daß Ihre rasche Hoffnung Sie zu weit — Nichts! Nichts! versetzte der Graf; es ist nichts geschehen, wenn die Erkundigungen, die Sie über mich einziehen mögen, dem Gefühl widersprechen, das mich zu Ihnen in dies Zimmer zurückberief. Hierauf umarmte der Kommandant ihn auf das herzlichste, der Forstmeister bot ihm sogleich seinen eigenen Reisewagen an, ein Jäger flog auf die Post, Kurierpferde auf Prämien zu bestellen, und Freude war bei dieser Abreise, wie noch niemals bei einem Empfang. Er hoffe, sagte der Graf, die Depeschen in B... einzuholen, von wo er jetzt einen näheren Weg nach Neapel, als über M... einschlagen würde; in Neapel würde er sein Möglichstes tun, die fernere Geschäftsreise nach Konstantinopel abzulehnen; und da er, auf den äußersten Fall, entschlossen wäre, sich krank anzugeben, so versicherte er, daß wenn nicht unvermeidliche Hindernisse ihn abhielten, er in Zeit von vier bis sechs Wochen unfehlbar wieder in M... sein würde. Hierauf meldete sein Jäger, daß der Wagen angespannt, und alles zur Abreise bereit sei. Der Graf nahm seinen Hut, trat vor die Marquise, und ergriff ihre Hand. Nun denn, sprach er, Julietta, so bin ich einigermaßen beruhigt; und legte seine Hand in die ihrige; obschon es mein sehnlichster Wunsch war, mich noch vor meiner Abreise mit Ihnen zu vermählen. Vermählen! riefen alle Mitglieder der Familie aus. Vermählen, wiederholte der Graf, küßte der Marquise die Hand, und versicherte, da diese fragte, ob er von Sinnen sei:

embrassa le frère et lui demanda d'avoir seulement l'amabilité de l'aider à trouver tout de suite une voiture. La marquise, bien qu'émue par cette entrée, dit : je ne crains pas, monsieur le comte, que cette brusque espérance vous fasse aller trop loin. — Non pas ! Non pas ! répliqua le comte ; rien ne se sera passé si les renseignements que vous pourrez recueillir sur moi contredisent le sentiment qui m'a rappelé vers vous dans ce salon. Le gouverneur lui donna alors la plus cordiale accolade, le maître des forêts lui offrit sur-le-champ sa voiture personnelle, un chasseur courut à la poste commander des chevaux de grand courrier avec primes, et la joie régna pour ce départ comme jamais elle ne régna pour une arrivée. Il espérait, dit le comte, rejoindre ses dépêches à B..., de là, pour aller à Naples, il prendrait une route plus courte que par M... ; à Naples il ferait tout pour refuser la mission plus lointaine pour Constantinople ; et comme il était déterminé, au pis-aller, à se déclarer malade, il affirmait que si d'insurmontables obstacles ne le retenaient pas, il serait immanquablement de retour à M... dans un délai de quatre à six semaines. Là-dessus, son chasseur annonça alors que la voiture était attelée et que tout était prêt pour le départ. Le comte prit son chapeau, s'avança vers la marquise et lui prit la main. Et maintenant, Julietta, lui dit-il, je me suis relativement tranquillisé ; et mit sa main dans la sienne ; bien que mon désir le plus profond fût de vous épouser dès avant mon départ. Épouser ! s'écrièrent tous les membres de la famille. Épouser répéta le comte, baisa la main de la marquise et lui assura, comme elle lui demandait s'il avait tous ses esprits,

es würde ein Tag kommen, wo sie ihn verstehen würde! Die Familie wollte auf ihn böse werden; doch er nahm gleich auf das wärmste von allen Abschied, bat sie, über diese Äußerung nicht weiter nachzudenken, und reiste ab.

Mehrere Wochen, in welchen die Familie, mit sehr verschiedenen Empfindungen, auf den Ausgang dieser sonderbaren Sache gespannt war, verstrichen. Der Kommandant empfing vom General K..., dem Onkel des Grafen, eine höfliche Zuschrift; der Graf selbst schrieb aus Neapel; die Erkundigungen, die man über ihn einzog, sprachen ziemlich zu seinem Vorteil; kurz, man hielt die Verlobung schon für so gut, wie abgemacht: als sich die Kränklichkeiten der Marquise, mit größerer Lebhaftigkeit, als jemals, wieder einstellten. Sie bemerkte eine unbegreifliche Veränderung ihrer Gestalt. Sie entdeckte sich mit völliger Freimütigkeit ihrer Mutter, und sagte, sie wisse nicht, was sie von ihrem Zustand denken solle. Die Mutter, welche so sonderbare Zufälle für die Gesundheit ihrer Tochter äußerst besorgt machten, verlangte, daß sie einen Arzt zu Rate ziehe. Die Marquise, die durch ihre Natur zu siegen hoffte, sträubte sich dagegen; sie brachte mehrere Tage noch, ohne dem Rat der Mutter zu folgen, unter den empfindlichsten Leiden zu: bis Gefühle, immer wiederkehrend und von so wunderbarer Art, sie in die lebhafteste Unruhe stürzten. Sie ließ einen Arzt rufen, der das Vertrauen ihres Vaters besaß, nötigte ihn, da gerade die Mutter abwesend war, auf den Diwan nieder, und eröffnete ihm, nach einer kurzen Einleitung, scherzend, was sie von sich glaube. Der Arzt warf einen forschenden Blick auf sie;

qu'un jour viendrait où elle le comprendrait ! La famille commençait à se fâcher contre lui ; mais lui prit aussitôt congé de tous de la façon la plus chaleureuse, la pria de ne pas songer davantage à cette remarque, et s'en fut.

Plusieurs semaines s'écoulèrent pendant lesquelles la famille attendait avec des sentiments très divers l'issue de cette singulière affaire. Le gouverneur reçut de l'oncle du comte, le général K..., une lettre courtoise ; le comte lui-même écrivit de Naples ; les renseignements recueillis parlaient plutôt en sa faveur ; bref, on considérait déjà les fiançailles comme une chose décidée : lorsque, de nouveau, survinrent les malaises de la marquise, plus violents que jamais. Elle constata un incompréhensible changement de son corps. Elle s'en ouvrit à sa mère en toute franchise, lui disant ne savoir que penser de son état. La mère, que ces phénomènes étranges rendaient extrêmement inquiète sur la santé de sa fille, lui demanda fermement de consulter un médecin. La marquise, espérant que sa nature prendrait le dessus, y répugna ; sans suivre le conseil de sa mère, elle passa encore plusieurs jours dans les souffrances les plus vives : jusqu'à ce que des sensations, répétées et d'un caractère si étrange, la plongeassent dans l'inquiétude la plus vive. Elle fit appeler un médecin qui avait la confiance de son père, le fit asseoir sur le divan, sa mère étant justement absente, et, après un court préambule, lui révéla en plaisantant ce qu'elle croyait. Le médecin lui jeta un regard scrutateur ;

schwieg noch, nachdem er eine genaue Untersuchung vollendet hatte, eine Zeitlang: und antwortete dann mit einer sehr ernsthaften Miene, daß die Frau Marquise ganz richtig urteile. Nachdem er sich auf die Frage der Dame, wie er dies verstehe, ganz deutlich erklärt, und mit einem Lächeln, das er nicht unterdrücken konnte, gesagt hatte, daß sie ganz gesund sei, und keinen Arzt brauche, zog die Marquise, und sah ihn sehr streng von der Seite an, die Klingel, und bat ihn, sich zu entfernen. Sie äußerte halblaut, als ob er der Rede nicht wert wäre, vor sich nieder murmelnd: daß sie nicht Lust hätte, mit ihm über Gegenstände dieser Art zu scherzen. Der Doktor erwiderte empfindlich : er müsse wünschen, daß sie immer zum Scherz so wenig aufgelegt gewesen wäre, wie jetzt; nahm Stock und Hut, und machte Anstalten, sich sogleich zu empfehlen. Die Marquise versicherte, daß sie von diesen Beleidigungen ihren Vater unterrichten würde. Der Arzt antwortete, daß er seine Aussage vor Gericht beschwören könne: öffnete die Tür, verneigte sich, und wollte das Zimmer verlassen. Die Marquise fragte, da er noch einen Handschuh, den er hatte fallen lassen, von der Erde aufnahm: und die Möglichkeit davon, Herr Doktor? Der Doktor erwiderte, daß er ihr die letzten Gründe der Dinge nicht werde zu erklären brauchen ; verneigte sich ihr noch einmal, und ging ab.

Die Marquise stand, wie vom Donner gerührt. Sie raffte sich auf, und wollte zu ihrem Vater eilen; doch der sonderbare Ernst des Mannes, von dem sie sich beleidigt sah, lähmte alle ihre Glieder. Sie warf sich in der größten Bewegung auf den Diwan nieder.

se tut encore un moment après avoir procédé à un examen minutieux : puis, d'un air très sérieux, il répondit à madame la marquise qu'elle avait parfaitement jugé. Après s'être expliqué clairement sur la question de la dame de savoir comment il entendait cela, et après avoir ajouté, avec un sourire qu'il avait peine à réprimer, qu'elle se portait très bien et n'avait pas besoin d'un médecin, la marquise tira la sonnette, lui jeta de biais un regard très sévère et le pria de se retirer. À mi-voix, comme s'il ne méritait pas cette parole, elle murmura : qu'elle n'avait pas envie de plaisanter avec lui sur des sujets de ce genre. Le docteur répliqua avec susceptibilité qu'il avait à souhaiter qu'elle eût toujours été aussi peu d'humeur à la plaisanterie qu'elle l'était pour l'instant ; il prit sa canne et son chapeau et se disposa à prendre aussitôt congé. La marquise assura qu'elle mettrait son père au courant de ces offenses. Le médecin répondit qu'il pouvait en répondre sous serment devant un tribunal : ouvrit la porte et s'inclina, voulant quitter la pièce. Comme il ramassait un gant qu'il avait laissé tomber, la marquise lui demanda : comment cela fut possible, monsieur le docteur ? Le docteur répliqua qu'il n'avait pas besoin de lui expliquer les ultimes raisons des choses ; s'inclina une nouvelle fois et partit.

La marquise demeura comme frappée par la foudre. Elle se redressa pour aller au plus vite trouver son père ; mais l'étrange sérieux de cet homme, par qui elle se voyait outragée, paralysa tous ses membres. Dans une agitation extrême, elle se jeta sur le divan.

Sie durchlief, gegen sich selbst mißtrauisch, alle Momente des verflossenen Jahres, und hielt sich für verrückt, wenn sie an den letzten dachte. Endlich erschien die Mutter; und auf die bestürzte Frage, warum sie so unruhig sei? erzählte ihr die Tochter, was ihr der Arzt soeben eröffnet hatte. Frau von G... nannte ihn einen Unverschämten und Nichtswürdigen, und bestärkte die Tochter in dem Entschluß, diese Beleidigung dem Vater zu entdecken. Die Marquise versicherte, daß es sein völliger Ernst gewesen sei, und daß er entschlossen scheine, dem Vater ins Gesicht seine rasende Behauptung zu wiederholen. Frau von G... fragte, nicht wenig erschrocken, ob sie denn an die Möglichkeit eines solchen Zustandes glaube? Eher, antwortete die Marquise, daß die Gräber befruchtet werden, und sich dem Schoße der Leichen eine Geburt entwickeln wird! Nun, du liebes wunderliches Weib, sagte die Obristin, indem sie sie fest an sich drückte: was beunruhigt dich denn? Wenn dein Bewußtsein dich rein spricht: wie kann dich ein Urteil, und wäre es das einer ganzen Konsulta von Ärzten, nur kümmern? Ob das seinige aus Irrtum, ob es aus Bosheit entsprang: gilt es dir nicht völlig gleichviel? Doch schicklich ist es, daß wir es dem Vater entdecken. — O Gott! sagte die Marquise, mit einer konvulsivischen Bewegung : wie kann ich mich beruhigen. Hab ich nicht mein eignes, innerliches, mir nur allzuwohlbekanntes Gefühl gegen mich? Würd ich nicht, wenn ich in einer andern meine Empfindung wüßte, von ihr selbst urteilen, daß es damit seine Richtigkeit habe? Es ist entsetzlich, versetzte die Obristin. Bosheit! Irrtum! fuhr die Marquise fort.

Par défiance contre elle-même, elle reparcourut tous les moments de l'année écoulée et, en pensant au dernier instant, elle crut avoir perdu l'esprit. Sa mère parut enfin ; et suite à sa question effarée de la cause de sa si grande inquiétude, sa fille lui raconta ce que le médecin venait de lui révéler. Mme de G... le traita d'effronté et d'indigne, et appuya la résolution de sa fille de révéler au père cet outrage. La marquise assura qu'il avait été tout à fait sérieux et qu'il paraissait décidé à répéter cette folle affirmation à la face de son père. Mme de G... lui demanda, non sans frayeur, si elle croyait à la possibilité d'un tel état ? Plutôt croire, répondit la marquise, que les tombeaux peuvent être fécondés et que, du sein des cadavres, peut sortir un nouvel être ! Alors, chère et étrange femme, dit la colonelle en la pressant fortement contre elle : pourquoi donc ces tourments ? Si la voix de ta conscience est pure : comment se peut-il qu'un jugement, et serait-ce celui de tout un aréopage de médecins, te cause un tel souci ? Qu'il ait énoncé le sien par erreur ou par malignité : est-ce que cela n'est pas équivalent pour toi ? Pourtant, il convient que nous le révélions à ton père. — Ô Dieu ! dit la marquise avec un mouvement convulsif : comment me tranquilliser ? N'ai-je pas contre moi mon propre sentiment intime et qui ne m'est que trop bien connu ? Si je savais qu'une autre éprouve les mêmes sensations, ne jugerais-je pas à son sujet que cela est véridique ? C'est épouvantable ! repartit la colonelle. Malignité ! Erreur ! poursuivit la marquise.

Was kann dieser Mann, der uns bis auf den heutigen Tag schätzenswürdig erschien, für Gründe haben, mich auf eine so mutwillige und niederträchtige Art zu kränken? Mich, die ihn nie beleidigt hatte? Die ihn mit Vertrauen, und dem Vorgefühl zukünftiger Dankbarkeit, empfing? Bei der er, wie seine ersten Worte zeugten, mit dem reinen und unverfälschten Willen erschien, zu helfen, nicht Schmerzen, grimmigere, als ich empfand, erst zu erregen? Und wenn ich in der Notwendigkeit der Wahl, fuhr sie fort, während die Mutter sie unverwandt ansah, an einen Irrtum glauben wollte : ist es wohl möglich, daß ein Arzt, auch nur von mittelmäßiger Geschicklichkeit, in solchem Falle irre? — Die Obristin sagte ein wenig spitz : und gleichwohl muß es doch notwendig eins oder das andere gewesen sein. Ja! versetzte die Marquise, meine teuerste Mutter, indem sie ihr, mit dem Ausdruck der gekränkten Würde, hochrot im Gesicht glühend, die Hand küßte: das muß es! Obschon die Umstände so außerordentlich sind, daß es mir erlaubt ist, daran zu zweifeln. Ich schwöre, weil es doch einer Versicherung bedarf, daß mein Bewußtsein, gleich dem meiner Kinder ist; nicht reiner, Verehrungswürdigste, kann das Ihrige sein. Gleichwohl bitte ich Sie, mir eine Hebamme rufen zu lassen, damit ich mich von dem, was ist, überzeuge, und gleichviel alsdann, *was* es sei, beruhige. Eine Hebamme! rief Frau von G... mit Entwürdigung. Ein reines Bewußtsein, und eine Hebamme! Und die Sprache ging ihr aus [1].

1. Emploi similaire quand quelque chose, objet ou autre (denrées, vivres, air...), vient à manquer. L'utilisation de ce verbe en combinaison avec *Sprache* est suffisamment rare pour qu'on puisse le

Quelles raisons peut avoir cet homme, qui jusqu'à aujourd'hui nous a paru digne d'estime, de me mortifier d'une façon aussi humiliante et gratuite ? Moi, qui ne l'ai jamais offensé ? Qui l'ai reçu avec confiance et disposée à avoir de la reconnaissance ? À qui il s'est présenté, comme en témoignèrent ses premières paroles, avec la volonté pure et sincère d'aider, non de m'infliger d'abord des souffrances plus cruelles que celles que j'endurais ? Et si dans la nécessité de choisir, continua-t-elle pendant que sa mère la fixait des yeux, je voulais croire à une erreur : serait-il possible qu'un médecin, même d'une perspicacité moyenne, fasse une erreur en pareil cas ? La colonelle dit un peu sèchement : pourtant, il faut nécessairement que ce soit l'un ou l'autre. Oui, repartit la marquise, ma très chère mère, en lui baisant la main avec une expression de dignité blessée, le visage tout empourpré : il faut nécessairement ! Bien que les circonstances soient si extraordinaires qu'il m'est permis d'en douter. Je jure, puisqu'il faut ici une assurance, que ma conscience est comme celle de mes enfants ; ma très vénérée mère, la leur ne peut être plus pure. Ainsi je vous prie de faire venir une sage-femme, de façon que je puisse me convaincre de ce qu'il en est et qu'alors, quoi que ce puisse être, je me trouve tranquillisée. Une sage-femme ! s'écria Mme de G..., indignée. Une conscience pure et une sage-femme ! Et elle resta sans parole [1].

souligner. Il est possible qu'il y ait ici une association d'idées avec : *die Luft geht mir aus* (l'air me vient à manquer) exprimant, dans le sens figuré, l'étonnement le plus grand.

Eine Hebamme, meine teuerste Mutter, wiederholte die Marquise, indem sie sich auf Knieen vor ihr niederließ; und das augenblicklich, wenn ich nicht wahnsinnig werden soll. O sehr gern, versetzte die Obristin; nur bitte ich, das Wochenlager nicht in meinem Hause zu halten. Und damit stand sie auf, und wollte das Zimmer verlassen. Die Marquise, ihr mit ausgebreiteten Armen folgend, fiel ganz auf das Gesicht nieder, und umfaßte ihre Kniee. Wenn irgend ein unsträfliches Leben, rief sie, mit der Beredsamkeit des Schmerzes, ein Leben, nach Ihrem Muster geführt, mir ein Recht auf Ihre Achtung gibt, wenn irgend ein mütterliches Gefühl auch nur, so lange meine Schuld nicht sonnenklar entschieden ist, in Ihrem Busen für mich spricht: so verlassen Sie mich in diesen entsetzlichen Augenblicken nicht. — Was ist es, das dich beunruhigt? fragte die Mutter. Ist es weiter nichts, als der Ausspruch des Arztes? Weiter nichts, als dein innerliches Gefühl? Nichts weiter, meine Mutter, versetzte die Marquise, und legte ihre Hand auf die Brust. Nichts, Julietta? fuhr die Mutter fort. Besinne dich. Ein Fehltritt, so unsäglich er mich schmerzen würde, er ließe sich, und ich müßte ihn zuletzt verzeihn; doch wenn du, um einem mütterlichen Verweis auszuweichen, ein Märchen von der Umwälzung der Weltordnung ersinnen, und gotteslästerliche Schwüre häufen könntest, um es meinem, dir nur allzugerngläubigen, Herzen aufzubürden: so wäre das schändlich; ich würde dir niemals wieder gut werden. — Möge das Reich der Erlösung einst so offen vor mir liegen, wie meine Seele vor Ihnen, rief die Marquise. Ich verschwieg Ihnen nichts, meine Mutter.

Une sage-femme, ma bien chère mère, répéta la marquise en tombant à ses genoux ; et cela tout de suite sauf à devenir tout de suite folle. Oh ! très volontiers, répliqua la colonelle, seulement je te prierai de ne pas accoucher dans ma maison. Et elle se leva dans l'intention de quitter la pièce. La marquise qui la suivait, les bras écartés, toucha le sol de son visage et embrassa ses genoux. Si une existence irréprochable, s'écria-t-elle avec l'éloquence de la douleur, une vie menée à votre exemple me donne un droit à votre estime, si quelque sentiment maternel émeut encore vos entrailles, aussi longtemps que ma faute ne sera pas clairement déterminée, ne m'abandonnez pas dans ces moments effroyables. — Qu'est-ce donc qui t'inquiète ? demanda la mère. N'est-ce rien d'autre que la remarque du médecin ? Rien d'autre que ton sentiment intime ? Rien d'autre, ma mère, répliqua la marquise en posant la main sur sa poitrine. Rien, Julietta ? poursuivit la mère, songes-y bien. Un faux pas, tout en me causant une douleur indicible, pourrait être pardonné, et à la fin, il faudrait bien que je le fasse ; mais si, pour échapper au blâme de ta mère, tu t'avisais d'inventer un conte sur le bouleversement de l'ordre du monde et d'accumuler des serments sacrilèges pour abuser mon cœur trop enclin à te croire, ce serait honteux ; plus jamais je ne serais bien disposée à ton égard. Puisse le royaume du rédempteur s'ouvrir un jour aussi largement devant moi que mon âme s'ouvre devant vous, s'écria la marquise. Je ne vous ai rien caché, mère.

— Diese Äußerung, voll Pathos getan, erschütterte die Mutter. O Himmel! rief sie: mein liebenswürdiges Kind! Wie rührst du mich! Und hob sie auf, und küßte sie, und drückte sie an ihre Brust. Was denn, in aller Welt, fürchtest du? Komm, du bist sehr krank. Sie wollte sie in ein Bett führen. Doch die Marquise, welcher die Tränen häufig[1] flossen, versicherte, daß sie sehr gesund wäre, und daß ihr gar nichts fehle, außer jenem sonderbaren und unbegreiflichen Zustand. — Zustand! rief die Mutter wieder; welch ein Zustand? Wenn dein Gedächtnis über die Vergangenheit so sicher ist, welch ein Wahnsinn der Furcht ergriff dich? Kann ein innerliches Gefühl denn, das doch nur dunkel sich regt, nicht trügen? Nein! Nein! sagte die Marquise, es trügt mich nicht! Und wenn Sie die Hebamme rufen lassen wollen, so werden Sie hören, daß das Entsetzliche, mich Vernichtende, wahr ist. — Komm, meine liebste Tochter, sagte Frau von G..., die für ihren Verstand zu fürchten anfing. Komm, folge mir, und lege dich zu Bett. Was meintest du, daß dir der Arzt gesagt hat? Wie dein Gesicht glüht! Wie du an allen Gliedern so zitterst! Was war es schon, das dir der Arzt gesagt hat? Und damit zog sie die Marquise, ungläubig nunmehr an den ganzen Auftritt, den sie ihr erzählt hatte, mit sich fort. — Die Marquise sagte: Liebe! Vortreffliche! indem sie mit weinenden Augen lächelte. Ich bin meiner Sinne mächtig. Der Arzt hat mir gesagt, daß ich in gesegneten Leibesumständen[2] bin. Lassen Sie die Hebamme rufen: und sobald sie sagt, daß es nicht wahr ist, bin ich wieder ruhig. Gut, gut! erwiderte die Obristin, die ihre Angst unterdrückte. Sie soll gleich kommen;

Cette remarque, toute pathétique, ébranla la mère. Ô ciel, s'écria-t-elle, mon enfant chérie! comme tu me troubles! Et elle la releva, l'embrassa et la pressa contre son sein. Mais que crains-tu donc après tout? Viens, tu es très malade. Elle voulait la conduire au lit. Mais la marquise, qui versait souvent[1] des larmes, affirma qu'elle était très bien et ne souffrait de rien si ce n'est de cet étrange et incompréhensible état! — État! s'écria de nouveau la mère, quel état? Si ta mémoire du passé est si sûre, quelle folie d'angoisse s'est emparée de toi? Un sentiment intime qui, somme toute, ne se manifeste qu'obscurément ne peut-il pas t'abuser? Non! Non! dit la marquise, il ne m'abuse pas. Et si vous voulez bien faire venir la sage-femme, vous apprendrez que l'effroyable qui m'anéantit est vrai. Viens, ma fille chérie, dit Mme de G..., qui commençait à craindre pour sa raison. Viens, suis-moi et mets-toi au lit. Que me disais-tu sur les déclarations de ce médecin? Comme ton visage est brûlant! Comme tu trembles de tous tes membres! Qu'est-ce donc que le médecin t'a dit? Et elle entraînait la marquise avec elle, ne pouvant ajouter foi à toute cette scène qu'elle lui avait racontée. — La marquise dit : Chère mère! Mère si exquise! en souriant, les yeux en pleurs. Je suis maître de mes esprits. Le médecin m'a dit que je suis dans un état béni[2]. Faites appeler la sage-femme : et dès qu'elle dira que ce n'est pas vrai, je serai tranquillisée. Bien, bien! repartit la colonelle en réprimant son angoisse, qu'elle vienne tout de suite;

1. Littéralement : souvent. Ici peut-être indication quantitative (pleurer abondamment) ou jugement subjectif (pleurer facilement).
2. Traduction littérale pour « enceinte ». Voir note 2 p. 17.

sie soll gleich, wenn du dich von ihr willst auslachen lassen, erscheinen, und dir sagen, daß du eine Träumerin, und nicht recht klug bist. Und damit zog sie die Klingel, und schickte augenblicklich einen ihrer Leute, der die Hebamme rufe.

Die Marquise lag noch, mit unruhig sich hebender Brust, in den Armen ihrer Mutter, als diese Frau erschien, und die Obristin ihr, an welcher seltsamen Vorstellung ihre Tochter krank liege, eröffnete. Die Frau Marquise schwöre, daß sie sich tugendhaft verhalten habe, und gleichwohl halte sie, von einer unbegreiflichen Empfindung getäuscht, für nötig, daß eine sachverständige Frau ihren Zustand untersuche. Die Hebamme, während sie sich von demselben unterrichtete, sprach von jungem Blut und der Arglist der Welt; äußerte, als sie ihr Geschäft vollendet hatte, dergleichen Fälle wären ihr schon vorgekommen; die jungen Witwen, die in ihre Lage kämen, meinten alle auf wüsten Inseln gelebt zu haben; beruhigte inzwischen die Frau Marquise, und versicherte sie, daß sich der muntere Korsar, der zur Nachtzeit gelandet, schon finden würde. Bei diesen Worten fiel die Marquise in Ohnmacht. Die Obristin, die ihr mütterliches Gefühl nicht überwältigen konnte, brachte sie zwar, mit Hülfe der Hebamme, wieder ins Leben zurück. Doch die Entrüstung siegte, da sie erwacht war. Julietta! rief die Mutter mit dem lebhaftesten Schmerz. Willst du dich mir entdecken, willst du den Vater mir nennen? Und schien noch zur Versöhnung geneigt. Doch als die Marquise sagte, daß sie wahnsinnig werden würde, sprach die Mutter, indem sie sich vom Diwan erhob: geh! geh! du bist nichtswürdig! Verflucht sei die Stunde, da ich dich gebar! und verließ das Zimmer.

qu'elle apparaisse tout de suite si tu veux qu'elle se moque de toi et qu'elle te dise que tu n'es qu'une rêveuse, et pas très sensée. Et là-dessus elle tira la sonnette et envoya immédiatement un de ses gens appeler la sage-femme.

La marquise se trouvait encore dans les bras de sa mère, la poitrine haletante d'inquiétude, lorsque cette femme arriva, et la colonelle lui apprit les étranges représentations qui rendaient sa fille malade. Madame la marquise jurait d'être restée vertueuse, et néanmoins, abusée par une sensation insaisissable, elle jugeait nécessaire qu'une femme experte en la matière examine son état. La sage-femme, tout en faisant ses investigations, parlait du sang de la jeunesse et de la perfidie du monde. Son travail achevé, elle déclara qu'elle avait déjà rencontré des cas de ce genre ; les jeunes veuves dans la même situation disaient toutes avoir vécu sur des îles désertes ; elle rassura madame la marquise et lui affirma que le gaillard corsaire, débarqué pour la nuit, finirait bien par se retrouver. À ces mots, la marquise s'évanouit. La colonelle qui ne put réprimer son sentiment maternel, lui fit certes reprendre ses sens avec l'aide de la sage-femme. Mais l'indignation l'emporta dès qu'elle fut revenue à elle. Julietta ! cria la mère dans la plus vive douleur. Veux-tu t'ouvrir à moi, veux-tu me dire qui est le père ? Et elle semblait encore encline à se réconcilier. Mais quand la marquise dit qu'elle allait devenir folle, la mère dit en se levant du divan : va-t'en ! va-t'en ! tu es indigne ! Maudite soit l'heure où je t'ai mise au monde ! et quitta la pièce.

Die Marquise, der das Tageslicht von neuem schwinden wollte, zog die Geburtshelferin vor sich nieder, und legte ihr Haupt heftig zitternd an ihre Brust. Sie fragte, mit gebrochener Stimme, wie denn die Natur auf ihren Wegen walte? Und ob die Möglichkeit einer unwissentlichen Empfängnis sei? — Die Hebamme lächelte, machte ihr das Tuch los, und sagte, das würde ja doch der Frau Marquise Fall nicht sein. Nein, nein, antwortete die Marquise, sie habe wissentlich empfangen, sie wolle nur im allgemeinen wissen, ob diese Erscheinung im Reiche der Natur sei? Die Hebamme versetzte, daß dies, außer der heiligen Jungfrau, noch keinem Weibe auf Erden zugestoßen wäre. Die Marquise zitterte immer heftiger. Sie glaubte, daß sie augenblicklich niederkommen würde, und bat die Geburtshelferin, indem sie sich mit krampfhafter Beängstigung an sie schloß, sie nicht zu verlassen. Die Hebamme beruhigte sie. Sie versicherte, daß das Wochenbett noch beträchtlich entfernt wäre, gab ihr auch die Mittel an, wie man, in solchen Fällen, dem Leumund der Welt ausweichen könne, und meinte, es würde noch alles gut werden. Doch da diese Trostgründe der unglücklichen Dame völlig wie Messerstiche durch die Brust fuhren, so sammelte sie sich, sagte, sie befände sich besser, und bat ihre Gesellschafterin sich zu entfernen.

Kaum war die Hebamme aus dem Zimmer, als ihr ein Schreiben von der Mutter gebracht ward, in welchem diese sich so ausließ: »Herr von G... wünsche, unter den obwaltenden Umständen, daß sie sein Haus verlasse. Er sende ihr hierbei die über ihr Vermögen lautenden Papiere, und hoffe daß ihm Gott den Jammer ersparen werde, sie wieder zu sehen.« —

La marquise, qui sentait de nouveau ses yeux s'obscurcir, attira la sage-femme vers elle et, tremblante, posa la tête sur sa poitrine. Elle lui demanda d'une voix brisée quelles sont les voies suivies par la nature ? et s'il existait la possibilité d'une conception à son insu ? — La sage-femme sourit, lui desserra son châle et dit que ce n'était sûrement pas le cas de madame la marquise. Non, non, répondit la marquise, elle avait conçu sciemment, elle voulait seulement savoir en général si ce phénomène était dans l'ordre de la nature ? La sage-femme repartit qu'en dehors de la Sainte Vierge cela n'était encore arrivé à aucune femme sur la terre. La marquise tremblait de plus en plus. Elle croyait qu'elle allait accoucher à l'instant même et pria la sage-femme de ne pas l'abandonner et se serra contre elle avec une angoisse convulsive. Celle-ci la tranquillisa. Elle assura que le moment des couches était encore fort éloigné, lui indiqua également les moyens d'échapper en pareil cas à la médisance du monde et fut d'avis que tout se terminerait bien. Mais comme tous ces propos consolateurs perçaient le cœur de cette femme malheureuse comme autant de coups de poignard, elle se ressaisit, dit qu'elle se sentait mieux et pria son interlocutrice de se retirer.

À peine la sage-femme avait-elle quitté la chambre qu'on lui apporta un billet de sa mère où elle lui signifiait : « que M. de G... désirait, qu'en de telles circonstances, elle quittât la maison. Il lui envoyait en même temps les papiers concernant sa fortune et il espérait que Dieu lui épargnerait le déplaisir de jamais la revoir. » —

Der Brief war inzwischen von Tränen benetzt; und in einem Winkel stand ein verwischtes Wort: diktiert. — Der Marquise stürzte der Schmerz aus den Augen. Sie ging, heftig über den Irrtum ihrer Eltern weinend, und über die Ungerechtigkeit, zu welcher diese vortrefflichen Menschen verführt wurden, nach den Gemächern ihrer Mutter. Es hieß, sie sei bei ihrem Vater; sie wankte nach den Gemächern ihres Vaters. Sie sank, als sie die Türe verschlossen fand, mit jammernder Stimme, alle Heiligen zu Zeugen ihrer Unschuld anrufend, vor derselben nieder. Sie mochte wohl schon einige Minuten hier gelegen haben, als der Forstmeister daraus hervortrat, und zu ihr mit flammendem Gesicht sagte: sie höre daß der Kommandant sie nicht sehen wolle. Die Marquise rief: mein liebster Bruder! unter vielem Schluchzen; drängte sich ins Zimmer, und rief: mein teuerster Vater! und streckte die Arme nach ihm aus. Der Kommandant wandte ihr, bei ihrem Anblick, den Rücken zu, und eilte in sein Schlafgemach. Er rief, als sie ihn dahin verfolgte, hinweg! und wollte die Türe zuwerfen; doch da sie, unter Jammern und Flehen, daß er sie schließe, verhinderte, so gab er plötzlich nach und eilte, während die Marquise zu ihm hineintrat, nach der hintern Wand. Sie warf sich ihm, der ihr den Rücken zugekehrt hatte, eben zu Füßen, und umfaßte zitternd seine Kniee, als ein Pistol, das er ergriffen hatte, in dem Augenblick, da er es von der Wand herabriß, losging, und der Schuß schmetternd in die Decke fuhr. Herr meines Lebens! rief die Marquise, erhob sich leichenblaß von ihren Knieen, und eilte aus seinen Gemächern wieder hinweg. Man soll sogleich anspannen, sagte sie, indem sie in die ihrigen trat;

La lettre était cependant baignée de larmes ; et, dans un coin, se trouvait un mot un peu effacé : dicté. — Les larmes de la douleur jaillirent des yeux de la marquise. Elle gagna l'appartement de sa mère, pleurant fortement sur l'erreur de ses parents et sur l'injustice qui égarait ces deux êtres excellents. On lui dit qu'elle était auprès de son père ; chancelante, elle se dirigea vers l'appartement de son père, trouvant la porte fermée, elle s'affaissa devant elle, appelant, d'une voix plaintive, tous les saints à témoin de son innocence. Elle pouvait bien être là depuis quelques minutes, lorsque le maître des forêts lui dit, le visage en feu, qu'elle avait entendu que le gouverneur ne voulait plus la voir. La marquise cria : mon frère chéri ! au milieu de maints sanglots ; pénétra dans la pièce et s'écria : père très cher ! et tendit les bras vers lui. À sa vue, le gouverneur lui tourna le dos et se hâta de gagner sa chambre. Comme elle l'y suivait il cria, Hors d'ici et voulut claquer la porte, mais comme elle l'empêcha, toute suppliante et gémissante, de la fermer, il céda subitement et se précipita vers le mur du fond, tandis que la marquise avançait encore vers lui. Elle se jeta à ses pieds, il lui avait tourné le dos, et enlaça, tremblante, ses genoux, lorsqu'un pistolet qu'il avait saisi se déchargea au moment où il l'enlevait du mur, et le coup alla percer le plafond avec fracas. Seigneur de ma vie ! cria la marquise, se redressa, pâle comme une morte, et se précipita hors de l'appartement. Qu'on attelle tout de suite, dit-elle en rentrant chez elle ;

setzte sich, matt bis in den Tod, auf einen Sessel nieder, zog ihre Kinder eilfertig an, und ließ die Sachen einpacken. Sie hatte eben ihr Kleinstes zwischen den Knieen, und schlug ihm noch ein Tuch um, um nunmehr, da alles zur Abreise bereit war, in den Wagen zu steigen: als der Forstmeister eintrat, und auf Befehl des Kommandanten die Zurücklassung und Überlieferung der Kinder von ihr forderte. Dieser Kinder? fragte sie; und stand auf. Sag deinem unmenschlichen Vater, daß er kommen, und mich niederschießen, nicht aber mir meine Kinder entreißen könne! Und hob, mit dem ganzen Stolz der Unschuld gerüstet, ihre Kinder auf, trug sie ohne daß der Bruder gewagt hätte, sie anzuhalten, in den Wagen, und fuhr ab.

Durch diese schöne Anstrengung mit sich selbst bekannt gemacht, hob sie sich plötzlich, wie an ihrer eigenen Hand, aus der ganzen Tiefe, in welche das Schicksal sie herabgestürzt hatte, empor. Der Aufruhr, der ihre Brust zerriß, legte sich, als sie im Freien war, sie küßte häufig die Kinder, diese ihre liebe Beute, und mit großer Selbstzufriedenheit gedachte sie, welch einen Sieg sie, durch die Kraft ihres schuldfreien Bewußtseins, über ihren Bruder davon getragen hatte. Ihr Verstand, stark genug, in ihrer sonderbaren Lage nicht zu reißen, gab sich ganz unter der großen, heiligen und unerklärlichen Einrichtung der Welt gefangen. Sie sah die Unmöglichkeit ein, ihre Familie von ihrer Unschuld zu überzeugen, begriff, daß sie sich darüber trösten müsse, falls sie nicht untergehen wolle, und wenige Tage nur waren nach ihrer Ankunft in V... verflossen, als der Schmerz ganz und gar dem heldenmütigen Vorsatz Platz machte, sich mit Stolz gegen die Anfälle der Welt zu rüsten.

elle s'assit dans un fauteuil, lasse à mourir, habilla en hâte ses enfants et fit faire les paquets. Elle avait encore son petit dernier entre les genoux et lui nouait un châle pour monter en voiture, maintenant que tout était prêt pour le départ, lorsque le maître des forêts entra et exigea d'elle, sur l'ordre du gouverneur, de laisser les enfants et de les lui confier. Ces enfants? demanda-t-elle; et se leva. Dis à ton père inhumain qu'il peut venir et m'abattre avec son pistolet, mais non pas m'arracher mes enfants! Et prit, armée de l'orgueil de l'innocence, ses enfants dans ses bras et, sans que le frère eût osé les retenir, elle les porta dans la voiture et partit.

Révélée à elle-même par ce bel acte d'énergie, elle se redressa, comme tirée par sa propre main, du fond de ce précipice où le destin l'avait précipitée. La révolte qui la déchirait s'apaisa lorsqu'elle fut à l'air libre, elle embrassait souvent ses enfants, ce cher butin bien à elle, et c'est avec un grand contentement d'elle-même qu'elle songeait à la victoire remportée sur son frère par la force de sa conscience libre de toute culpabilité. Sa raison, assez solide pour ne pas se briser dans l'étrangeté de sa situation, se laissait captiver par ce qu'il y a de grand, de sacré et d'inexplicable dans l'organisation du monde. Elle se rendait compte de l'impossibilité de convaincre sa famille de son innocence, elle comprenait qu'il lui fallait s'en consoler si elle ne voulait pas sombrer et quelques jours à peine s'étaient écoulés depuis son arrivée à V... que la douleur avait totalement cédé devant son héroïque résolution de s'armer d'orgueil contre les assauts du monde.

Sie beschloß, sich ganz in ihr Innerstes zurückzuziehen, sich, mit ausschließendem Eifer, der Erziehung ihrer beiden Kinder zu widmen, und des Geschenks, das ihr Gott mit dem dritten gemacht hatte, mit voller mütterlichen Liebe zu pflegen. Sie machte Anstalten, in wenig Wochen, sobald sie ihre Niederkunft überstanden haben würde, ihren schönen, aber durch die lange Abwesenheit ein wenig verfallenen Landsitz wieder herzustellen; saß in der Gartenlaube, und dachte, während sie kleine Mützen, und Strümpfe für kleine Beine strickte, wie sie die Zimmer bequem verteilen würde; auch, welches sie mit Büchern füllen, und in welchem die Staffelei am schicklichsten stehen würde. Und so war der Zeitpunkt, da der Graf F... von Neapel wiederkehren sollte, noch nicht abgelaufen, als sie schon völlig mit dem Schicksal, in ewig klösterlicher Eingezogenheit zu leben, vertraut war. Der Türsteher erhielt Befehl, keinen Menschen im Hause vorzulassen. Nur der Gedanke war ihr unerträglich, daß dem jungen Wesen, das sie in der größten Unschuld und Reinheit empfangen hatte, und dessen Ursprung, eben weil er geheimnisvoller war, auch göttlicher zu sein schien, als der anderer Menschen, ein Schandfleck in der bürgerlichen Gesellschaft ankleben sollte. Ein sonderbares Mittel war ihr eingefallen, den Vater zu entdecken: ein Mittel, bei dem sie, als sie es zuerst dachte, das Strickzeug selbst vor Schrecken aus der Hand fallen ließ. Durch ganze Nächte, in unruhiger Schlaflosigkeit durchwacht, ward es gedreht und gewendet um sich an seine ihr innerstes Gefühl verletzende, Natur zu gewöhnen. Immer noch sträubte sie sich, mit dem Menschen, der sie so hintergangen hatte, in irgend ein Verhältnis zu treten:

Elle décida de se retirer au plus profond d'elle-même, de se consacrer avec un zèle exclusif à l'éducation de ses deux enfants et de vouer tout l'amour d'une mère à ce troisième dont Dieu lui avait fait don. Elle prit ses dispositions pour que sa belle maison de campagne, un peu endommagée par une longue absence, fût remise en état en quelques semaines, quand elle serait relevée de ses couches ; assise sous la tonnelle, tout en tricotant de petits bonnets et des bas pour de petites jambes, elle réfléchissait à la manière de répartir commodément les pièces ; également où seraient rassemblés les livres et quelle place conviendrait le mieux pour son chevalet. Et ainsi l'époque où le comte F... devait revenir de Naples n'était pas encore révolue qu'elle s'était déjà toute familiarisée avec le destin de vivre à jamais une retraite monacale. Le portier reçut l'ordre de n'admettre personne dans la maison. Seule une pensée lui était intolérable, c'est que ce jeune être qu'elle avait conçu en toute innocence et en toute pureté et dont l'origine, justement plus mystérieuse, semblait être plus divine que celle des autres hommes, dût être marqué d'une flétrissure dans la société bourgeoise. Un moyen singulier de découvrir le père lui était venu à l'esprit ; un moyen tel, quand elle y pensa pour la première fois, que, d'épouvante, elle laissa tomber son tricot de ses mains. Pendant les nuits entières éveillée par l'agitation de l'insomnie, elle le tourna et le retourna pour s'accoutumer à ce qu'il avait de blessant pour sa conscience intime. Elle s'insurgeait encore à l'idée d'entrer de quelque manière en relation avec l'homme qui avait à ce point abusé d'elle :

indem sie sehr richtig schloß, daß derselbe doch, ohne alle Rettung, zum Auswurf seiner Gattung gehören müsse, und, auf welchem Platz der Welt man ihn auch denken wolle, nur aus dem zertretensten und unflätigsten Schlamm derselben, hervorgegangen sein könne. Doch da das Gefühl ihrer Selbständigkeit immer lebhafter in ihr ward, und sie bedachte, daß der Stein seinen Wert behält, er mag auch eingefaßt sein, wie man wolle, so griff sie eines Morgens, da sich das junge Leben wieder in ihr regte, ein Herz, und ließ jene sonderbare Aufforderung in die Intelligenzblätter von M... rücken, die man am Eingang dieser Erzählung gelesen hat.

Der Graf F..., den unvermeidliche Geschäfte in Neapel aufhielten, hatte inzwischen zum zweitenmal an die Marquise geschrieben, und sie aufgefordert, es möchten fremde Umstände eintreten, welche da wollten, ihrer, ihm gegebenen, stillschweigenden Erklärung getreu zu bleiben. Sobald es ihm geglückt war, seine fernere Geschäftsreise nach Konstantinopel abzulehnen, und es seine übrigen Verhältnisse gestatteten, ging er augenblicklich von Neapel ab, und kam auch richtig, nur wenige Tage nach der von ihm bestimmten Frist, in M... an. Der Kommandant empfing ihn mit einem verlegenen Gesicht, sagte, daß ein notwendiges Geschäft ihn aus dem Hause nötige, und forderte den Forstmeister auf, ihn inzwischen zu unterhalten. Der Forstmeister zog ihn auf sein Zimmer, und fragte ihn, nach einer kurzen Begrüßung, ob er schon wisse, was sich während seiner Abwesenheit in dem Hause des Kommandanten zugetragen habe. Der Graf antwortete, mit einer flüchtigen Blässe: nein.

selon ses justes conclusions que celui-ci devait appartenir, incontestablement, au rebut de son espèce et, en quelque endroit du monde qu'on pût l'imaginer, il ne pouvait qu'être sorti de la boue la plus fangeuse et la plus piétinée. Mais comme le sentiment de son indépendance devenait chez elle toujours plus aigu et qu'elle estimait que la pierre conserve sa valeur, quelle que soit la manière dont elle a été enchâssée, elle réunit un matin tout son courage alors que la jeune vie remuait à nouveau dans son sein et elle fit insérer dans les journaux d'annonces de M... ce singulier appel qu'on a lu au début de ce récit.

Le comte F..., que des affaires impératives retenaient à Naples, lui avait écrit dans l'intervalle pour la seconde fois, la pressant de demeurer fidèle à la déclaration implicite qu'elle lui avait faite, quelques circonstances qui pussent survenir. Dès qu'il eut réussi à refuser sa mission plus lointaine à Constantinople et que la situation générale le lui permit, il s'empressa de quitter Naples et arriva à M... quelques jours seulement après le délai qu'il avait fixé. Le gouverneur le reçut d'un air embarrassé, lui dit qu'un motif urgent le forçait de sortir et pria le maître des forêts de lui tenir compagnie en attendant. Le maître des forêts l'emmena dans sa chambre et lui demanda, après de brèves salutations, s'il savait ce qui s'était passé en son absence dans la maison du gouverneur. Le comte répondit en pâlissant légèrement : non.

Hierauf unterrichtete ihn der Forstmeister von der Schande, die die Marquise über die Familie gebracht hatte, und gab ihm die Geschichtserzählung dessen, was unsre Leser soeben erfahren haben. Der Graf schlug sich mit der Hand vor die Stirn. Warum legte man mir so viele Hindernisse in den Weg! rief er in der Vergessenheit seiner. Wenn die Vermählung erfolgt wäre: so wäre alle Schmach und jedes Unglück uns erspart! Der Forstmeister fragte, indem er ihn anglotzte, ob er rasend genug wäre, zu wünschen, mit dieser Nichtswürdigen vermählt zu sein? Der Graf erwiderte, daß sie mehr wert wäre, als die ganze Welt, die sie verachtete; daß ihre Erklärung über ihre Unschuld vollkommnen Glauben bei ihm fände; und daß er noch heute nach V... gehen, und seinen Antrag bei ihr wiederholen würde. Er ergriff auch sogleich seinen Hut, empfahl sich dem Forstmeister, der ihn für seiner Sinne völlig beraubt hielt, und ging ab.

Er bestieg ein Pferd und sprengte nach V... hinaus. Als er am Tore abgestiegen war, und in den Vorplatz treten wollte, sagte ihm der Türsteher, daß die Frau Marquise keinen Menschen spräche. Der Graf fragte, ob diese, für Fremde getroffene, Maßregel auch einem Freund des Hauses gälte; worauf jener antwortete, daß er von keiner Ausnahme wisse, und bald darauf, auf eine zweideutige Art hinzusetzte: ob er vielleicht der Graf F... wäre? Der Graf erwiderte, nach einem forschenden Blick, nein; und äußerte, zu seinem Bedienten gewandt, doch so, daß jener es hören konnte, er werde, unter solchen Umständen, in einem Gasthofe absteigen, und sich bei der Frau Marquise schriftlich anmelden. Sobald er inzwischen dem Türsteher aus den Augen war,

Le maître des forêts lui fit connaître alors la honte que la marquise avait jetée sur la famille et lui fit le récit de ce que nos lecteurs viennent d'apprendre. Le comte se donna un coup sur le front. Pourquoi a-t-on mis tant d'obstacles sur ma route ? s'écria-t-il, s'oubliant lui-même. Si le mariage avait eu lieu, on nous eût épargné tout cet affront et tout ce malheur ! Le maître des forêts lui demanda, en le regardant avec de grands yeux, s'il était assez fou pour désirer se marier avec cette femme indigne ? Le comte répliqua qu'elle avait plus de valeur que le reste du monde qui la méprisait ; que ses déclarations d'innocence trouvaient auprès de lui entière créance, et que, dès le jour même, il partirait pour V... et renouvellerait sa demande auprès d'elle. Il prit aussitôt son chapeau, salua le maître des forêts qui le considérait comme ayant perdu totalement l'esprit, et il partit.

Il monta à cheval et partit pour V... au galop. Lorsqu'il descendit à la porte et qu'il voulut entrer dans l'avant-cour, le portier lui dit que madame la marquise ne parlait à personne. Le comte demanda si cette mesure, prise à l'égard des étrangers, valait aussi pour un ami de la maison ; l'autre répondit qu'on ne lui avait parlé d'aucune exception, sur quoi il ajouta d'un ton équivoque : S'il était par hasard le comte F... ? Non, répliqua le comte, après l'avoir sondé du regard. Et, tourné vers son ordonnance, mais de façon à être entendu par l'autre, il dit que, puisqu'il en était ainsi, il descendrait à l'hôtel et s'annoncerait à la marquise par écrit. Cependant, dès qu'il fut hors de la vue du portier,

bog er um eine Ecke, und umschlich die Mauer eines weitläufigen Gartens, der sich hinter dem Hause ausbreitete. Er trat durch eine Pforte, die er offen fand, in den Garten, durchstrich die Gänge desselben, und wollte eben die hintere Rampe hinaufsteigen, als er, in einer Laube, die zur Seite lag, die Marquise, in ihrer lieblichen und geheimnisvollen Gestalt, an einem kleinen Tischchen arbeiten sah. Er näherte sich ihr so, daß sie ihn nicht früher erblicken konnte, als bis er am Eingang der Laube, drei kleine Schritte von ihren Füßen, stand. Der Graf F...! sagte die Marquise, als sie die Augen aufschlug, und die Röte der Überraschung überflog ihr Gesicht. Der Graf lächelte, blieb noch eine Zeitlang, ohne sich im Eingang zu rühren, stehen; setzte sich dann, mit so bescheidener Zudringlichkeit, als sie nicht zu erschrecken nötig war, neben ihr nieder, und schlug, ehe sie noch, in ihrer sonderbaren Lage, einen Entschluß gefaßt hatte, seinen Arm sanft um ihren lieben Leib. Von wo, Herr Graf, ist es möglich, fragte die Marquise — und sah schüchtern vor sich auf die Erde nieder. Der Graf sagte: von M..., und drückte sie ganz leise an sich; durch eine hintere Pforte, die ich offen fand. Ich glaubte auf Ihre Verzeihung rechnen zu dürfen, und trat ein. Hat man Ihnen denn in M... nicht gesagt —?— fragte sie, und rührte noch kein Glied in seinen Armen. Alles, geliebte Frau, versetzte der Graf; doch von Ihrer Unschuld völlig überzeugt — Wie! rief die Marquise, indem sie aufstand, und sich loswickelte; und Sie kommen gleichwohl? — Der Welt zum Trotz, fuhr er fort, indem er sie festhielt, und Ihrer Familie zum Trotz, und dieser lieblichen Erscheinung sogar zum Trotz;

il tourna au coin et se faufila le long du mur d'un vaste jardin qui s'étendait derrière la maison. Il entra dans le jardin par une petite porte qu'il trouva ouverte et s'avança le long des allées ; et il allait gravir une rampe lorsque, sur le côté, sous une tonnelle, il aperçut la silhouette gracieuse et mystérieuse de la marquise, qui travaillait à une petite table. Il s'approcha d'elle de façon qu'elle ne put l'apercevoir avant qu'il ne se trouvât éloigné d'elle d'à peine trois pas à l'entrée de la tonnelle. Le comte F... ! dit-elle en levant les yeux, et le rouge de la surprise inonda son visage. Le comte sourit et il resta encore un moment sans bouger dans l'entrée ; puis il s'assit auprès d'elle avec une insistance si réservée qu'elle n'eut pas à s'effrayer et avant que, dans une situation aussi étrange, elle eût pu prendre une décision il passa tendrement son bras autour de sa taille gracieuse. D'où venez-vous, monsieur le comte, est-ce possible, demanda la marquise — les yeux timidement baissés vers la terre. De M..., dit le comte en l'attirant vers lui très doucement ; par une porte de derrière que j'ai trouvée ouverte. J'ai cru pouvoir compter sur votre pardon et je suis entré. — Ne vous a-t-on donc pas dit à M... — ? — demanda-t-elle, encore entre ses bras, sans bouger le moindre membre. Tout, ma bien-aimée, répliqua le comte ; mais absolument convaincu de votre innocence. — Comment ! s'écria la marquise, qui se mit debout et se dégagea ; et vous venez quand même ? En dépit du monde, continua-t-il, en la retenant fermement, et en dépit de votre famille, et même en dépit de cette délicieuse apparition ;

wobei er einen glühenden Kuß auf ihre Brust drückte. — Hinweg! rief die Marquise — So überzeugt, sagte er, Julietta, als ob ich allwissend wäre, als ob meine Seele in deiner Brust wohnte — Die Marquise rief: Lassen Sie mich! Ich komme, schloß er — und ließ sie nicht — meinen Antrag zu wiederholen, und das Los der Seligen, wenn Sie mich erhören wollen, von Ihrer Hand zu empfangen. Lassen Sie mich augenblicklich! rief die Marquise; ich befehls Ihnen! riß sich gewaltsam aus seinen Armen, und entfloh. Geliebte! Vortreffliche! flüsterte er, indem er wieder aufstand, und ihr folgte. — Sie hören! rief die Marquise, und wandte sich, und wich ihm aus. Ein einziges, heimliches, geflüstertes —! sagte der Graf, und griff hastig nach ihrem glatten, ihm entschlüpfenden Arm. — Ich *will nichts* wissen, versetzte die Marquise, stieß ihn heftig vor die Brust zurück, eilte auf die Rampe, und verschwand.

Er war schon halb auf die Rampe gekommen, um sich, es koste, was es wolle, bei ihr Gehör zu verschaffen, als die Tür vor ihm zuflog, und der Riegel heftig, mit verstörter Beeiferung, vor seinen Schritten zurasselte. Unschlüssig, einen Augenblick, was unter solchen Umständen zu tun sei, stand er, und überlegte, ob er durch ein, zur Seite offen stehendes Fenster einsteigen, und seinen Zweck, bis er ihn erreicht, verfolgen solle; doch so schwer es ihm auch in jedem Sinne war, umzukehren, diesmal schien es die Notwendigkeit zu erfordern, und grimmig erbittert über sich, daß er sie aus seinen Armen gelassen hatte, schlich er die Rampe hinab, und verließ den Garten, um seine Pferde aufzusuchen.

et il appuya ses paroles d'un baiser brûlant sur sa poitrine. — Partez d'ici! cria la marquise. Aussi convaincu, Julietta, dit-il, que si je savais tout, que si mon âme habitait dans ton sein. — La marquise cria : Laissez-moi! Je viens, acheva-t-il — sans la lâcher — renouveler ma demande et recevoir de votre main le lot des bienheureux si vous voulez bien m'exaucer. Laissez-moi à l'instant! cria la marquise, je vous l'ordonne! Elle s'arracha violemment de ses bras et s'enfuit. Ma bien-aimée, ma délicieuse, chuchota-t-il en se relevant et en la suivant. — Vous m'entendez? s'écria la marquise en se retournant et en s'esquivant. — Rien qu'un secret chuchotement —! dit le comte en saisissant son bras dont la peau satinée glissa sous sa main leste. — Je ne veux rien savoir, repartit la marquise, le repoussa d'un coup violent sur la poitrine, monta la rampe en hâte et disparut.

Il avait déjà atteint le milieu de la rampe, voulant coûte que coûte se faire entendre d'elle, lorsque la porte se ferma devant lui, et que le bruit fracassant d'un verrou repoussé avec force dans une hâte éperdue suspendit ses pas. Il demeura un instant incertain quant à la décision à prendre en pareille situation, et il se demanda s'il n'allait pas monter dans la maison par une fenêtre restée ouverte sur le côté et poursuivre son but jusqu'à ce qu'il l'eût atteint; mais si pénible que fût pour lui, de toute manière, de s'en retourner, il lui sembla cette fois que la nécessité l'exigeait et, plein de l'amer dépit de l'avoir laissée s'échapper de ses bras, il descendit furtivement la rampe et quitta le jardin pour aller rejoindre ses chevaux.

Er fühlte daß der Versuch, sich an ihrem Busen zu erklären, für immer fehlgeschlagen sei, und ritt schrittweis, indem er einen Brief überlegte, den er jetzt zu schreiben verdammt war, nach M... zurück. Abends, da er sich, in der übelsten Laune von der Welt, bei einer öffentlichen Tafel eingefunden hatte, traf er den Forstmeister an, der ihn auch sogleich befragte, ob er seinen Antrag in V... glücklich angebracht habe? Der Graf antwortete kurz: nein! und war sehr gestimmt, ihn mit einer bitteren Wendung abzufertigen; doch um der Höflichkeit ein Genüge zu tun, setzte er nach einer Weile hinzu: er habe sich entschlossen, sich schriftlich an sie zu wenden, und werde damit in kurzem ins Reine sein. Der Forstmeister sagte: er sehe mit Bedauern, daß seine Leidenschaft für die Marquise ihn seiner Sinne beraube. Er müsse ihm inzwischen versichern, daß sie bereits auf dem Wege sei, eine andere Wahl zu treffen; klingelte nach den neuesten Zeitungen, und gab ihm das Blatt, in welchem die Aufforderung derselben an den Vater ihres Kindes eingerückt war. Der Graf durchlief, indem ihm das Blut ins Gesicht schoß, die Schrift. Ein Wechsel von Gefühlen durchkreuzte ihn. Der Forstmeister fragte, ob er nicht glaube, daß die Person, die die Frau Marquise suche, sich finden werde? — Unzweifelhaft! versetzte der Graf, indessen er mit ganzer Seele über dem Papier lag, und den Sinn desselben gierig verschlang. Darauf nachdem er einen Augenblick, während er das Blatt zusammenlegte, an das Fenster getreten war, sagte er: nun ist es gut! nun weiß ich, was ich zu tun habe! kehrte sich sodann um; und fragte den Forstmeister noch, auf eine verbindliche Art, ob man ihn bald wiedersehen werde;

Il sentait que la tentative de se déclarer à son cœur avait échoué à jamais et il revint au pas à M... en réfléchissant à la lettre qu'il était dès lors condamné à écrire. Dans la soirée, s'étant trouvé à une table d'hôtel dans l'humeur la plus exécrable du monde, il rencontra le maître des forêts qui lui demanda aussitôt si sa demande avait eu un heureux résultat à V... Le comte répondit sèchement : non, d'une humeur à l'éconduire avec une remarque amère; cependant, en manière de politesse, il ajouta un moment après qu'il était décidé à s'adresser à elle par écrit et qu'il y verrait ainsi rapidement clair. Le maître des forêts lui dit qu'il voyait avec regret sa passion pour la marquise lui enlever ses esprits. Au demeurant, il devait lui assurer qu'elle était déjà en passe de faire un autre choix; il sonna pour avoir les derniers journaux et lui tendit la feuille où se trouvait insérée l'invitation concernant le père de son enfant. Le comte parcourut ces lignes, un afflux de sang au visage. Des sentiments très différents le traversèrent. Le maître des forêts lui demanda s'il ne croyait pas que l'on trouverait la personne recherchée? — Sans aucun doute! répliqua le comte, fixé de toute son âme sur ce papier dont il absorbait avidement le sens. Là-dessus, en pliant le journal, après s'être mis un instant à la fenêtre, il dit : maintenant, tout va bien! maintenant je sais ce que j'ai à faire! il se retourna alors, et demanda au maître des forêts de façon courtoise si on le reverrait bientôt;

empfahl sich ihm, und ging, völlig ausgesöhnt mit seinem Schicksal, fort. —

Inzwischen waren in dem Hause des Kommandanten die lebhaftesten Auftritte vorgefallen. Die Obristin war über die zerstörende Heftigkeit ihres Gatten und über die Schwäche, mit welcher sie sich, bei der tyrannischen Verstoßung der Tochter, von ihm hatte unterjochen lassen, äußerst erbittert. Sie war, als der Schuß in des Kommandanten Schlafgemach fiel, und die Tochter aus demselben hervorstürzte, in eine Ohnmacht gesunken, aus der sie sich zwar bald wieder erholte; doch der Kommandant hatte, in dem Augenblick ihres Erwachens, weiter nichts gesagt, als, es täte ihm leid, daß sie diesen Schrecken umsonst gehabt, und das abgeschossene Pistol auf einen Tisch geworfen. Nachher, da von der Abforderung der Kinder die Rede war, wagte sie schüchtern, zu erklären, daß man zu einem solchen Schritt kein Recht habe; sie bat mit einer, durch die gehabte Anwandlung, schwachen und rührenden Stimme, heftige Auftritte im Hause zu vermeiden; doch der Kommandant erwiderte weiter nichts, als, indem er sich zum Forstmeister wandte, vor Wut schäumend: geh! und schaff sie mir! Als der zweite Brief des Grafen F... ankam, hatte der Kommandant befohlen, daß er nach V... zur Marquise herausgeschickt werden solle, welche ihn, wie man nachher durch den Boten erfuhr, bei Seite gelegt, und gesagt hatte, es wäre gut. Die Obristin, der in der ganzen Begebenheit so vieles, und besonders die Geneigtheit der Marquise, eine neue, ihr ganz gleichgültige Vermählung einzugehen, dunkel war, suchte vergebens, diesen Umstand zur Sprache zu bringen.

il le salua et pleinement réconcilié avec son destin, s'en alla. —

Entre-temps, les scènes les plus vives s'étaient produites dans la maison du gouverneur. La colonelle était aigrie au plus haut point de la si funeste dureté de son époux et de la faiblesse avec laquelle elle s'était fait tenir sous le joug lors de l'expulsion tyrannique de sa fille. Lorsque le coup de pistolet était parti dans la chambre du gouverneur et que sa fille en était sortie précipitamment, elle était tombée évanouie pour reprendre bientôt ses sens ; mais le gouverneur s'était borné à lui dire, au moment de son réveil, qu'il regrettait qu'elle se fût effrayée pour rien, et il avait jeté le pistolet déchargé sur une table. Plus tard, quand il avait été question de réclamer les enfants, elle s'était risquée à déclarer timidement que rien n'autorisait à entreprendre une telle démarche ; d'une voix émue et affaiblie par ce malaise, elle demandait qu'on évitât dans la maison des scènes violentes ; or le gouverneur ne répondit rien d'autre que, écumant de rage, en se tournant vers le maître des forêts : va ! et amène-les-moi ! Quand arriva la seconde lettre du comte, le gouverneur avait donné l'ordre de la faire suivre à V..., à l'adresse de la marquise qui, comme on l'apprit ensuite par le messager, l'avait mise de côté en lui disant que c'était bien. La colonelle, qui trouvait tant de choses obscures dans tout cet événement et en particulier le fait que la marquise était disposée à un nouveau mariage en y étant elle-même totalement indifférente, essayait vainement d'amener la conversation sur ce sujet.

Der Kommandant bat immer, auf eine Art, die einem Befehle gleich sah, zu schweigen; versicherte, indem er einst, bei einer solchen Gelegenheit, ein Porträt herabnahm, das noch von ihr an der Wand hing, daß er sein Gedächtnis ihrer ganz zu vertilgen wünsche; und meinte, er hätte keine Tochter mehr. Drauf erschien der sonderbare Aufruf der Marquise in den Zeitungen. Die Obristin, die auf das lebhafteste darüber betroffen war, ging mit dem Zeitungsblatt, das sie von dem Kommandanten erhalten hatte, in sein Zimmer, wo sie ihn an einem Tisch arbeitend fand, und fragte ihn, was er in aller Welt davon halte? Der Kommandant sagte, indem er fortschrieb: o! sie ist unschuldig. Wie! rief Frau von G..., mit dem alleräußersten Erstaunen: unschuldig? Sie hat es im Schlaf getan, sagte der Kommandant, ohne aufzusehen. Im Schlafe! versetzte Frau von G... Und ein so ungeheurer Vorfall wäre —? Die Närrin! rief der Kommandant, schob die Papiere über einander, und ging weg.

Am nächsten Zeitungstage las die Obristin, da beide beim Frühstück saßen, in einem Intelligenzblatt, das eben ganz feucht von der Presse kam, folgende Antwort:

»Wenn die Frau Marquise von O... sich, am 3ten... 11 Uhr morgens, im Hause des Herrn von G..., ihres Vaters, einfinden will: so wird sich derjenige, den sie sucht, ihr daselbst zu Füßen werfen.« —

Der Obristin verging, ehe sie noch auf die Hälfte dieses unerhörten Artikels gekommen war, die Sprache [1]; sie überflog das Ende, und reichte das Blatt dem Kommandanten dar. Der Obrist durchlas das Blatt dreimal, als ob er seinen eignen Augen nicht traute.

Le gouverneur la priait toujours de se taire, sur un ton qui ressemblait à un ordre ; il affirma une fois, en décrochant un portrait de sa fille resté au mur, qu'il désirait abolir en lui tout souvenir d'elle, et dit qu'il n'avait plus de fille. Là-dessus parut dans les journaux l'étrange appel de la marquise. La colonelle, qui en fut fortement touchée, prit la feuille que le gouverneur lui avait fait parvenir et se rendit dans son cabinet où il était en train de travailler à sa table, et lui demanda de lui dire pour l'amour du ciel ce qu'il en pensait. Tout en continuant d'écrire, le commandant dit : oh ! elle est innocente. Comment ! s'écria Mme de G..., au comble de l'étonnement : innocente ? Elle l'a fait dans son sommeil, dit le commandant, sans lever les yeux. Dans son sommeil ! répliqua Mme de G... Et un incident aussi monstrueux se serait —? La folle ! s'écria le commandant, qui empila ses papiers et s'en alla.

Dans le journal du lendemain, tandis qu'ils prenaient tous deux leur déjeuner, la colonelle lut la réponse suivante dans une feuille d'annonces qui sortait, encore tout humide, de la presse :

« Si madame la marquise d'O... veut bien se trouver le 3... à onze heures du matin, dans la maison de M. de G..., son père : celui qu'elle cherche y sera et se jettera à ses pieds. » —

La colonelle n'avait pas encore lu la moitié de ce texte inouï qu'elle resta sans voix [1] ; elle parcourut la fin du regard et tendit la feuille au gouverneur. Le colonel lut la feuille entièrement par trois fois, comme s'il n'en croyait pas ses yeux.

1. Voir note 1 p. 68. L'emploi de *vergehen* recouvre celui d'*ausgehen*. Il n'est cependant guère utilisé aujourd'hui.

Nun sage mir, um des Himmelswillen, Lorenzo, rief die Obristin, was hältst du davon? O die Schändliche! versetzte der Kommandant, und stand auf; o die verschmitzte Heuchlerin! Zehnmal die Schamlosigkeit einer Hündin, mit zehnfacher List des Fuchses gepaart, reichen noch an die ihrige nicht! Solch eine Miene! Zwei solche Augen! Ein Cherub hat sie nicht treuer! — und jammerte und konnte sich nicht beruhigen. Aber was in aller Welt, fragte die Obristin, wenn es eine List ist, kann sie damit bezwecken? — Was sie damit bezweckt? Ihre nichtswürdige Betrügerei, mit Gewalt will sie sie durchsetzen, erwiderte der Obrist. Auswendig gelernt ist sie schon, die Fabel, die sie uns beide, sie und er, am Dritten 11 Uhr morgens hier aufbürden wollen. Mein liebes Töchterchen, soll ich sagen, das wußte ich nicht, wer konnte das denken, vergib mir, nimm meinen Segen, und sei wieder gut. Aber die Kugel dem, der am Dritten morgens über meine Schwelle tritt! Es müßte denn schicklicher sein, ihn mir durch Bedienten aus dem Hause zu schaffen. — Frau von G... sagte, nach einer nochmaligen Überlesung des Zeitungsblattes, daß wenn sie, von zwei unbegreiflichen Dingen, einem, Glauben beimessen solle, sie lieber an ein unerhörtes Spiel des Schicksals, als an diese Niederträchtigkeit ihrer sonst so vortrefflichen Tochter glauben wolle. Doch ehe sie noch vollendet hatte, rief der Kommandant schon: tu mir den Gefallen und schweig! und verließ das Zimmer. Es ist mir verhaßt, wenn ich nur davon höre.

Maintenant, pour l'amour du ciel, Lorenzo, dis-moi ce que tu en penses ? Oh la honteuse ! repartit le gouverneur en se levant ; la rusée hypocrite ! dix fois l'impudence d'une chienne accolée à dix fois la ruse du renard n'atteignent encore pas la sienne ! Un pareil minois ! Une paire d'yeux comme les siens ! Un chérubin n'en a pas de plus candides ! et il gémissait et ne pouvait s'apaiser. Mais de grâce, demanda la colonelle, si c'est une ruse, à quoi peut-elle viser ? — Le but ? C'est sa vile duplicité qu'elle veut imposer de force. Ils l'ont apprise déjà par cœur, la fable que tous les deux, elle et lui, veulent nous faire avaler ici le 3, à onze heures du matin. Ma chère petite fille, dois-je dire, je ne savais pas, qui pouvait imaginer cela, pardonne-moi, reçois ma bénédiction et reviens à nous. Mais une balle pour celui qui, le 3 au matin, franchira mon seuil ! Il serait d'ailleurs plus convenable que je le fasse jeter dehors par nos gens. — Mme de G... dit après avoir relu une nouvelle fois la feuille que s'il fallait ajouter foi à l'une ou à l'autre de deux choses inconcevables, elle aimait mieux croire à un jeu inouï du destin plutôt qu'à cette infamie d'une fille, pour le reste si parfaite. Mais elle n'avait pas encore achevé que le gouverneur s'écria : fais-moi le plaisir de te taire ! et il quitta la pièce. Cela m'est détestable, d'en entendre seulement parler.

Wenige Tage nachher erhielt der Kommandant, in Beziehung auf diesen Zeitungsartikel, einen Brief von der Marquise, in welchem sie ihn, da ihr die Gnade versagt wäre, in seinem Hause erscheinen zu dürfen, auf eine ehrfurchtsvolle und rührende Art bat, denjenigen, der sich am Dritten morgens bei ihm zeigen würde, gefälligst zu ihr nach V... hinauszuschicken. Die Obristin war gerade gegenwärtig, als der Kommandant diesen Brief empfing; und da sie auf seinem Gesicht deutlich bemerkte, daß er in seiner Empfindung irre geworden war: denn welch ein Motiv jetzt, falls es eine Betrügerei war, sollte er ihr unterlegen, da sie auf seine Verzeihung gar keine Ansprüche zu machen schien? so rückte sie, dadurch dreist gemacht, mit einem Plan hervor, den sie schon lange, in ihrer von Zweifeln bewegten Brust, mit sich herum getragen hatte. Sie sagte, während der Obrist noch, mit einer nichtssagenden Miene, in das Papier hineinsah: sie habe einen Einfall. Ob er ihr erlauben wolle, auf einen oder zwei Tage, nach V... hinauszufahren? Sie werde die Marquise, falls sie wirklich denjenigen, der ihr durch die Zeitungen, als ein Unbekannter, geantwortet, schon kenne, in eine Lage zu versetzen wissen, in welcher sich ihre Seele verraten müßte, und wenn sie die abgefeimteste Verräterin wäre. Der Kommandant erwiderte, indem er, mit einer plötzlich heftigen Bewegung, den Brief zerriß: sie wisse, daß er mit ihr nichts zu schaffen haben wolle, und er verbiete ihr, in irgend eine Gemeinschaft mit ihr zu treten. Er siegelte die zerrissenen Stücke ein, schrieb eine Adresse an die Marquise, und gab sie dem Boten, als Antwort, zurück.

Peu de jours après, le gouverneur reçut de la marquise une lettre relative à cet article du journal où elle lui demandait, puisqu'il lui refusait la grâce de la laisser reparaître dans sa maison, d'une manière respectueuse et touchante, de bien vouloir lui envoyer à V... l'homme qui se présenterait chez lui dans la matinée du 3. La colonelle était justement là quand le gouverneur reçut cette lettre ; et comme elle lut clairement sur son visage qu'il avait été troublé dans son jugement, car, s'il y avait duperie de la part de sa fille, quel motif pouvait-il lui attribuer, du moment qu'elle ne montrait aucune prétention à se faire pardonner ? s'étant enhardie, elle mit en avant un plan qu'elle gardait depuis longtemps dans le secret de son cœur déchiré par le doute. Elle dit, tandis que le colonel fixait encore sur le papier un regard inexpressif, qu'elle avait une idée. Voudrait-il lui permettre de se rendre à V... pour un ou deux jours. Au cas où la marquise connaîtrait déjà réellement celui qui lui avait répondu par la voie des journaux comme un inconnu, elle saurait la mettre dans la situation où elle se trahirait quand bien même elle serait la plus infâme des traîtresses. Le gouverneur répliqua, en déchirant soudain la lettre d'un geste furieux : elle savait bien qu'il ne voulait plus avoir affaire à elle et il s'opposait à ce qu'elle entre en relation d'une façon ou d'une autre avec elle. Il cacheta les morceaux déchirés de la lettre, y écrivit l'adresse de la marquise et les remit au messager en guise de réponse.

Die Obristin, durch diesen hartnäckigen Eigensinn, der alle Möglichkeit der Aufklärung vernichtete, heimlich erbittert, beschloß ihren Plan jetzt, gegen seinen Willen, auszuführen. Sie nahm einen von den Jägern des Kommandanten, und fuhr am nächstfolgenden Morgen, da ihr Gemahl noch im Bette lag, mit demselben nach V... hinaus. Als sie am Tore des Landsitzes angekommen war, sagte ihr der Türsteher, daß niemand bei der Frau Marquise vorgelassen würde. Frau von G... antwortete, daß sie von dieser Maßregel unterrichtet wäre, daß er aber gleichwohl nur gehen, und die Obristin von G... bei ihr anmelden möchte. Worauf dieser versetzte, daß dies zu nichts helfen würde, indem die Frau Marquise keinen Menschen auf der Welt spräche. Frau von G... antwortete, daß sie von ihr gesprochen werden würde, indem sie ihre Mutter wäre, und daß er nur nicht länger säumen, und sein Geschäft verrichten möchte. Kaum aber war noch der Türsteher zu diesem, wie er meinte, gleichwohl vergeblichen Versuche ins Haus gegangen, als man schon die Marquise daraus hervortreten, nach dem Tore eilen, und sich auf Knieen vor dem Wagen der Obristin niederstürzen sah. Frau von G... stieg, von ihrem Jäger unterstützt, aus, und hob die Marquise, nicht ohne einige Bewegung, vom Boden auf. Die Marquise drückte sich, von Gefühlen überwältigt, tief auf ihre Hand hinab, und führte sie, indem ihr die Tränen häufig [1] flossen, ehrfurchtsvoll in die Zimmer ihres Hauses. Meine teuerste Mutter! rief sie, nachdem sie ihr den Diwan angewiesen hatte, und noch vor ihr stehen blieb, und sich die Augen trocknete:

La colonelle, sourdement exaspérée d'un entêtement aussi féroce qui anéantissait toute possibilité d'éclaircissement, décida alors d'exécuter son plan contre son gré. Elle prit avec elle un des chasseurs du gouverneur, et, dès le lendemain matin, pendant que son époux était encore au lit, elle partit avec lui pour V... Quand elle arriva à la porte du domaine, le portier lui dit que personne n'était admis auprès de Mme la marquise. Mme de G... répondit qu'elle était au courant de ces dispositions, mais elle le pria néanmoins d'aller seulement annoncer sa visite. L'autre repartit que cela ne servirait à rien, car Mme la marquise ne parlait à personne au monde. Mme de G... répliqua qu'elle lui parlerait parce qu'elle était sa mère et elle le pria simplement de ne pas tergiverser davantage et de faire son office. Mais à peine le portier était-il entré dans la maison pour faire cette tentative inutile, à ce qu'il pensait, que l'on vit la marquise en sortir, courir à la porte et se jeter à genoux devant la voiture de la colonelle. Mme de G... en descendit, aidée par son chasseur et, non sans quelque émotion, releva la marquise. La marquise, grâce à la force de ses sentiments, s'inclina profondément pour lui prendre la main et la conduisit avec le plus grand respect dans sa maison en pleurant d'abondance[1]. Mère très chère! s'écria-t-elle, après l'avoir fait asseoir sur le divan et en restant encore debout devant elle à s'essuyer les yeux :

1. Voir note 1 p. 73.

welch ein glücklicher Zufall ist es, dem ich Ihre, mir unschätzbare Erscheinung verdanke? Frau von G... sagte, indem sie ihre Tochter vertraulich faßte, sie müsse ihr nur sagen, daß sie komme, sie wegen der Härte, mit welcher sie aus dem väterlichen Hause verstoßen worden sei, um Verzeihung zu bitten. Verzeihung! fiel ihr die Marquise ins Wort, und wollte ihre Hände küssen. Doch diese, indem sie den Handkuß vermied, fuhr fort: denn nicht nur, daß die, in den letzten öffentlichen Blättern eingerückte, Antwort auf die bewußte Bekanntmachung, mir sowohl als dem Vater, die Überzeugung von deiner Unschuld gegeben hat; so muß ich dir auch eröffnen, daß er sich »selbst« schon, zu unserm großen und freudigen Erstaunen, gestern zu Hause gezeigt hat. Wer hat sich —? fragte die Marquise, und setzte sich bei ihrer Mutter nieder; — welcher er »selbst« hat sich gezeigt —? und Erwartung spannte jede ihrer Mienen. Er, erwiderte Frau von G..., der Verfasser jener Antwort, er persönlich selbst, an welchen dein Aufruf gerichtet war. — Nun denn, sagte die Marquise, mit unruhig arbeitender Brust: wer ist es? Und noch einmal: wer ist es? — Das, erwiderte Frau von G..., möchte ich dich erraten lassen. Denn denke, daß sich gestern, da wir beim Tee sitzen, und eben das sonderbare Zeitungsblatt lesen, ein Mensch, von unsrer genauesten Bekanntschaft, mit Gebärden der Verzweiflung ins Zimmer stürzt, und deinem Vater, und bald darauf auch mir, zu Füßen fällt. Wir, unwissend, was wir davon denken sollen, fordern ihn auf, zu reden. Darauf spricht er: sein Gewissen lasse ihm keine Ruhe; er sei der Schändliche, der die Frau Marquise betrogen,

quel heureux événement me vaut le bonheur inestimable de vous voir ici ? Mme de G..., serrant tendrement sa fille dans ses bras, répondit qu'elle voulait seulement lui dire qu'elle venait pour lui demander pardon de la dureté avec laquelle elle avait été chassée de la maison paternelle. Pardon ! l'interrompit la marquise en cherchant à lui baiser les mains. Mais évitant ce baisemain elle poursuivit : en dehors du fait que la réponse parue dans les derniers journaux suite à l'avis que nous connaissons nous a donné, à moi aussi bien qu'à ton père, la conviction de ton innocence, je dois également te révéler que « lui-même », à notre grand et joyeux étonnement, s'est déjà présenté hier à la maison. Qui donc s'est... ? — demanda la marquise en s'asseyant près de sa mère ; — quel « lui-même » s'est présenté — ?, tous les traits de son visage tendus d'anxiété. Lui, répondit Mme de G..., l'auteur de cette réponse, lui-même en personne, celui à qui ton appel était adressé. — Alors fit la marquise, la poitrine haletante, qui est-ce ? Et encore : qui est-ce ? Cela, je voudrais te le laisser deviner. Car pense qu'hier, tandis que nous prenions le thé en lisant justement cet étrange journal, un homme de notre proche connaissance, se précipite dans la pièce avec des gestes de désespoir, tombe aux pieds de ton père et, bientôt après, à mes pieds. Nous, ne sachant que penser, l'invitons à parler. Là-dessus il dit : sa conscience ne lui laisse aucun repos, c'est lui l'infâme qui a abusé de la marquise,

er müsse wissen, wie man sein Verbrechen beurteile, und wenn Rache über ihn verhängt werden solle, so komme er, sich ihr selbst darzubieten. Aber wer? wer? wer? versetzte die Marquise. Wie gesagt, fuhr Frau von G... fort, ein junger, sonst wohlerzogener Mensch, dem wir eine solche Nichtswürdigkeit niemals zugetraut hätten. Doch erschrecken wirst du nicht, meine Tochter, wenn du erfährst, daß er von niedrigem Stande, und von allen Forderungen, die man sonst an deinen Gemahl machen dürfte, entblößt ist. Gleichviel, meine vortreffliche Mutter, sagte die Marquise, er kann nicht ganz unwürdig sein, da er sich Ihnen früher als mir, zu Füßen geworfen hat. Aber, wer? wer? Sagen Sie mir nur: wer? Nun denn, versetzte die Mutter, es ist Leopardo, der Jäger, den sich der Vater jüngst aus Tirol verschrieb, und den ich, wenn du ihn wahrnahmst, schon mitgebracht habe, um ihn dir als Bräutigam vorzustellen. Leopardo, der Jäger! rief die Marquise, und drückte ihre Hand, mit dem Ausdruck der Verzweiflung, vor die Stirn. Was erschreckt dich? fragte die Obristin. Hast du Gründe, daran zu zweifeln? — Wie? Wo? Wann? fragte die Marquise verwirrt. Das, antwortete jene, will er nur dir anvertrauen. Scham und Liebe, meinte er, machten es ihm unmöglich, sich einer andern hierüber zu erklären, als dir. Doch wenn du willst, so öffnen wir das Vorzimmer, wo er, mit klopfendem Herzen, auf den Ausgang wartet; und du magst sehen, ob du ihm sein Geheimnis, indessen ich abtrete, entlockst. — Gott, mein Vater! rief die Marquise; ich war einst in der Mittagshitze eingeschlummert, und sah ihn von meinem Diwan gehen, als ich erwachte! —

il ne peut ignorer comment on qualifie son crime et, si son acte appelle vengeance, il vient s'y offrir lui-même. Mais qui ? qui ? qui ? repartit la marquise. Comme je te l'ai dit, poursuivit Mme de G..., un homme jeune, au demeurant bien élevé, que nous n'aurions jamais cru capable d'une pareille infamie. Mais tu ne vas pas t'effrayer, ma fille, d'apprendre qu'il est de condition inférieure et dépourvu de tout ce que, dans un autre cas, on serait en droit d'exiger de celui qui serait ton époux. Peu importe, excellente mère, il ne peut en être tout à fait indigne, puisqu'il s'est jeté d'abord à vos pieds plutôt qu'aux miens. Mais qui ? Dites-moi seulement : qui ? Eh bien, repartit la mère, c'est Leopardo, le chasseur que ton père a fait venir du Tyrol récemment et que, comme tu as pu le voir, j'ai pris avec moi pour te le présenter comme ton fiancé. Leopardo, le chasseur ! s'écria la marquise, se portant la main au front, dans une expression de désespoir. Pourquoi t'effrayer ? demanda la colonelle. As-tu des raisons d'en douter ? — Comment ? Où ? Quand ? fit la marquise, égarée. Cela, répondit-elle, il ne veut le confier qu'à toi. La pudeur et l'amour, a-t-il dit, lui rendent impossible de s'en expliquer avec une autre qu'avec toi. Mais, si tu veux, nous ouvrirons l'antichambre où, le cœur battant, il attend l'issue ; et pendant que je me serai retirée, tu verras bien si tu peux lui arracher son secret. — Dieu, mon père ! s'exclama la marquise ; un jour je m'étais assoupie dans la chaleur de midi, et en me réveillant, je l'ai vu s'éloigner de mon divan.

Und damit legte sie ihre kleinen Hände vor ihr in Scham erglühendes Gesicht. Bei diesen Worten sank die Mutter auf Knieen vor ihr nieder. O meine Tochter! rief sie; o du Vortreffliche! und schlug die Arme um sie. Und o ich Nichtswürdige! und verbarg das Antlitz in ihren Schoß. Die Marquise fragte bestürzt: was ist Ihnen, meine Mutter? Denn begreife, fuhr diese fort, o du Reinere als Engel sind, daß von allem, was ich dir sagte, nichts wahr ist; daß meine verderbte Seele an solche Unschuld nicht, als von der du umstrahlt bist, glauben konnte, und daß ich dieser schändlichen List erst bedurfte, um mich davon zu überzeugen. Meine teuerste Mutter, rief die Marquise, und neigte sich voll froher Rührung zu ihr herab, und wollte sie aufheben. Jene versetzte darauf: nein, eher nicht von deinen Füßen weich ich, bis du mir sagst, ob du mir die Niedrigkeit meines Verhaltens, du Herrliche, Überirdische, verzeihen kannst. Ich Ihnen verzeihen, meine Mutter! Stehen Sie auf, rief die Marquise, ich beschwöre Sie — Du hörst, sagte Frau von G..., ich will wissen, ob du mich noch lieben, und so aufrichtig verehren kannst, als sonst[1]? Meine angebetete Mutter! rief die Marquise, und legte sich gleichfalls auf Knieen vor ihr nieder; Ehrfurcht und Liebe sind nie aus meinem Herzen gewichen. Wer konnte mir, unter so unerhörten Umständen, Vertrauen schenken? Wie glücklich bin ich, daß Sie von meiner Unsträflichkeit überzeugt sind! Nun denn, versetzte Frau von G..., indem sie, von ihrer Tochter unterstützt, aufstand:

Et elle couvrit alors de ses mains fines son visage empourpré de honte. À ces mots sa mère tomba à genoux devant elle. Ô ma fille! cria-t-elle; ô toi si exquise! Et elle l'enlaça de ses bras. Et moi, quelle indigne je suis! elle se cacha le visage dans ses genoux. La marquise, bouleversée, demanda : que vous arrive-t-il, ma mère? Comprends donc, poursuivit celle-ci, ô toi, plus pure que ne le sont les anges, que, de tout ce que je t'ai dit, il n'y a rien de vrai; que mon âme corrompue ne pouvait croire à une innocence comme celle qui rayonne de toi et que, pour m'en convaincre, il m'a fallu d'abord recourir à cette ruse infâme. Ma très chère mère, s'écria la marquise, qui, voulant la relever, se pencha vers elle toute joyeuse et émue. Mais elle reprit : non, je ne me lèverai pas avant que tu me dises, magnifique, surhumaine, si tu peux me pardonner la bassesse de ma conduite. Moi, vous pardonner, ma mère! Levez-vous, s'écria la marquise, je vous en conjure — Tu entends, dit Mme de G..., je veux savoir si tu peux m'aimer et me respecter aussi sincèrement que par le passé[1]? Ma mère adorée, s'écria la marquise, en s'agenouillant à son tour devant elle, le respect et l'amour n'ont jamais quitté mon cœur. Qui pouvait, dans des circonstances à ce point inouïes, m'accorder sa confiance? Comme je suis heureuse de vous voir convaincue de mon innocence! Eh bien, répliqua Mme de G... en se relevant avec l'aide de sa fille :

1. Exprime une condition plus absolue que temporelle seulement.

so will ich dich auf Händen tragen[1], mein liebstes Kind. Du sollst bei mir dein Wochenlager halten; und wären die Verhältnisse so, daß ich einen jungen Fürsten von dir erwartete, mit größerer Zärtlichkeit nicht und Würdigkeit könnt ich dein pflegen. Die Tage meines Lebens nicht mehr von deiner Seite weich ich. Ich biete der ganzen Welt Trotz; ich *will* keine andre Ehre mehr, als deine Schande: wenn du mir nur wieder gut wirst, und der Härte nicht, mit welcher ich dich verstieß, mehr gedenkst. Die Marquise suchte sie mit Liebkosungen und Beschwörungen ohne Ende zu trösten; doch der Abend kam heran, und Mitternacht schlug, ehe es ihr gelang. Am folgenden Tage, da sich der Affekt der alten Dame, der ihr während der Nacht eine Fieberhitze zugezogen hatte, ein wenig gelegt hatte, fuhren Mutter und Tochter und Enkel, wie im Triumph, wieder nach M... zurück. Sie[2] waren äußerst vergnügt auf der Reise, scherzten über Leopardo, den Jäger, der vorn auf dem Bock saß; und die Mutter sagte zur Marquise, sie bemerke, daß sie rot[3] würde, so oft sie seinen breiten Rücken ansähe. Die Marquise antwortete, mit einer Regung, die halb ein Seufzer, halb ein Lächeln war: wer weiß, wer zuletzt noch am Dritten 11 Uhr morgens bei uns erscheint! — Drauf, je mehr man sich M... näherte,

1. Littéralement : porter sur les mains ; sous-entendu : afin que les pieds n'aient pas à toucher le sol impur et pour ne pas avoir à marcher — condition altière.

2. On peut supposer que Kleist ne pense qu'aux deux femmes et non à elles et Leopardo.

je veux maintenant te choyer[1], ma très chère enfant. C'est chez moi que tu accoucheras ; et, si les circonstances voulaient que j'attendisse de toi un jeune prince, je ne saurais te soigner avec plus de tendresse et d'égards. Tous les jours de ma vie, je les passerai désormais à tes côtés. Je braverai le monde entier ; je ne veux plus d'autre honneur que ta honte : si seulement tu veux bien me rendre ton affection et ne plus penser à la dureté avec laquelle je t'ai repoussée. La marquise cherchait à la consoler avec des caresses et des promesses sans fin ; mais le soir vint et minuit sonna sans qu'elle y fût parvenue. Le lendemain, comme la vieille dame se trouvait un peu remise de son émotion qui lui avait valu, pendant la nuit, un accès de fièvre, la mère, la fille et le petit-fils repartirent pour M... comme en triomphe. Elles[2] étaient très joyeuses pendant leur voyage, plaisantaient sur Leopardo, le chasseur, assis en avant sur le siège ; et la mère disait à la marquise qu'elle la voyait rougir[3] chaque fois qu'elle posait son regard sur son large dos. La marquise répondait, avec un élan qui était à moitié un soupir, à moitié un sourire : qui sait qui va finalement se présenter chez nous le 3, à onze heures du matin ! — Ensuite, plus on s'approchait de M...,

3. On pouvait également traduire : « qu'elle se sentait rougir ». Ce serait donc la mère et non la fille qui s'émeut à la vue du dos de Leopardo. Ce ne serait d'ailleurs pas le seul endroit où mère et fille, dans le texte de Kleist, sont interchangeables.

je ernsthafter stimmten sich wieder die Gemüter, in der Vorahnung entscheidender Auftritte, die ihnen noch bevorstanden. Frau von G..., die sich von ihren Plänen nichts merken ließ, führte ihre Tochter, da sie vor dem Hause ausgestiegen waren, wieder in ihre alten Zimmer ein; sagte, sie möchte es sich nur bequem machen, sie würde gleich wieder bei ihr sein, und schlüpfte ab. Nach einer Stunde kam sie mit einem ganz erhitzten Gesicht wieder. Nein, solch ein Thomas! sprach sie mit heimlich vergnügter Seele; solch ein ungläubiger Thomas! Hab ich nicht eine Seigerstunde[1] gebraucht, ihn zu überzeugen. Aber nun sitzt er, und weint. Wer? fragte die Marquise. Er, antwortete die Mutter. Wer sonst, als wer die größte Ursache dazu hat. Der Vater doch nicht? rief die Marquise. Wie ein Kind, erwiderte die Mutter; daß ich, wenn ich mir nicht selbst hätte die Tränen aus den Augen wischen müssen, gelacht hätte, so wie ich nur aus der Türe heraus war. Und das wegen meiner? fragte die Marquise, und stand auf; und ich sollte hier —? Nicht von der Stelle! sagte Frau von G... Warum diktierte er mir den Brief! Hier sucht er *dich* auf, wenn er *mich*, so lange ich lebe, wiederfinden will. Meine teuerste Mutter, flehte die Marquise — Unerbittlich! fiel ihr die Obristin ins Wort. Warum griff er nach der Pistole. — Aber ich beschwöre Sie — Du *sollst* nicht, versetzte Frau von G..., indem sie die Tochter wieder auf ihren Sessel niederdrückte. Und wenn er nicht heut vor Abend noch kommt, zieh ich morgen mit dir weiter. Die Marquise nannte dies Verfahren hart und ungerecht. Doch die Mutter erwiderte:

M. Wieland voyait en son ami Kleist « une nature très bizarre, un peu :séquilibrée, comme il arrive toujours quand le talent, pour se manifester, ›it faire craquer le vieil uniforme prussien ».

Portrait de Heinrich von Kleist, crayon, 1831. Copie d'après la miniature Peter Friedel.

2

En 1792, Kleist entra au régiment de la garde prussienne de Potsdam. Il y restera cinq ans.

2 D. Chodowiecki : *Parade du régiment de la garde de Frédéric II à Potsdam*, 1778. Gravure.

3 Ulrike, la sœur bien-aimée de Kleist. Détail d'une miniature anonyme.

4 La lecture du philosophe allemand Emmanuel Kant inspirera à Kleist la passion du « devoir ». Gravure d'après F. W. Senewaldt, 1786. Bibliothèque des Arts décoratifs, Paris.

5 L'écrivain C. M. Wieland accueillit à plusieurs reprises Kleist chez lui. Gravure de J. F. Bause d'après Anton Graff.

6 G. M. Kraus : *C. M. Wieland et sa famille*, 1790.

5

6

8

En 1801, un profond désarroi s'empara de Kleist. Instable et tourmenté, tenta de trouver un but à sa vie en voyageant : à Paris, tout lui déplaît ; il pas alors, sans répit, d'une ville allemande à une autre. Ce sera en vain.

7 *Vue de la Galerie du Palais-Royal*. Gravure de Coqueret d'après Garbissa, ve 1800. Musée Carnavalet, Paris.
8 *Vue générale de Paris*. Gravure de Lalaisse. Bibliothèque des Arts décorati Paris.
9 *Vue de la façade intérieure de la Porte de Brandebourg à Berlin*. Gravure, déb XIXe s. Bibliothèque nationale, Paris.
10 *Le Palais de S.M. le Roi de Prusse*. Gravure, début XIXe s. Bibliothèq nationale, Paris.
11 *Dresden*. Gravure coloriée, début XIXe s. Bibliothèque nationale, Paris.

9

10

11

Kleist, comme la plupart des écrivains allemands de la seconde moitié du XVIIIe siècle, développa un très fort sentiment patriotique ; il détestait Napoléon.

12 *Confédération des États du Rhin, le 25 juillet 1806.* Gravure de Le Beau d'après Nandel. Bibliothèque nationale, Paris.

13 *Rencontre de Napoléon Ier et du roi de Prusse à Potsdam.* Aquarelle, début XIXe s. Château de Versailles.

14 *Entrée triomphante des Français dans la Ville de Berlin*, le 27 octobre 1806. Gravure coloriée. Bibliothèque nationale, Paris.

13

14

Ballotté d'échecs en déceptions, Kleist décidera sa mort. Le 21 novembre 1811, il se tua en compagnie d'Henriette Vogel au bord du Wannsee non loin de Potsdam.

15 Meyer : *L'hôtel de ville de Potsdam depuis le Brahansberg.* Palais-Neuf, Potsdam.

16 Meyer : *Vieux marché et portail du château de Potsdam.* Palais-Neuf, Potsdam.

15

16

18

19

Dans l'Italie du Nord, une citadelle assiégée, une femme assaillie... *La marquise d'O...* ou l'invraisemblable vérité.

17 et 19 *La marquise d'O...*, film d'Éric Rohmer (1976), avec Edith Clever et Bruno Ganz.

18 *Défaite de Moreau par Souvorov à Cassano d'Adda*, le 27 avril 1799. Gravure de Gingleton.

« (...) que le sentiment qui vit au fond de toi se dresse comme un roc appuie-toi sur lui et ne fléchis pas quand bien même à tes pieds et sur ta tête terre et le ciel s'effondreraient ! »

20 Hans Memling : *Allégorie de la Chasteté*. Musée Jacquemart-André, Pari
21 Charles Thevenin : *Attaque et prise de Ratisbonne* (détail), 1809. Château c Versailles.
22 Karl Begas le Vieux : *Portrait de Wilhelmine Begas*, 1828.

21

22

0

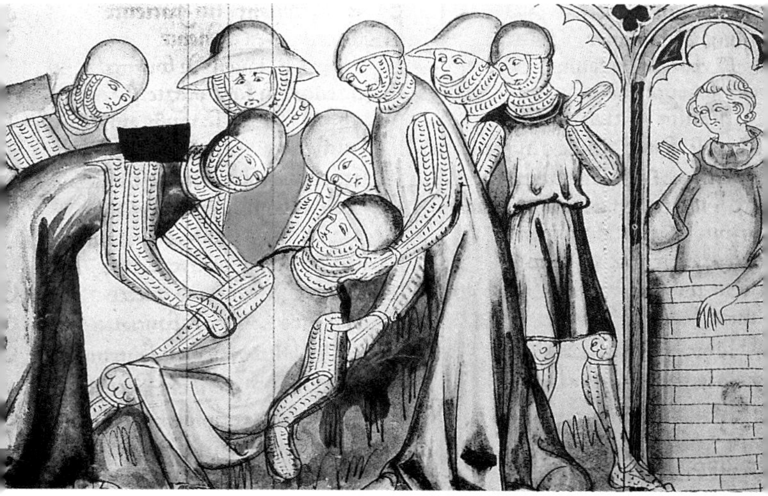

25

26

Le duel, la dernière nouvelle de Kleist, est tirée des *Chroniques* de Froissart. On y voit l'innocence et la vertu triompher du mal alors que tout semblait perdu.

23 *Justiniam in Fortiatum*. Droit guerrier : chevalier transperçant un autre chevalier. Miniature, XIVe s. Bibliothèque Royale, Escurial.

24 *Le roman de Fauvel*, par F. de Rues et Chaillon de Pestin. Détail d'une miniature, XIVe s. Bibliothèque nationale, Paris.

25 École de Cologne : *Le Christ descendu de Croix* (détail), XVe s. Musée du Louvre, Paris.

26 Boccace : *Cas des nobles hommes et femmes*, vers 1410. Miniature. Bibliothèque de l'Arsenal, Paris.

27 B. West : *La femme habillée de soleil fuit la persécution du dragon* (détail). Collection particulière.

Crédits photographiques

1, 3, 5, 6 : A.K.G.-Berlin. 2, 20, 22, 24, 27 : Edimédia. 4, 7 : J.-L. Charmet. 8, 13, 21 : G. Dagli-Orti. 9, 10 : Collection E.S.-Explorer Archives. 11 : Bibliothèque nationale, Paris. 12, 14, 15, 16 : Lauros-Giraudon. 17, 19, *Couverture* : Prod. D. B. 18 : Collection Viollet. 23, 25, 26 : Giraudon.

plus leur esprit redevenait sérieux au pressentiment des autres scènes décisives qui les attendaient encore. Mme de G..., ne laissant rien deviner de ses plans, ramena à son ancien appartement sa fille descendue avec elle devant la maison ; lui dit de se mettre à son aise, elle reviendrait bientôt la rejoindre, et elle s'éclipsa. Une heure après, elle revint, le visage tout en feu. Non, quel saint Thomas ! dit-elle, l'âme secrètement joyeuse ; quel saint Thomas incrédule ! Ne m'a-t-il pas fallu une heure[1] pour le convaincre. Mais maintenant il est assis en train de pleurer. Qui ? demanda la marquise. Lui, répondit la mère. Quel autre que celui qui en a les plus grandes raisons ? Ce n'est tout de même pas mon père ? s'écria la marquise. — Comme un enfant, répliqua la mère, si bien que, si je n'avais pas dû essuyer les larmes de mes yeux, j'aurais ri, après avoir à peine franchi le seuil. — Et cela, à cause de moi ? demanda la marquise en se levant, et il faudrait que moi, ici... — ? Tu ne bouges pas ! dit Mme de G... Pourquoi m'a-t-il dicté la lettre ! C'est ici qu'il viendra te chercher aussi longtemps que je vivrai. Ma très chère mère — Inexorable ! interrompit la colonelle. Pourquoi a-t-il saisi le pistolet. — Mais je vous en supplie — Tu ne dois pas, répliqua Mme de G... en forçant sa fille à se rasseoir dans le fauteuil. Et s'il ne vient pas avant ce soir, je continuerai mon chemin demain avec toi. La marquise déclara cette attitude dure et injuste. Mais sa mère répliqua :

1. Probablement *Zeigerstunde* (orthographe actuelle) — mot qui n'est plus utilisé. Littéralement (en traduisant ce qu'il y a d'elliptique) : un tour de la grande aiguille d'une montre ou horloge.

Beruhige dich — denn eben hörte sie jemand von weitem heranschluchzen: er kommt schon! Wo? fragte die Marquise und horchte. Ist wer hier draußen vor der Tür; dies heftige[1]? Allerdings, versetzte Frau von G... Er will, daß wir ihm die Türe öffnen. Lassen Sie mich! rief die Marquise, und riß sich vom Stuhl empor. Doch: wenn du mir gut bist, Julietta, versetzte die Obristin, so bleib; und in dem Augenblick trat auch der Kommandant schon, das Tuch vor das Gesicht haltend, ein. Die Mutter stellte sich breit vor ihre Tochter, und kehrte ihm den Rücken zu. Mein teuerster Vater! rief die Marquise, und streckte ihre Arme nach ihm aus. Nicht von der Stelle, sagte Frau von G..., du hörst! Der Kommandant stand in der Stube und weinte. Er soll dir abbitten, fuhr Frau von G... fort. Warum ist er so heftig[2]! Und warum ist er so hartnäckig! Ich liebe ihn, aber dich auch; ich ehre ihn, aber dich auch. Und muß ich eine Wahl treffen, so bist du vortrefflicher, als er, und ich bleibe bei dir. Der Kommandant beugte sich ganz krumm, und heulte, daß die Wände erschallten. Aber mein Gott! rief die Marquise, gab der Mutter plötzlich nach, und nahm ihr Tuch, ihre eigenen Tränen fließen zu lassen. Frau von G... sagte: — er kann nur nicht sprechen! und wich ein wenig zur Seite aus. Hierauf erhob sich die Marquise, umarmte den Kommandanten, und bat ihn, sich zu beruhigen.

1. Kleist, comme très fréquemment dans ce texte, fait avancer le dialogue, et donc son récit, par l'ellipse, « procédé » très moderne. Il est quelquefois difficile de ne pas exclure, en traduisant, un deuxième, voire un troisième sens qui pourrait se placer à l'endroit vacant. Il est probable qu'il faille lire ici : *dies heftige Weinen* (ces forts sanglots). Mais le bruit des pas qui approchent pourrait également être désigné.

tranquillise-toi — car à ce moment elle entendait de loin quelqu'un venir en sanglotant : il vient déjà ! Où ? demanda la marquise, en tendant l'oreille. Y a-t-il quelqu'un là, dehors devant la porte ? Si fort[1] ? Bien sûr, répliqua Mme de G..., il veut que nous lui ouvrions la porte. Laissez-moi ! cria la marquise, et elle s'arracha de son siège. Mais : si tu es attachée à moi, Julietta, répliqua la colonelle, reste ici ! Au même instant apparut le gouverneur, tenant son mouchoir sur les yeux. La mère se planta devant sa fille et lui tourna le dos. Mon très cher père ! cria la marquise en lui tendant les bras. Tu ne bouges pas, dit Mme de G..., tu entends ! Le gouverneur se tenait dans la pièce et pleurait. Il te doit des excuses, poursuivit-elle. Pourquoi est-il si violent[2] ! Et pourquoi si entêté ! Je l'aime, mais je t'aime aussi ; j'ai pour lui du respect, mais pour toi aussi. Et si je dois faire un choix, tu es plus exquise et je reste avec toi. Le gouverneur se tordait, se courbait, et gémissait à faire résonner les murs. Mais mon Dieu ! s'écria la marquise qui, cédant soudain à sa mère, prit son mouchoir pour donner, elle aussi, libre cours à ses pleurs. Mme de G... dit : c'est qu'il ne peut pas parler ! et s'écarta un peu. Là-dessus la marquise se leva, prit le gouverneur dans ses bras et le pria de retrouver son calme.

2. Employé ici dans un tout autre sens, *heftig* fait néanmoins écho au précédent (voir note 1, p. 114). Nous nous permettons de renvoyer le lecteur, sur ce point, aux notes de *Der Zweikampf* et à notre introduction : l'utilisation d'un terme dans toutes ses acceptions, et ce sur un même « espace » (page ou paragraphe), n'est pas rare chez Kleist.

Sie weinte selbst heftig[1]. Sie fragte ihn, ob er sich nicht setzen wolle? sie wollte ihn auf einen Sessel niederziehen; sie schob ihm einen Sessel hin, damit er sich darauf setze: doch er antwortete nicht; er war nicht von der Stelle zu bringen; er setzte sich auch nicht, und stand bloß, das Gesicht tief zur Erde gebeugt, und weinte. Die Marquise sagte, indem sie ihn aufrecht hielt, halb zur Mutter gewandt: er werde krank werden; die Mutter selbst schien, da er sich ganz konvulsivisch gebärdete, ihre Standhaftigkeit verlieren zu wollen. Doch da der Kommandant sich endlich, auf die wiederholten Anforderungen der Tochter, niedergesetzt hatte, und diese ihm, mit unendlichen Liebkosungen, zu Füßen gesunken war: so nahm sie wieder das Wort, sagte, es geschehe ihm ganz recht, er werde nun wohl zur Vernunft kommen, entfernte sich aus dem Zimmer, und ließ sie allein.

Sobald sie draußen war wischte sie sich selbst die Tränen ab, dachte, ob ihm die heftige[2] Erschütterung, in welche sie ihn versetzt hatte, nicht doch gefährlich sein könnte, und ob es wohl ratsam sei, einen Arzt rufen zu lassen? Sie kochte ihm für den Abend alles, was sie nur Stärkendes und Beruhigendes aufzutreiben wußte, in der Küche zusammen, bereitete und wärmte ihm das Bett, um ihn sogleich hineinzulegen, sobald er nur, an der Hand[3] der Tochter, erscheinen würde, und schlich, da er immer noch nicht kam, und schon die Abendtafel gedeckt war, dem Zimmer der Marquise zu, um doch zu hören, was sich zutrage?

1. Voir notes précédentes, p. 114-115.
2. Voir notes précédentes, p. 114-115.

Elle pleurait elle-même très fort[1]. Elle lui demanda s'il ne voulait pas s'asseoir? elle voulut lui faire prendre place sur un fauteuil ; elle lui avança un fauteuil pour qu'il s'assît : mais il ne répondit pas ; nul moyen de le faire bouger de place ; il ne s'asseyait pas davantage, il restait là, la tête inclinée vers le sol et il pleurait. La marquise dit, en le tenant debout, à demi tournée vers sa mère, qu'il allait en devenir malade ; la mère elle-même semblait perdre de sa fermeté en voyant cette attitude quasi convulsive. Mais comme le gouverneur se fut enfin assis sur les instances répétées de sa fille, et que celle-ci, lui prodiguant d'infinies caresses, fut tombée à ses pieds, elle prit de nouveau la parole, en disant que c'était bien fait pour lui, qu'il finirait sans doute par revenir à la raison, elle s'éloigna de la chambre et les laissa seuls.

Dès qu'elle fut sortie, elle essuya ses propres larmes et se demanda si les émotions fortes[2] où elle l'avait plongé ne présentaient tout de même pas un danger, et s'il n'était pas opportun de faire appeler un médecin. Elle lui fit pour le soir, dans la cuisine, un repas de tout ce qu'elle put réunir de réconfortant et de lénifiant, prépara et bassina son lit pour le faire coucher dès qu'il apparaîtrait à la main de sa fille[3], et, comme il ne venait toujours pas et que déjà la table était mise pour le dîner, elle se glissa jusqu'à la chambre de la marquise pour tout de même entendre ce qui se passait.

3. Expression ambivalente, faisant du père et de sa fille un couple. La suite le confirme. En l'absence, à ce moment-là du récit, d'un père nommable pour l'enfant qu'attend la marquise, une relation incestueuse est suggérée — pour le moins — par Kleist.

Sie vernahm, da sie mit sanft an die Tür gelegtem Ohr horchte, ein leises, eben verhallendes Gelispel, das, wie es ihr schien, von der Marquise kam; und, wie sie durchs Schlüsselloch bemerkte, saß sie auch auf des Kommandanten Schoß, was er sonst in seinem Leben nicht zugegeben hatte. Drauf endlich öffnete sie die Tür, und sah nun — und das Herz quoll ihr vor Freuden empor: die Tochter still, mit zurückgebeugtem Nacken, die Augen fest geschlossen, in des Vaters Armen liegen; indessen dieser, auf dem Lehnstuhl sitzend, lange, heiße und lechzende Küsse, das große Auge voll glänzender Tränen, auf ihren Mund drückte: gerade wie ein Verliebter! Die Tochter sprach nicht, er sprach nicht; mit über sie gebeugtem Antlitz saß er, wie über das Mädchen seiner ersten Liebe, und legte ihr den Mund zurecht, und küßte sie. Die Mutter fühlte sich, wie eine Selige[1]; ungesehen, wie sie hinter seinem Stuhle stand, säumte sie, die Lust der himmelfrohen Versöhnung, die ihrem Hause wieder geworden war, zu stören. Sie nahte sich dem Vater endlich, und sah ihn, da er eben wieder mit Fingern und Lippen in unsäglicher Lust über den Mund seiner Tochter beschäftigt war, sich um den Stuhl herumbeugend, von der Seite an. Der Kommandant schlug, bei ihrem Anblick, das Gesicht schon wieder ganz kraus nieder, und wollte etwas sagen; doch sie rief: o was für ein Gesicht ist das! küßte es jetzt auch ihrerseits in Ordnung, und machte der Rührung durch Scherzen ein Ende. Sie lud und führte beide, die wie Brautleute gingen, zur Abendtafel, an welcher der Kommandant zwar sehr heiter war, aber noch von Zeit zu Zeit schluchzte,

L'oreille délicatement collée à la porte, elle écouta et perçut les derniers mots d'un léger chuchotement qui lui sembla venir de la marquise; et par le trou de la serrure elle l'aperçut sur les genoux de son père, ce qu'il n'avait jamais encore permis de sa vie. Elle ouvrit enfin la porte — et le cœur tout débordant de joie, elle vit : la fille silencieuse, la nuque en arrière, les yeux tout à fait clos, affaissée dans les bras de son père, et lui, assis dans le fauteuil, les yeux grand ouverts brillants de larmes, posant sur sa bouche de longs baisers brûlants et avides tout comme un amoureux! Sa fille ne parlait pas, il se taisait aussi; il restait assis, le visage penché sur elle, comme sur la jeune fille de son premier amour, et il lui tournait son visage pour l'embrasser encore. La mère était aux anges [1]; sans être vue, debout derrière son siège, elle tardait à troubler la joie et la félicité céleste de la réconciliation que sa maison avait retrouvées. Elle s'approcha enfin du père et, se penchant de part et d'autre du siège, elle le regarda de côté, tandis qu'avec un plaisir indicible, il était de nouveau occupé à caresser des doigts et des lèvres la bouche de sa fille. À sa vue, le gouverneur reprit un air renfrogné et voulut dire quelque chose, mais elle s'écria : qu'est-ce que ce visage! elle se mit à l'embrasser, elle aussi, de partout et, en plaisantant, mit fin à toutes ces émotions. Elle les invita à venir et les conduisit tous deux, tels des fiancés, à table, où le gouverneur se montra, certes, très gai, mais il gémissait encore de temps en temps,

1. Littéralement : bienheureuse.

wenig aß und sprach, auf den Teller niedersah, und mit der Hand [1] seiner Tochter spielte.

Nun galt es, beim Anbruch des nächsten Tages, die Frage: wer nur, in aller Welt [2], morgen um 11 Uhr sich zeigen würde; denn morgen war der gefürchtete Dritte. Vater und Mutter, und auch der Bruder, der sich mit seiner Versöhnung eingefunden hatte, stimmten unbedingt, falls die Person nur von einiger Erträglichkeit sein würde, für Vermählung; alles, was nur immer möglich war, sollte geschehen, um die Lage der Marquise glücklich zu machen. Sollten die Verhältnisse derselben jedoch so beschaffen sein, daß sie selbst dann, wenn man ihnen durch Begünstigungen zu Hülfe käme, zu weit hinter den Verhältnissen der Marquise zurückblieben, so widersetzten sich die Eltern der Heirat; sie beschlossen, die Marquise nach wie vor bei sich zu behalten, und das Kind zu adoptieren. Die Marquise hingegen schien willens, in jedem Falle, wenn die Person nur nicht ruchlos wäre, ihr gegebenes Wort in Erfüllung zu bringen, und dem Kinde, es koste was es wolle, einen Vater zu verschaffen. Am Abend fragte die Mutter, wie es denn mit dem Empfang der Person gehalten werden solle? Der Kommandant meinte, daß es am schicklichsten sein würde, wenn man die Marquise um 11 Uhr allein ließe. Die Marquise hingegen bestand darauf, daß beide Eltern, und auch der Bruder, gegenwärtig sein möchten, indem sie keine Art des Geheimnisses mit dieser Person zu teilen haben wolle.

1. Le lecteur se rappellera que l'expression « demander la main de quelqu'un » est formée de la même manière en allemand. Se reporter également à la note de la p. 117.

mangeant et parlant peu, regardant son assiette et jouant avec la main[1] de sa fille.

Or le matin du jour suivant prévalut la question : qui pourrait bien, grand Dieu[2], se présenter le lendemain à onze heures ; car le lendemain, c'était le 3 tant redouté. Le père et la mère, le frère qui les avait rejoints, réconcilié lui aussi, étaient d'accord sans réserves pour le mariage, du moins si la personne était acceptable. Tout, ou à peu près, ce qui était possible devait être fait afin d'assurer à la marquise une situation heureuse. Si, pourtant, la situation de cette personne était telle qu'elle dût rester de beaucoup inférieure à celle de la marquise, en dépit de ce qu'on pouvait faire, les parents s'opposeraient à ce mariage ; leur résolution était alors de garder la marquise auprès d'eux, comme devant, et d'adopter l'enfant. En revanche, la marquise semblait vouloir, en pareil cas, tenir pleinement sa parole, pourvu que l'homme ne fût pas un scélérat, et donner, coûte que coûte, un père à son enfant. Le soir, la mère demanda quelle convenance établir pour la réception de la personne ? Le gouverneur était d'avis que le mieux serait de laisser la marquise seule à onze heures. En revanche, la marquise insista pour que ses parents, ainsi que son frère, fussent présents, car elle ne voulait avoir aucune espèce de secret à partager avec cette personne.

2. Intraduisible : cette exclamation banale — équivalent de « grand Dieu », ou autre — prend ici une signification littérale : qui, dans le monde, peut être le père ?

Auch meinte sie, daß dieser Wunsch sogar in der Antwort derselben, dadurch, daß sie das Haus des Kommandanten zur Zusammenkunft vorgeschlagen, ausgedrückt scheine; ein Umstand, um dessentwillen ihr gerade diese Antwort, wie sie frei gestehen müsse, sehr gefallen habe. Die Mutter bemerkte die Unschicklichkeit der Rollen, die der Vater und der Bruder dabei zu spielen haben würden, bat die Tochter, die Entfernung der Männer zuzulassen, wogegen sie in ihren Wunsch willigen, und bei dem Empfang der Person gegenwärtig sein wolle. Nach einer kurzen Besinnung der Tochter ward dieser letzte Vorschlag endlich angenommen. Drauf nun erschien, nach einer, unter den gespanntesten Erwartungen zugebrachten, Nacht der Morgen des gefürchteten Dritten. Als die Glocke elf Uhr schlug, saßen beide Frauen, festlich, wie zur Verlobung angekleidet, im Besuchzimmer; das Herz klopfte ihnen, daß man es gehört haben würde, wenn das Geräusch des Tages geschwiegen hätte. Der elfte Glockenschlag summte noch, als Leopardo, der Jäger, eintrat, den der Vater aus Tirol verschrieben hatte. Die Weiber erblaßten bei diesem Anblick. Der Graf F..., sprach er, ist vorgefahren, und läßt sich anmelden. Der Graf F...! riefen beide zugleich, von einer Art der Bestürzung in die andre geworfen. Die Marquise rief: Verschließt die Türen! Wir sind für ihn nicht zu Hause; stand auf, das Zimmer gleich selbst zu verriegeln, und wollte eben den Jäger, der ihr im Wege stand, hinausdrängen, als der Graf schon, in genau demselben Kriegsrock, mit Orden und Waffen, wie er sie bei der Eroberung des Forts getragen hatte, zu ihr eintrat.

Elle estimait, de plus, que ce désir semblait même exprimé dans la réponse qui semblait avoir proposé la maison du gouverneur pour la rencontre : circonstance à cause de laquelle cette réponse, elle devait l'avouer volontiers, lui avait justement beaucoup plu. La mère fit observer ce qu'avaient d'incongru les rôles que le père et le frère auraient à jouer, elle pria sa fille de permettre aux deux hommes de s'éloigner ; en revanche elle obéissait à son désir d'être présente lors de la réception de cette personne. Après une brève réflexion, sa fille accepta cette dernière proposition. Là-dessus on vit paraître, après une nuit passée dans l'angoisse de l'attente, l'aube du 3 redouté. Sur le coup de onze heures, les deux femmes étaient assises dans le grand salon, en toilette de fiançailles ; le cœur leur battait si fort qu'on eût pu l'entendre si la rumeur du jour s'était tue. Le onzième coup résonnait encore lorsque entra Leopardo, le chasseur que le père avait fait venir du Tyrol. En le voyant les femmes pâlirent. La voiture du comte F..., dit-il, est devant la porte, et il se fait annoncer. Le comte F... ! s'écrièrent-elles en même temps, jetées d'un affolement dans un autre. La marquise cria : Fermez les portes. Pour lui, nous ne sommes pas là ; elle se leva pour fermer la porte elle-même au verrou, et elle allait pousser dehors le chasseur se trouvant sur son passage, quand le comte entra, allant vers elle, en uniforme de campagne, avec insignes et décorations, dans la même tenue qu'il avait lors de la prise du fort.

Die Marquise glaubte vor Verwirrung in die Erde zu sinken; sie griff nach einem Tuch, das sie auf dem Stuhl hatte liegen lassen, und wollte eben in ein Seitenzimmer entfliehn; doch Frau von G..., indem sie die Hand derselben ergriff, rief: Julietta —! und wie erstickt von Gedanken, ging ihr die Sprache aus. Sie heftete die Augen fest auf den Grafen und wiederholte: ich bitte dich, Julietta! indem sie sie nach sich zog: wen erwarten wir denn —? Die Marquise rief, indem sie sich plötzlich wandte: nun? doch ihn nicht —? und schlug mit einem Blick funkelnd, wie ein Wetterstrahl, auf ihn ein, indessen Blässe des Todes ihr Antlitz überflog. Der Graf hatte ein Knie vor ihr gesenkt; die rechte Hand lag auf seinem Herzen, das Haupt sanft auf seine Brust gebeugt, lag er, und blickte hochglühend[1] vor sich nieder, und schwieg. Wen sonst, rief die Obristin mit beklemmter Stimme, wen sonst, wir Sinnberaubten, als ihn —? Die Marquise stand starr über ihm, und sagte: ich werde wahnsinnig werden, meine Mutter! Du Törin, erwiderte die Mutter, zog sie zu sich, und flüsterte ihr etwas in das Ohr. Die Marquise wandte sich, und stürzte, beide Hände vor das Gesicht, auf den Sofa nieder. Die Mutter rief: Unglückliche! Was fehlt dir? Was ist geschehn, worauf du nicht vorbereitet warst? — Der Graf wich nicht von der Seite der Obristin; er faßte, immer noch auf seinen Knieen liegend, den äußersten Saum ihres Kleides, und küßte ihn. Liebe! Gnädige! Verehrungswürdigste! flüsterte er: eine Träne rollte ihm die Wangen herab. Die Obristin sagte: stehn Sie auf, Herr Graf, stehn Sie auf! Trösten Sie jene; so sind wir alle versöhnt, so ist alles vergeben und vergessen.

La marquise crut dans son trouble que la terre cédait sous elle ; elle prit un châle qu'elle avait laissé sur son siège dans l'intention de s'enfuir dans une chambre voisine ; mais Mme de G..., lui saisissant la main, cria : Julietta —! Et, comme suffoquée par ses pensées, elle resta sans mot dire. Elle fixa le comte et répéta : je t'en prie, Julietta, en l'attirant vers elle : qui attendons-nous donc —? La marquise s'écria en se détournant brusquement : eh bien, tout de même pas lui ? — et lui lança un regard étincelant comme un éclair, tandis que la pâleur de la mort envahissait son visage. Le comte avait plié un genou devant elle ; la main droite posée sur son cœur, la tête légèrement penchée sur sa poitrine, il restait ainsi, abaissant ses regards flamboyants [1] et gardant le silence. Qui donc ? s'écria la colonelle d'une voix oppressée, qui donc, insensées que nous sommes, sinon lui —? La marquise était immobile au-dessus de lui et dit : je vais devenir folle, mère ! Sotte que tu es, répliqua la mère et lui murmura quelque chose à l'oreille. La marquise se détourna, et le visage caché dans ses mains se laissa tomber sur le sofa. La mère s'écria : Malheureuse ! Qu'as-tu donc ? Qu'est-il donc arrivé à quoi tu n'étais pas préparée ? — Le comte ne quittait pas la colonelle ; toujours à genoux, il saisit le bas de sa robe et y porta ses lèvres. Ô chère dame, si bonne, digne et vénérable ! murmura-t-il ; une larme roula sur ses joues. La colonelle dit : relevez-vous, monsieur le comte, relevez-vous ! Consolez-la ; ainsi nous serons tous réconciliés ; ainsi tout sera pardonné et oublié.

1. Pourrait également désigner le regard du comte : ardent.

Der Graf erhob sich weinend. Er ließ sich von neuem vor der Marquise nieder, er faßte leise ihre Hand, als ob sie von Gold wäre, und der Duft der seinigen sie trüben könnte. Doch diese —: gehn Sie! gehn Sie! gehn Sie! rief sie, indem sie aufstand; auf einen Lasterhaften war ich gefaßt, aber auf keinen —— Teufel! öffnete, indem sie ihm dabei, gleich einem Pestvergifteten, auswich, die Tür des Zimmers, und sagte: ruft den Obristen! Julietta! rief die Obristin mit Erstaunen. Die Marquise blickte, mit tötender Wildheit, bald auf den Grafen, bald auf die Mutter ein; ihre Brust flog, ihr Antlitz loderte: eine Furie blickt nicht schrecklicher. Der Obrist und der Forstmeister kamen. Diesem Mann, Vater, sprach sie, als jene noch unter dem Eingang waren, kann ich mich nicht vermählen! griff in ein Gefäß mit Weihwasser, das an der hinteren Tür befestigt war, besprengte, in einem großen Wurf, Vater und Mutter und Bruder damit, und verschwand.

Der Kommandant, von dieser seltsamen Erscheinung betroffen, fragte, was vorgefallen sei; und erblaßte, da er, in diesem entscheidenden Augenblick, den Grafen F... im Zimmer erblickte. Die Mutter nahm den Grafen bei der Hand und sagte: frage nicht; dieser junge Mann bereut von Herzen alles, was geschehen ist; gib deinen Segen, gib, gib: so wird sich alles noch glücklich endigen. Der Graf stand wie vernichtet. Der Kommandant legte seine Hand auf ihn; seine Augenwimpern zuckten, seine Lippen waren weiß, wie Kreide. Möge der Fluch des Himmels von diesen Scheiteln weichen! rief er: wann gedenken Sie zu heiraten? —

Le comte se releva en pleurant. De nouveau il tomba aux pieds de la marquise, il lui prit la main doucement, comme si elle était d'or et que la chaleur de la sienne eût été capable de la ternir. Mais elle — : partez ! partez ! partez ! s'écria-t-elle en se levant ; c'est un être dépravé que je m'attendais à voir, mais non un — diable ! En s'écartant de lui comme d'un pestiféré, elle ouvrit la porte de la pièce et dit : appelez le colonel ! Julietta ! fit la colonelle avec étonnement. Les yeux de la marquise, pleins d'une sauvagerie mortelle, se portaient tantôt sur le comte, tantôt sur sa mère ; sa poitrine haletait, son visage flamboyait : une furie n'a pas de regard plus terrible. Le colonel et le maître des forêts arrivèrent. Avec cet homme-là, père, il m'est impossible de me marier ! Elle plongea sa main dans un vase d'eau bénite fixé à la porte du fond, aspergea d'un grand geste son père, sa mère et son frère, et disparut.

Le gouverneur, éberlué par cette scène singulière, demanda ce qui s'était passé ; il pâlit de voir à ce moment décisif le comte F... dans le salon. La mère prit la main du comte et dit : point de question ; ce jeune homme regrette de tout son cœur ce qui est arrivé ; donne-lui ta bénédiction, donne, donne : tout cela finira heureusement. Le comte était debout, comme anéanti. Le gouverneur posa la main sur lui : ses paupières palpitaient, ses lèvres étaient blanches comme de la craie. Puisse la malédiction céleste s'éloigner de cette tête ! s'écria-t-il : quand pensez-vous l'épouser ? —

Morgen, antwortete die Mutter für ihn, denn er konnte kein Wort hervorbringen, morgen oder heute, wie du willst; dem Herrn Grafen, der so viel schöne Beeiferung gezeigt hat, sein Vergehen wieder gut zu machen, wird immer die nächste Stunde die liebste sein. — So habe ich das Vergnügen, Sie morgen um 11 Uhr in der Augustinerkirche zu finden! sagte der Kommandant; verneigte sich gegen ihn, rief Frau und Sohn ab, um sich in das Zimmer der Marquise zu verfügen, und ließ ihn stehen.

Man bemühte sich vergebens, von der Marquise den Grund ihres sonderbaren Betragens zu erfahren; sie lag im heftigsten Fieber, wollte durchaus von Vermählung nichts wissen, und bat, sie allein zu lassen. Auf die Frage: warum sie denn ihren Entschluß plötzlich geändert habe? und was ihr den Grafen gehässiger mache, als einen andern? sah sie den Vater mit großen Augen zerstreut an, und antwortete nichts. Die Obristin sprach: ob sie vergessen habe, daß sie Mutter sei? worauf sie erwiderte, daß sie, in diesem Falle, mehr an sich, als ihr Kind, denken müsse, und nochmals, indem sie alle Engel und Heiligen zu Zeugen anrief, versicherte, daß sie nicht heiraten würde. Der Vater, der sie offenbar in einem überreizten Gemütszustande sah, erklärte, daß sie ihr Wort halten müsse; verließ sie, und ordnete alles, nach gehöriger schriftlicher Rücksprache mit dem Grafen, zur Vermählung an. Er legte demselben einen Heiratskontrakt vor, in welchem dieser auf alle Rechte eines Gemahls Verzicht tat, dagegen sich zu allen Pflichten, die man von ihm fordern würde, verstehen sollte. Der Graf sandte das Blatt, ganz von Tränen durchfeuchtet, mit seiner Unterschrift zurück.

Demain, répondit pour lui la mère, car il ne pouvait articuler le moindre mot, demain ou aujourd'hui, comme tu veux ; monsieur le comte, qui a montré un si bel empressement à réparer son méfait préférera toujours l'heure la plus proche. — Alors j'aurai le plaisir de vous retrouver demain à onze heures à l'église des Augustins ! fit le gouverneur, s'inclina devant lui, appela sa femme et son fils pour se rendre dans la chambre de la marquise, et le laissa là.

C'est en vain qu'ils s'efforcèrent d'obtenir de la marquise l'explication de son étrange comportement ; couchée avec une très forte fièvre, elle ne voulait absolument rien entendre au sujet de ce mariage et priait qu'on la laissât seule. À la question : pourquoi avait-elle subitement changé de décision ?, qu'est-ce qui lui rendait le comte plus haïssable que tout autre ?, elle regardait son père avec de grands yeux vides et ne répondait rien. La colonelle dit : avait-elle oublié qu'elle était mère ? Ce à quoi elle répondit que, en la circonstance, elle devait penser plus à elle qu'à son enfant et, prenant à témoin les anges et les saints, elle affirma encore une fois qu'elle ne se marierait pas. Le père, qui la voyait manifestement dans un état de surexcitation, déclara qu'elle devait tenir parole ; il la quitta et ordonna tous les arrangements pour le mariage, après s'en être entretenu par écrit avec le comte. Il lui soumit un contrat aux termes duquel il renonçait à tous les droits de l'époux et, en revanche, s'engageait à tous les devoirs qui lui seraient imposés. Le comte renvoya le papier tout trempé de larmes, et revêtu de sa signature.

Als der Kommandant am andern Morgen der Marquise dieses Papier überreichte, hatten sich ihre Geister ein wenig beruhigt. Sie durchlas es, noch im Bette sitzend, mehrere Male, legte es sinnend zusammen, öffnete es, und durchlas es wieder; und erklärte hierauf, daß sie sich um 11 Uhr in der Augustinerkirche einfinden würde. Sie stand auf, zog sich, ohne ein Wort zu sprechen, an, stieg, als die Glocke schlug, mit allen Ihrigen in den Wagen, und fuhr dahin ab.

Erst an dem Portal der Kirche war es dem Grafen erlaubt, sich an die Familie anzuschließen. Die Marquise sah, während der Feierlichkeit, starr auf das Altarbild; nicht ein flüchtiger Blick ward dem Manne zuteil, mit welchem sie die Ringe wechselte. Der Graf bot ihr, als die Trauung vorüber war, den Arm; doch sobald sie wieder aus der Kirche heraus waren, verneigte sich die Gräfin vor ihm; der Kommandant fragte, ob er die Ehre haben würde, ihn zuweilen in den Gemächern seiner Tochter zu sehen, worauf der Graf etwas stammelte, das niemand verstand, den Hut vor der Gesellschaft abnahm, und verschwand. Er bezog eine Wohnung in M..., in welcher er mehrere Monate zubrachte, ohne auch nur den Fuß in des Kommandanten Haus zu setzen, bei welchem die Gräfin zurückgeblieben war. Nur seinem zarten, würdigen und völlig musterhaften Betragen überall, wo er mit der Familie in irgend eine Berührung kam, hatte er es zu verdanken, daß er, nach der nunmehr erfolgten Entbindung der Gräfin von einem jungen Sohne, zur Taufe desselben eingeladen ward. Die Gräfin, die, mit Teppichen bedeckt, auf dem Wochenbette saß,

Lorsque le lendemain, le gouverneur remit le papier à la marquise, son esprit s'était un peu calmé. Elle le parcourut, assise encore dans son lit, à plusieurs reprises, le plia, toute songeuse, le rouvrit et le relut une nouvelle fois ; et là-dessus elle déclara qu'elle se trouverait à onze heures à l'église des Augustins. Elle se leva, s'habilla sans mot dire, monta en voiture avec tous les siens quand la cloche sonna et partit dans cette direction.

Ce ne fut que devant le portail de l'église qu'on permit au comte de se joindre à la famille. Pendant la cérémonie, la marquise garda les yeux fixés sur le retable de l'autel ; pas même un regard furtif pour l'homme avec lequel elle échangeait son anneau. Après le mariage le comte lui offrit le bras ; mais, dès leur sortie de l'église, la comtesse s'inclina devant lui ; le gouverneur demanda s'il aurait l'honneur de le voir de temps en temps dans l'appartement de sa fille, à quoi le comte marmonna quelque chose que nul ne comprit, tira son chapeau à la compagnie et disparut. Il s'installa dans un appartement à M... où il passa plusieurs mois sans mettre une seule fois le pied dans la maison du gouverneur où la comtesse était restée. Ce fut seulement grâce à sa conduite tendre et réservée, en tous points parfaite, en tout lieu où il venait à rencontrer la famille, qu'il lui valut d'être invité au baptême quand la comtesse eut donné le jour à un fils. La comtesse qui, couverte de draperies, était assise sur son lit d'accouchée,

sah ihn nur auf einen Augenblick, da er unter die Tür trat, und sie von weitem ehrfurchtsvoll grüßte. Er warf unter den Geschenken, womit die Gäste den Neugebornen bewillkommten, zwei Papiere auf die Wiege desselben, deren eines, wie sich nach seiner Entfernung auswies, eine Schenkung von 20 000 Rubel an den Knaben, und das andere ein Testament war, in dem er die Mutter, falls er stürbe, zur Erbin seines ganzen Vermögens einsetzte. Von diesem Tage an ward er, auf Veranstaltung der Frau von G..., öfter eingeladen; das Haus stand seinem Eintritt offen, es verging bald kein Abend, da er sich nicht darin gezeigt hätte. Er fing, da sein Gefühl ihm sagte, daß ihm von allen Seiten, um der gebrechlichen Einrichtung der Welt willen, verziehen sei, seine Bewerbung um die Gräfin, seine Gemahlin, von neuem an, erhielt, nach Verlauf eines Jahres, ein zweites Jawort von ihr, und auch eine zweite Hochzeit ward gefeiert, froher, als die erste, nach deren Abschluß die ganze Familie nach V... hinauszog. Eine ganze Reihe von jungen Russen folgte jetzt noch dem ersten; und da der Graf, in einer glücklichen Stunde, seine Frau einst fragte, warum sie, an jenem fürchterlichen Dritten, da sie auf jeden Lasterhaften gefaßt schien, vor ihm, gleich einem Teufel, geflohen wäre, antwortete sie, indem sie ihm um den Hals fiel: er würde ihr damals nicht wie ein Teufel erschienen sein, wenn er ihr nicht, bei seiner ersten Erscheinung, wie ein Engel vorgekommen wäre.

ne le vit qu'un instant lorsqu'il parut sur le seuil et qu'il la salua respectueusement de loin. Parmi les cadeaux avec lesquels les invités fêtaient le nouveau-né, il glissa dans son berceau deux papiers dont l'un, comme on vit quand il se fut éloigné, était un don de vingt mille roubles fait au garçon et l'autre un testament où, au cas où il mourrait, il désignait la mère comme héritière de toute sa fortune. À partir de ce jour, il fut invité plus souvent à des réceptions données par Mme de G... ; la maison resta ouverte à ses visites, bientôt il ne se passa aucune soirée sans qu'il s'y fût montré. Il commença, puisqu'il avait le sentiment que, de tous les côtés, on lui accordait son pardon, au nom des faiblesses inhérentes au monde, à faire sa cour à la comtesse, sa femme, et reçut de sa part, au bout d'un an, un second oui, et on célébra de secondes noces, plus gaies que les premières, après lesquelles toute la famille partit pour V... Dès lors, toute une suite de jeunes Russes succédèrent au premier ; et le comte, ayant demandé un jour à sa femme, dans un de leurs moments de bonheur, pourquoi, en cet effroyable jour du 3, où elle semblait prête à recevoir n'importe quel être dépravé, elle avait fui devant lui comme devant un diable, elle lui répondit en se jetant à son cou : il ne lui fût point alors apparu comme un diable si, lors de sa première apparition, elle n'avait cru voir en lui un ange.

Der Zweikampf
Le duel

DER ZWEIKAMPF

Herzog Wilhelm von Breysach, der, seit seiner heimlichen Verbindung mit einer Gräfin, namens Katharina von Heersbruck, aus dem Hause Alt-Hüningen, die unter seinem Range zu sein schien, mit seinem Halbbruder, dem Grafen Jakob dem Rotbart, in Feindschaft lebte, kam gegen das Ende des vierzehnten Jahrhunderts, da die Nacht des heiligen Remigius zu dämmern begann, von einer in Worms mit dem deutschen Kaiser abgehaltenen Zusammenkunft zurück, worin er sich von diesem Herrn, in Ermangelung ehelicher Kinder, die ihm gestorben waren, die Legitimation eines, mit seiner Gemahlin vor der Ehe erzeugten, natürlichen Sohnes, des Grafen Philipp von Hüningen, ausgewirkt hatte. Freudiger, als während des ganzen Laufs seiner Regierung in die Zukunft blickend, hatte er schon den Park, der hinter seinem Schlosse lag, erreicht: als plötzlich ein Pfeilschuß aus dem Dunkel der Gebüsche hervorbrach, und ihm, dicht unter dem Brustknochen, den Leib durchbohrte. Herr Friedrich von Trota, sein Kämmerer,

LE DUEL

Le duc Wilhelm von Breysach, qui, depuis sa secrète union avec une comtesse, Katharina von Heersbruck, de la maison d'Alt-Hüningen, d'un rang paraissant inférieur au sien, vivait sur le pied de guerre avec son demi-frère, le comte Jacob Barberousse, revenait, vers la fin du quatorzième siècle, à la tombée de la nuit de la Saint-Remi, d'une entrevue qu'il avait eue à Worms avec l'empereur d'Allemagne au cours de laquelle il avait obtenu de ce seigneur, n'ayant pas d'enfants légitimes, ceux-ci étant décédés, la légitimation d'un fils naturel qu'il avait eu de son épouse avant le mariage, le comte Philipp von Hüningen. Plus joyeux face aux perspectives de l'avenir qu'il ne l'avait été au cours de tout son règne, il avait atteint déjà le parc qui s'étendait derrière son château : lorsque, soudain, une flèche jaillit de l'obscurité des buissons et transperça son corps juste sous le sternum. Le seigneur Friedrich von Trota, son chambellan,

brachte ihn, über diesen Vorfall äußerst betroffen, mit Hülfe einiger andern Ritter, in das Schloß, wo er nur noch, in den Armen seiner bestürzten Gemahlin, die Kraft hatte, einer Versammlung von Reichsvasallen, die schleunigst, auf Veranstaltung der letztern, zusammenberufen worden war, die kaiserliche Legitimationsakte vorzulesen; und nachdem, nicht ohne lebhaften Widerstand, indem, in Folge des Gesetzes, die Krone an seinen Halbbruder, den Grafen Jakob den Rotbart, fiel, die Vasallen seinen letzten bestimmten Willen erfüllt, und unter dem Vorbehalt, die Genehmigung des Kaisers einzuholen, den Grafen Philipp als Thronerben, die Mutter aber, wegen Minderjährigkeit desselben, als Vormünderin und Regentin anerkannt hatten: legte er sich nieder und starb.

Die Herzogin bestieg nun, ohne weiteres, unter einer bloßen Anzeige, die sie, durch einige Abgeordnete, an ihren Schwager, den Grafen Jakob den Rotbart, tun ließ, den Thron; und was mehrere Ritter des Hofes, welche die abgeschlossene Gemütsart des letzteren zu durchschauen meinten, vorausgesagt hatten, das traf, wenigstens dem äußeren Anschein nach, ein: Jakob der Rotbart verschmerzte, in kluger Erwägung der obwaltenden Umstände, das Unrecht, das ihm sein Bruder zugefügt hatte; zum mindesten enthielt er sich aller und jeder Schritte, den letzten Willen des Herzogs umzustoßen, und wünschte seinem jungen Neffen zu dem Thron, den er erlangt hatte, von Herzen Glück. Er beschrieb den Abgeordneten, die er sehr heiter und freundlich an seine Tafel zog, wie er seit dem Tode seiner Gemahlin, die ihm ein königliches Vermögen hinterlassen,

bouleversé par cet incident, le porta avec l'aide de quelques autres chevaliers au château où il lui resta juste la force, dans les bras de son épouse consternée, devant une assemblée de vassaux d'empire convoqués à son ordre en toute hâte, de donner lecture de l'acte impérial de légitimation; et après que, non sans de vives résistances, puisque, selon la loi, la couronne revenait à son demi-frère, le comte Jacob Barberousse, les vassaux se furent rendus à sa suprême et expresse volonté et, sous la réserve d'obtenir l'approbation de l'empereur, ils eurent reconnu le comte Philipp pour héritier du trône et sa mère, comme il était mineur, pour tutrice et régente : il se coucha et mourut.

La duchesse monta donc sur le trône sans plus de formalités, se contentant d'en donner simple information à son beau-frère, le comte Jacob Barberousse, par l'intermédiaire de quelques émissaires; et ce qu'avaient prédit plusieurs chevaliers de la cour, qui estimaient voir clair dans le caractère renfermé du comte, se réalisa, au moins en apparence : Jacob Barberousse, tenant sagement compte des circonstances du moment, endura l'injustice que son frère avait commise à son égard; du moins s'abstint-il de toute espèce de démarche visant à outrepasser les dernières volontés du duc et il souhaita de tout cœur bonne chance à son jeune neveu pour le trône qui lui était échu. Il décrivit aux envoyés qu'il invita à sa table avec beaucoup d'enjouement et d'amabilité son existence libre et indépendante en son château depuis la mort de sa femme, qui lui avait laissé une fortune royale;

frei und unabhängig auf seiner Burg lebe; wie er die Weiber der angrenzenden Edelleute, seinen eignen Wein, und, in Gesellschaft munterer Freunde, die Jagd liebe, und wie ein Kreuzzug nach Palästina, auf welchem er die Sünden einer raschen Jugend, auch leider, wie er zugab, im Alter noch wachsend, abzubüßen dachte, die ganze Unternehmung sei, auf die er noch, am Schluß seines Lebens, hinaussehe. Vergebens machten ihm seine beiden Söhne, welche in der bestimmten Hoffnung der Thronfolge erzogen worden waren, wegen der Unempfindlichkeit und Gleichgültigkeit mit welcher er, auf ganz unerwartete Weise, in diese unheilbare Kränkung ihrer Ansprüche willigte, die bittersten Vorwürfe: er wies sie, die noch unbärtig waren, mit kurzen und spöttischen Machtsprüchen zur Ruhe, nötigte sie, ihm am Tage des feierlichen Leichenbegängnisses, in die Stadt zu folgen, und daselbst, an seiner Seite, den alten Herzog, ihren Oheim, wie es sich gebühre, zur Gruft zu bestatten; und nachdem er im Thronsaal des herzoglichen Palastes, dem jungen Prinzen, seinem Neffen, in Gegenwart der Regentin Mutter, gleich allen andern Großen des Hofes, die Huldigung geleistet hatte, kehrte er unter Ablehnung aller Ämter und Würden, welche die letztere ihm antrug, begleitet von den Segnungen des, ihn um seine Großmut und Mäßigung doppelt verehrenden Volks, wieder auf seine Burg zurück.

Die Herzogin schritt nun, nach dieser unverhofft glücklichen Beseitigung der ersten Interessen,

combien il aimait les femmes des gentilshommes du voisinage, son propre vin et, en compagnie de joyeux amis, la chasse, et combien il comptait sur une croisade en Palestine pour expier les péchés d'une jeunesse vite passée mais qui grandissaient hélas encore, il le reconnaissait, avec l'âge, comme la seule entreprise qu'il envisageât au terme de sa vie. En vain, ses deux fils, qui avaient été élevés dans l'espoir certain de succéder au trône, lui firent les plus amers reproches pour l'insensibilité et l'indifférence avec lesquelles il avait accepté contre toute attente cet affront irréparable à leurs prétentions : il les fit taire, eux, qui étaient encore imberbes, en termes autoritaires et moqueurs, les obligea à le suivre à la ville le jour des funérailles solennelles et d'assister à ses côtés à la mise au tombeau du vieux duc, leur oncle, comme il seyait, puis quand il eut, dans la salle du trône du palais ducal, rendu allégeance, ainsi que tous les autres grands de la cour, au jeune prince, son neveu, en présence de la mère, la régente, il retourna dans son château, après avoir refusé toutes les charges et dignités que cette dernière lui offrait, accompagné des bénédictions d'un peuple qui l'honorait doublement, pour sa magnanimité et sa pondération.

La duchesse alla alors accomplir, après avoir réglé avec bonheur et de façon inespérée ce premier intérêt,

zur Erfüllung ihrer zweiten Regentenpflicht, nämlich, wegen der Mörder ihres Gemahls, deren man im Park eine ganze Schar wahrgenommen haben wollte, Untersuchungen anzustellen, und prüfte zu diesem Zweck selbst, mit Herrn Godwin von Herrthal, ihrem Kanzler, den Pfeil, der seinem Leben ein Ende gemacht hatte. Inzwischen fand man an demselben nichts, das den Eigentümer hätte verraten können, außer etwa, daß er, auf befremdende Weise, zierlich und prächtig gearbeitet war. Starke, krause und glänzende Federn steckten in einem Stiel, der, schlank und kräftig, von dunkelm Nußbaumholz, gedrechselt war; die Bekleidung des vorderen Endes war von glänzendem Messing, und nur die äußerste Spitze selbst, scharf wie die Gräte eines Fisches, war von Stahl. Der Pfeil schien für die Rüstkammer eines vornehmen und reichen Mannes verfertigt zu sein, der entweder in Fehden verwickelt, oder ein großer Liebhaber von der Jagd war; und da man aus einer, dem Knopf eingegrabenen, Jahrszahl ersah, daß dies erst vor kurzem geschehen sein konnte: so schickte die Herzogin, auf Anraten des Kanzlers, den Pfeil, mit dem Kronsiegel versehen, in alle Werkstätten von Deutschland umher, um den Meister, der ihn gedrechselt hatte, aufzufinden, und, falls dies gelang, von demselben den Namen dessen zu erfahren, auf dessen Bestellung er gedrechselt worden war.

Fünf Monden darauf lief an Herrn Godwin, den Kanzler, dem die Herzogin die ganze Untersuchung der Sache übergeben hatte, die Erklärung von einem Pfeilmacher aus Straßburg ein, daß er ein Schock solcher Pfeile, samt dem dazu gehörigen Köcher, vor drei Jahren für den Grafen Jakob den Rotbart verfertigt habe.

sa seconde tâche de régence, c'est-à-dire, procéder à une enquête sur les meurtriers de son époux dont on prétendait avoir aperçu toute une bande dans le parc et examiner dans ce dessein elle-même, avec le seigneur Godwin von Herrthal, son chancelier, la flèche qui avait mis fin à sa vie. Cependant on n'y trouva rien qui eût pu en trahir le possesseur, sauf peut-être qu'étrangement elle était très finement et admirablement travaillée. De fortes plumes, frisées et brillantes, étaient insérées dans un fût long et solide, tourné dans du bois de noyer foncé ; à son talon la flèche était revêtue de laiton brillant, et seule l'extrême pointe, coupante telle l'arête d'un poisson, était en acier. La flèche paraissait avoir été fabriquée pour la salle d'armes d'un homme distingué et riche qui était mêlé à des luttes ou grand amateur de chasse ; et comme le millésime gravé sur l'empenne faisait apparaître que sa fabrication ne pouvait être que récente, la duchesse, sur le conseil du chancelier, envoya la flèche, munie du sceau de la couronne, dans tous les ateliers d'Allemagne, afin de découvrir le maître qui l'avait tournée et, si l'on y réussissait, de connaître le nom de celui sur la commande duquel elle avait été tournée.

Cinq mois plus tard, le chancelier Godwin, à qui la duchesse avait confié toute l'enquête de l'affaire, reçut la déclaration d'un fabricant de flèches de Strasbourg qui en avait confectionné une soixantaine de ce type, avec le carquois correspondant, trois ans auparavant pour le comte Jacob Barberousse.

Der Kanzler, über diese Erklärung äußerst betroffen, hielt dieselbe mehrere Wochen lang in seinem Geheimschrank zurück; zum Teil kannte er, wie er meinte, trotz der freien und ausschweifenden Lebensweise des Grafen, den Edelmut desselben zu gut, als daß er ihn einer so abscheulichen Tat, als die Ermordung eines Bruders war, hätte für fähig halten sollen; zum Teil auch [1], trotz vieler andern guten Eigenschaften, die Gerechtigkeit der Regentin zu wenig, als daß er, in einer Sache, die das Leben ihres schlimmsten Feindes galt, nicht mit der größten Vorsicht hätte verfahren sollen. Inzwischen stellte er, unter der Hand, in der Richtung dieser sonderbaren Anzeige, Untersuchungen an, und da er durch die Beamten der Stadtvogtei zufällig ausmittelte, daß der Graf, der seine Burg sonst nie oder nur höchst selten zu verlassen pflegte, in der Nacht der Ermordung des Herzogs daraus abwesend gewesen war: so hielt er es für seine Pflicht, das Geheimnis fallen zu lassen, und die Herzogin, in einer der nächsten Sitzungen des Staatsrats, von dem befremdenden und seltsamen [2] Verdacht, der durch diese beiden Klagpunkte auf ihren Schwager, den Grafen Jakob den Rotbart fiel, umständlich zu unterrichten.

Die Herzogin, die sich glücklich pries, mit dem Grafen, ihrem Schwager, auf einem so freundschaftlichen Fuß zu stehen, und nichts mehr fürchtete,

1. Kleist, dans le style elliptique qui lui est propre, ne répète pas le verbe *kennen*. Ne craignant pas de répéter, par ailleurs, le même terme quatre ou cinq fois de suite, cette particularité nous semblait mériter d'être soulignée — du moins une première fois.

2. Les deux adjectifs sont extrêmement proches l'un de l'autre, jusque dans leur sens le plus profond. S'il existe, dans l'écriture de

Le chancelier, extrêmement consterné par cette déclaration, la conserva dans son armoire secrète pendant des semaines ; d'une part, en dépit de la vie affranchie et dissolue que menait le comte, il croyait connaître trop bien sa noblesse de caractère pour le considérer comme capable d'un acte aussi abominable que le meurtre d'un frère ; et, d'autre part, malgré beaucoup d'autres qualités, trop peu [1] l'esprit de justice de la régente pour ne pas agir avec la plus grande circonspection dans une affaire où il allait de la vie de son pire ennemi. Entre-temps, il procéda sous main à des enquêtes dans la perspective de cette singulière information, et comme il vint à découvrir par hasard, par les agents de la prévôté de la ville, que le comte qui, d'habitude, ne quittait jamais ou seulement exceptionnellement son château, en avait été absent pendant la nuit du meurtre : il tint pour son devoir de ne plus garder le secret et d'instruire en détail la duchesse dans une des plus prochaines séances du Conseil de l'État, du soupçon étrange et curieux [2] que ces deux chefs d'accusation faisaient tomber sur son beau-frère, le comte Jacob Barberousse.

La duchesse, qui s'estimait heureuse d'entretenir avec le comte, son beau-frère, des relations aussi amicales et qui craignait par-dessus tout

Kleist, des répétitions, la redondance, elle, est suffisamment rare pour ne pas nous interdire de la souligner ici. Son utilisation nous semble se rapprocher de celle qu'en faisait Faulkner : par une succession d'adjectifs proches donner et ôter, dans un même mouvement, du sens.

als seine Empfindlichkeit durch unüberlegte Schritte zu reizen, gab inzwischen, zum Befremden des Kanzlers, bei dieser zweideutigen Eröffnung nicht das mindeste Zeichen der Freude von sich; vielmehr, als sie die Papiere zweimal mit Aufmerksamkeit überlesen hatte, äußerte sie lebhaft ihr Mißfallen, daß man eine Sache, die so ungewiß und bedenklich sei, öffentlich im Staatsrat zur Sprache bringe. Sie war der Meinung, daß ein Irrtum oder eine Verleumdung dabei stattfinden müsse, und befahl, von der Anzeige schlechthin bei den Gerichten keinen Gebrauch zu machen. Ja, bei der außerordentlichen, fast schwärmerischen Volksverehrung, deren der Graf, nach einer natürlichen Wendung der Dinge, seit seiner Ausschließung vom Throne genoß, schien ihr auch schon dieser bloße Vortrag im Staatsrat äußerst gefährlich; und da sie voraussah, daß ein Stadtgeschwätz darüber zu seinen Ohren kommen würde, so schickte sie, von einem wahrhaft edelmütigen Schreiben begleitet, die beiden Klagpunkte, die sie das Spiel eines sonderbaren Mißverständnisses nannte, samt dem [1], worauf sie sich stützen sollten, zu ihm hinaus, mit der bestimmten Bitte, sie, die im voraus von seiner Unschuld überzeugt sei, mit aller Widerlegung derselben zu verschonen.

Der Graf der eben mit einer Gesellschaft von Freunden bei der Tafel saß, stand, als der Ritter mit der Botschaft der Herzogin, zu ihm eintrat, verbindlich von seinem Sessel auf; aber kaum, während die Freunde den feierlichen Mann, der sich nicht niederlassen wollte, betrachteten, hatte er in der Wölbung des Fensters den Brief überlesen:

de piquer sa susceptibilité par un pas irréfléchi, ne manifesta pas, à l'étonnement du chancelier, le moindre signe de joie devant cette communication équivoque ; bien plus, après avoir parcouru deux fois les documents avec attention, elle exprima en termes vifs son mécontentement de voir porter en débat public, devant le Conseil de l'État, une affaire aussi incertaine et aussi douteuse. Elle était d'avis qu'il ne devait y avoir là-dedans qu'erreur ou calomnie, et elle donna l'ordre de ne faire tout simplement aucun usage de cette indication auprès des tribunaux. Oui, devant la popularité extraordinaire et presque enthousiaste dont jouissait le comte, selon la tournure naturelle des choses, depuis son exclusion du trône, ce simple exposé au Conseil de l'État lui apparaissait déjà comme extrêmement dangereux ; et comme elle prévoyait que des bavardages de la ville à ce sujet arriveraient à ses oreilles, elle lui fit parvenir, avec une lettre véritablement généreuse, les deux chefs d'accusation qu'elle appelait le jeu d'un étrange malentendu, en joignant ce sur quoi [1] ils étaient supposés se fonder, avec la prière expresse, persuadée qu'elle était d'avance de son innocence, de lui épargner toute réfutation à cet endroit.

Le comte, qui était justement à table en compagnie d'amis lorsque le chevalier, portant le message de la duchesse vint le trouver, se leva obligeamment de son siège ; mais il avait à peine parcouru la lettre, tandis que ses amis considéraient ce visiteur solennel qui refusait de prendre place, sous l'arcade de la fenêtre,

1. C'est-à-dire la flèche.

als er die Farbe wechselte, und die Papiere mit den Worten den Freunden übergab: Brüder, seht! welch eine schändliche Anklage, auf den Mord meines Bruders, wider mich zusammengeschmiedet worden ist! Er nahm dem Ritter, mit einem funkelnden Blick, den Pfeil aus der Hand, und setzte, die Vernichtung seiner Seele verbergend, inzwischen die Freunde sich unruhig um ihn versammelten, hinzu: daß in der Tat das Geschoß sein gehöre und auch der Umstand, daß er in der Nacht des heiligen Remigius aus seinem Schloß abwesend gewesen, gegründet[1] sei! Die Freunde fluchten über diese hämische und niederträchtige Arglistigkeit[2], sie schoben den Verdacht des Mordes auf die verruchten Ankläger selbst zurück, und schon waren sie im Begriff, gegen den Abgeordneten, der die Herzogin, seine Frau, in Schutz nahm, beleidigend zu werden: als der Graf, der die Papiere noch einmal überlesen hatte, indem er plötzlich unter sie trat, ausrief: ruhig, meine Freunde! — und damit nahm er sein Schwert, das im Winkel stand, und übergab es dem Ritter mit den Worten, daß er sein Gefangener sei! Auf die betroffene Frage des Ritters: ob er recht gehört, und ob er in der Tat die beiden Klagpunkte, die der Kanzler aufgesetzt, anerkenne? antwortete der Graf: ja! ja! ja! — Inzwischen hoffe er der Notwendigkeit überhoben zu sein, den Beweis wegen seiner Unschuld anders, als vor den Schranken eines förmlich von der Herzogin niedergesetzten Gerichts zu führen.

qu'il changea de couleur et passa les papiers à ses amis avec les mots : Frères, regardez ! quelle accusation infâme, sur le meurtre de mon frère, a été forgée contre moi ! Il prit, avec des éclairs dans les yeux, la flèche que tenait le chevalier et, dissimulant la consternation de son âme, alors que ses amis, inquiets, se rassemblaient autour de lui, il ajouta : en effet le trait lui appartenait bien, comme était vrai [1] également le fait que, dans la nuit de la Saint-Remi, il avait été absent de son château ! Ses amis maudirent cette ruse perfide [2], sournoise et basse : ils rejetaient le soupçon du meurtre sur les infâmes accusateurs eux-mêmes, et déjà ils allaient commencer à offenser l'envoyé qui prenait la défense de la duchesse, sa souveraine, lorsque le comte, qui avait encore une fois parcouru les papiers, revenant soudainement parmi eux, s'écria : du calme, mes amis ! — et là-dessus, il prit son épée qui était dans un coin et la remit au chevalier en lui disant qu'il était son prisonnier. À la question consternée du chevalier : il avait bien entendu ?, et il reconnaissait effectivement les deux chefs d'accusation que le chancelier avait établis ? le comte répondit : oui ! oui ! oui ! — Entre-temps, il espérait être épargné de la nécessité de donner la preuve de son innocence autrement qu'à la barre d'un tribunal formellement constitué par la duchesse.

1. *Gegründet* : fondé.

2. *Arglist* ou *Arglistigkeit*, que nous traduisons par « ruse perfide » afin de souligner la parenté avec *List*, sont présents dans toute l'œuvre de Kleist et font partie d'une vaste réflexion sur la stratégie.

Vergebens bewiesen die Ritter, mit dieser Äußerung höchst unzufrieden, daß er in diesem Fall wenigstens keinem andern, als dem Kaiser, von dem Zusammenhang der Sache Rechenschaft zu geben brauche; der Graf, der sich in einer sonderbar plötzlichen Wendung der Gesinnung, auf die Gerechtigkeit der Regentin berief, bestand darauf, sich vor dem Landestribunal zu stellen, und schon, indem er sich aus ihren Armen losriß, rief er, aus dem Fenster hinaus, nach seinen Pferden, willens, wie er sagte, dem Abgeordneten unmittelbar in die Ritterhaft zu folgen: als die Waffengefährten ihm gewaltsam, mit einem Vorschlag, den er endlich annehmen mußte, in den Weg traten. Sie setzten in ihrer Gesamtzahl ein Schreiben an die Herzogin auf, forderten als ein Recht, das jedem Ritter in solchem Fall zustehe, freies Geleit für ihn, und boten ihr zur Sicherheit, daß er sich dem von ihr errichteten Tribunal stellen, auch allem, was dasselbe über ihn verhängen möchte, unterwerfen würde, eine Bürgschaft von 20000 Mark Silbers an.

Die Herzogin, auf diese unerwartete und ihr unbegreifliche Erklärung, hielt es, bei den abscheulichen Gerüchten, die bereits über die Veranlassung der Klage, im Volk herrschten, für das Ratsamste, mit gänzlichem Zurücktreten ihrer eignen Person, dem Kaiser die ganze Streitsache vorzulegen. Sie schickte ihm, auf den Rat des Kanzlers, sämtliche über den Vorfall lautende Aktenstücke zu, und bat, in seiner Eigenschaft als Reichsoberhaupt ihr die Untersuchung in einer Sache abzunehmen, in der sie selber als Partei befangen sei. Der Kaiser, der sich wegen Verhandlungen mit der Eidgenossenschaft grade damals in Basel aufhielt, willigte in diesen Wunsch;

Les chevaliers, fort peu satisfaits de cette déclaration, lui démontrèrent en vain que, dans ce cas au moins, il n'avait pas à rendre compte des liens de cette affaire à quelqu'un d'autre qu'à l'empereur lui-même : le comte, qui dans une volte-face singulièrement soudaine, en appelait à la justice de la régente, tint à se présenter devant le tribunal de la province et déjà, en s'arrachant de leurs bras, il appelait par la fenêtre pour avoir ses chevaux, voulant, disait-il, suivre immédiatement l'envoyé, afin d'être gardé par la Chevalerie : alors ses compagnons d'armes s'opposèrent violemment à lui en lui présentant une proposition qu'il devait finir par accepter. Ils rédigèrent tous ensemble une lettre à la duchesse, y réclamant comme un droit reconnu à tout chevalier en pareil cas, un sauf-conduit pour le comte et, en garantie de sa comparution devant le tribunal institué par elle et sa soumission à tout arrêté prononcé par celui-ci, ils offraient une caution de vingt mille marks d'argent.

La duchesse, devant cette déclaration inattendue et pour elle incompréhensible, tenant compte des bruits répugnants qui couraient déjà dans le peuple sur l'émanation de la plainte, considéra que le plus sage était, en s'effaçant complètement elle-même, de soumettre l'ensemble du conflit à l'empereur. Elle lui envoya toutes les pièces concernant cet incident en le priant au titre de chef suprême de l'empire de la décharger de l'instruction dans une cause où elle était elle-même partie. L'empereur, qui, du fait de pourparlers avec la Confédération séjournait à Bâle juste à cette époque, exauça ce souhait;

er setzte daselbst ein Gericht von drei Grafen, zwölf Rittern und zwei Gerichtsassessoren nieder; und nachdem er dem Grafen Jakob dem Rotbart, dem Antrag seiner Freunde gemäß, gegen die dargebotene Bürgschaft von 20 000 Mark Silbers freies Geleit zugestanden hatte, forderte er ihn auf, sich dem erwähnten Gericht zu stellen, und demselben über die beiden Punkte: wie der Pfeil, der, nach seinem eignen Geständnis, sein gehöre, in die Hände des Mörders gekommen? auch: an welchem dritten[1] Ort er sich in der Nacht des heiligen Remigius aufgehalten habe, Red und Antwort zu geben.

Es war am Montag nach Trinitatis, als der Graf Jakob der Rotbart, mit einem glänzenden Gefolge von Rittern, der an ihn ergangenen Aufforderung gemäß, in Basel vor den Schranken des Gerichts erschien, und sich daselbst, mit Übergehung der ersten, ihm, wie er vorgab, gänzlich unauflöslichen Frage, in Bezug auf die zweite, welche für den Streitpunkt entscheidend war, folgendermaßen faßte: »Edle Herren!« und damit stützte er seine Hände auf das Geländer, und schaute aus seinen kleinen blitzenden Augen, von rötlichen Augenwimpern überschattet, die Versammlung an. »Ihr beschuldigt mich, der von seiner Gleichgültigkeit gegen Krone und Szepter Proben genug gegeben hat, der abscheulichsten Handlung, die begangen werden kann, der Ermordung meines, mir in der Tat wenig geneigten, aber darum nicht minder teuren Bruders; und als einen der Gründe, worauf ihr eure Anklage stützt, führt ihr an, daß ich in der Nacht des heiligen Remigius,

il y institua un tribunal composé de trois comtes, de douze chevaliers et de deux magistrats ; et après avoir accordé au comte Jacob Barberousse un sauf-conduit, selon la proposition de ses amis et contre la caution offerte de vingt mille marks d'argent, il l'invita à se présenter devant ledit tribunal et à s'y expliquer sur les deux points : comment la flèche qui, de son propre aveu, lui appartenait était-elle venue entre les mains du meurtrier ? et : en quel « troisième [1] » endroit avait-il passé la nuit de la Saint-Remi ?

Ce fut le lundi d'après la Trinité que le comte Jacob Barberousse, avec une suite étincelante de chevaliers, conformément à l'injonction qu'il avait reçue, parut à la barre du tribunal de Bâle, et après avoir passé sur la première question, en objectant qu'elle était pour lui totalement insoluble, s'exprima en ces termes au sujet de la seconde, qui dans ce débat était décisive : « Nobles seigneurs ! » dit-il, tandis que ses mains s'appuyaient sur la barre et qu'il fixait l'assemblée de ses petits yeux étincelants, ombragés de cils roux. « Vous m'accusez, moi qui ai donné assez de preuves de mon indifférence à l'égard de la couronne et du sceptre, de l'acte le plus abominable qui se puisse commettre, du meurtre d'un frère qui, certes, n'avait pas grande bienveillance pour moi, mais qui pour autant ne m'en était pas moins cher ; et, comme motif sur lequel se fonde votre accusation, vous avancez que, dans la nuit de la Saint-Remi,

1. Ce terme de *dritte*, souvent traduit par « autre », semble prendre un sens plus riche dans le texte de Kleist (il réapparaîtra, en effet, encore plusieurs fois) : le comte prétend avoir été absent à deux endroits : de son château et du lieu du crime — l'autre endroit est donc le troisième.

da jener Frevel verübt ward, gegen eine durch viele Jahre beobachtete Gewohnheit, aus meinem Schlosse abwesend war. Nun ist mir gar wohl bekannt, was ein Ritter, der Ehre solcher Damen, deren Gunst ihm heimlich zuteil wird, schuldig ist; und wahrlich! hätte der Himmel nicht, aus heiterer Luft, dies sonderbare Verhängnis über mein Haupt zusammengeführt: so würde das Geheimnis, das in meiner Brust schläft, mit mir gestorben, zu Staub verwest, und erst auf den Posaunenruf des Engels, der die Gräber sprengt, vor Gott mit mir erstanden sein. Die Frage aber, die[1] kaiserliche Majestät durch euren Mund an mein Gewissen richtet, macht, wie ihr wohl selbst einseht, alle Rücksichten und alle Bedenklichkeiten zu Schanden; und weil ihr denn wissen wollt, warum es weder wahrscheinlich, noch auch selbst möglich sei, daß ich an dem Mord meines Bruders, es sei nun persönlich oder mittelbar, Teil genommen, so vernehmt, daß ich in der Nacht des heiligen Remigius, also zur Zeit, da er verübt worden, heimlich bei der schönen, in Liebe mir ergebenen Tochter des Landdrosts Winfried von Breda, Frau Wittib Littegarde von Auerstein war.«

Nun muß man wissen, daß Frau Wittib Littegarde von Auerstein, so wie die schönste, so auch, bis auf den Augenblick dieser schmählichen Anklage, die unbescholtenste und makelloseste Frau des Landes war. Sie lebte, seit dem Tode des Schloßhauptmanns von Auerstein, ihres Gemahls, den sie wenige Monden nach ihrer Vermählung an einem ansteckenden Fieber verloren hatte, still und eingezogen auf der Burg ihres Vaters; und nur auf den Wunsch dieses alten Herrn,

où fut commis ce forfait sacrilège, j'étais absent de mon château, à l'encontre d'une habitude observée pendant de longues années. Or, je sais parfaitement ce qu'un chevalier doit à l'honneur des dames dont les faveurs lui sont secrètement accordées ; et, à la vérité, si le ciel n'avait pas amassé dans ses hauteurs sereines cette étrange fatalité sur ma tête : le secret qui dort dans mon cœur serait mort avec moi, serait devenu poussière et ne se serait dressé avec moi devant Dieu qu'à l'appel de la trompette de l'ange qui fait éclater les tombeaux. Mais la question [1] que Sa Majesté Impériale adresse par votre bouche à ma conscience réduit à néant, et vous le comprenez bien vous-mêmes, tous les égards et tous les scrupules ; et puisque vous voulez savoir pourquoi il n'est vraisemblable, ni même simplement possible que j'aie participé personnellement ou indirectement au meurtre de mon frère, apprenez que dans la nuit de la Saint-Remi, c'est-à-dire au moment où il fut perpétré, j'étais en secret auprès de la fille, belle et éprise de moi, du bailli de la province Winfried von Breda, dame Wittib Littegarde von Auerstein. »

Or il faut savoir que dame Wittib Littegarde von Auerstein était à la fois la plus belle femme de la province et, jusqu'à l'heure de cette outrageante accusation, la plus irréprochable et la plus pure. Elle vivait, depuis la mort du gouverneur du palais von Auerstein, son époux, peu de mois après leur mariage à cause d'une fièvre contagieuse, tranquille et retirée au château de son père ; et c'est seulement selon le souhait du vieux seigneur,

1. Il manque la conjonction *die*.

der sie gern wieder vermählt zu sehen wünschte, ergab sie sich darin, dann und wann bei den Jagdfesten und Banketten zu erscheinen, welche von der Ritterschaft der umliegenden Gegend, und hauptsächlich vom Herrn Jakob dem Rotbart, angestellt wurden. Viele Grafen und Herren, aus den edelsten und begütertsten Geschlechtern des Landes, fanden sich mit ihren Werbungen, bei solchen Gelegenheiten um sie ein, und unter diesen war ihr Herr Friedrich von Trota, der Kämmerer, der ihr einst auf der Jagd gegen den Anlauf eines verwundeten Ebers tüchtiger Weise das Leben gerettet hatte, der Teuerste und Liebste; inzwischen hatte sie sich aus Besorgnis, ihren beiden, auf die Hinterlassenschaft ihres Vermögens rechnenden Brüdern dadurch zu mißfallen, aller Ermahnungen ihres Vaters ungeachtet, noch nicht entschließen können, ihm ihre Hand zu geben. Ja, als Rudolf, der Ältere von beiden sich mit einem reichen Fräulein aus der Nachbarschaft vermählte, und ihm, nach einer dreijährigen kinderlosen Ehe, zur großen Freude der Familie, ein Stammhalter geboren ward: so nahm sie, durch manche deutliche und undeutliche Erklärung bewogen, von Herrn Friedrich, ihrem Freunde, in einem unter vielen Tränen abgefaßten Schreiben, förmlich Abschied, und willigte, um die Einigkeit des Hauses zu erhalten, in den Vorschlag ihres Bruders, den Platz als Äbtissin in einem Frauenstift einzunehmen, das unfern ihrer väterlichen Burg an den Ufern des Rheins lag.

qui souhaitait fort la voir se remarier, qu'elle consentait à paraître de temps à autre aux fêtes de chasse et aux banquets organisés par les chevaliers des environs et en particulier par le seigneur Jacob Barberousse. De nombreux comtes et seigneurs des lignages les plus nobles et les plus fortunés du pays qui aspiraient à l'épouser se pressaient en de telles occasions autour d'elle et, parmi eux, le seigneur Friedrich von Trota, le chambellan, qui lui avait naguère sauvé vaillamment la vie à la chasse, alors qu'un sanglier blessé la chargeait, était le plus chéri, le plus aimé d'elle; cependant, soucieuse de ne pas contrarier ses deux frères qui comptaient hériter de ses biens, contre toutes les exhortations de son père, elle n'avait pas encore pu se résoudre à lui accorder sa main. Oui, lorsque Rudolph, l'aîné des deux, s'était marié à une riche demoiselle du voisinage, qu'après trois ans de mariage sans enfant un héritier naquit, à la grande joie de la famille, elle fit formellement ses adieux, suite à des considérations plus ou moins claires, au seigneur Friedrich, son ami, par une lettre rédigée en versant bien des larmes et consentit, pour conserver l'unité de la famille, à la proposition de son frère, d'entrer, au titre d'abbesse, dans un couvent de femmes qui se trouvait non loin du château paternel, au bord du Rhin.

Grade um die Zeit, da bei dem Erzbischof von Straßburg dieser Plan betrieben ward, und die Sache im Begriff war zur Ausführung zu kommen, war es, als der Landdrost, Herr Winfried von Breda, durch das von dem Kaiser eingesetzte Gericht, die Anzeige von der Schande seiner Tochter Littegarde, und die Aufforderung erhielt, dieselbe zur Verantwortung gegen die von dem Grafen Jakob wider sie angebrachte Beschuldigung nach Basel zu befördern. Man bezeichnete ihm, im Verlauf des Schreibens, genau die Stunde und den Ort, in welchem der Graf, seinem Vorgeben gemäß, bei Frau Littegarde seinen Besuch heimlich abgestattet haben wollte, und schickte ihm sogar einen, von ihrem verstorbenen Gemahl herrührenden Ring mit, den er beim Abschied, zum Andenken an die verflossene Nacht, aus ihrer Hand empfangen zu haben versicherte. Nun litt Herr Winfried eben, am Tage der Ankunft dieses Schreibens, an einer schweren und schmerzvollen Unpäßlichkeit des Alters; er wankte, in einem äußerst gereizten Zustande, an der Hand seiner Tochter im Zimmer umher, das Ziel schon ins Auge fassend, das allem was Leben atmet gesteckt ist; dergestalt, daß ihn, bei Überlesung dieser fürchterlichen Anzeige, der Schlag augenblicklich rührte, und er, indem er das Blatt fallen ließ, mit gelähmten Gliedern auf den Fußboden niederschlug. Die Brüder, die gegenwärtig waren, hoben ihn bestürzt vom Boden auf, und riefen einen Arzt herbei, der zu seiner Pflege, in den Nebengebäuden wohnte; aber alle Mühe, ihn wieder ins Leben zurück zu bringen, war umsonst: er gab, während Frau Littegarde besinnungslos in dem Schoß ihrer Frauen lag,

C'est juste à l'époque où fut poursuivi ce projet auprès de l'archevêque de Strasbourg et où la chose était sur le point de se réaliser que le sénéchal Winfried von Breda reçut notification de la honte de sa fille Littegarde par le tribunal que l'empereur avait institué et l'injonction d'envoyer celle-ci à Bâle pour répondre de l'accusation lancée contre elle par le comte Jacob. Dans la suite de l'acte on lui précisait l'heure et le lieu où le comte, dans ses affirmations, prétendait avoir fait sa visite secrète à dame Littegarde et l'on y joignait même un anneau venant de feu son époux et qu'il assurait avoir reçu de sa main, en se séparant d'elle, en souvenir de la nuit écoulée. Or, le seigneur Winfried, le jour même où la missive lui parvint, souffrait d'un grave et pénible malaise dû à l'âge ; chancelant, il tournait dans la pièce, dans un état d'extrême tension, sa fille le tenant par la main, ses yeux fixant déjà le terme défini à tout ce qui vit et respire ; si bien qu'en lisant l'effrayante notification il fut à l'instant frappé d'une attaque, et, laissant tomber la feuille, s'effondra sur le plancher, les membres paralysés. Les frères qui étaient présents le relevèrent, consternés, et appelèrent un médecin attaché à ses soins, qui logeait dans une dépendance ; tous les efforts pour le rappeler à la vie furent cependant vains : il expira, tandis que dame Littegarde gisait évanouie dans le giron de ses femmes et,

seinen Geist auf, und diese, da sie erwachte, hatte auch nicht den letzten bittersüßen[1] Trost, ihm ein Wort zur Verteidigung ihrer Ehre in die Ewigkeit mitgegeben zu haben. Das Schrecken der beiden Brüder über diesen heillosen Vorfall, und ihre Wut über die der Schwester angeschuldigte und leider nur zu wahrscheinliche Schandtat, die ihn veranlaßt hatte, war unbeschreiblich. Denn sie wußten nur zu wohl, daß Graf Jakob der Rotbart ihr in der Tat, während des ganzen vergangenen Sommers, angelegentlich den Hof gemacht hatte; mehrere Turniere und Bankette waren bloß ihr zu Ehren von ihm angestellt, und sie, auf eine schon damals sehr anstößige Weise, vor allen andern Frauen, die er zur Gesellschaft zog, von ihm ausgezeichnet worden. Ja, sie erinnerten sich, daß Littegarde, grade um die Zeit des besagten Remigiustages, eben diesen von ihrem Gemahl herstammenden Ring, der sich jetzt, auf sonderbare Weise in den Händen des Grafen Jakob wieder fand, auf einem Spaziergang verloren zu haben vorgegeben hatte; dergestalt, daß sie nicht einen Augenblick an der Wahrhaftigkeit der Aussage, die der Graf vor Gericht gegen sie abgeleistet hatte, zweifelten. Vergebens — inzwischen unter den Klagen des Hofgesindes die väterliche Leiche weggetragen ward — umklammerte sie, nur um einen Augenblick Gehör bittend, die Kniee ihrer Brüder; Rudolf, vor Entrüstung flammend, fragte sie, indem er sich zu ihr wandte: ob sie einen Zeugen für die Nichtigkeit der Beschuldigung für sich aufstellen könne? und da sie unter Zittern und Beben erwiderte:

quand elle se réveilla, elle n'eut pas même cette dernière consolation amère et douce[1] de lui avoir confié une parole qui défendît son honneur pour l'éternité. L'épouvante des deux frères devant cet incident funeste et aussi leur fureur devant l'acte infâme dont leur sœur était accusée, avec malheureusement trop de vraisemblance, et qui en était la cause, était indescriptible. Car ils ne savaient que trop bien, en effet, que, durant tout l'été passé, le comte Jacob Barberousse lui avait fait en réalité une cour pressante : il avait organisé, uniquement en son honneur, des tournois et des banquets, et la préférence lui avait été signifiée d'une façon déjà très choquante alors devant toutes les autres femmes qui venaient se joindre à leur société. Oui, ils se rappelaient même que, juste vers l'époque de cette Saint-Remi, elle avait prétendu avoir perdu dans une promenade cet anneau qu'elle tenait de son époux et qui se retrouvait si étrangement entre les mains du comte ; si bien qu'ils ne doutèrent pas un instant de la véracité de la déposition que le comte avait faite contre elle devant le tribunal. Ce fut en vain — pendant qu'on avait emporté, au milieu des lamentations de toute la domesticité, la dépouille paternelle — qu'elle enlaçait les genoux de ses frères, les suppliant qu'on l'écoutât, ne fût-ce qu'un instant ; Rudolph, enflammé d'indignation, lui demanda, en se tournant vers elle : pouvait-elle produire un témoin prouvant la nullité de l'accusation ? et comme elle répondit, toute tremblante :

1. Traduction littérale, distincte cependant du « doux-amer » de certaines préparations culinaires qui prétend traduire *süssauer*.

daß sie sich leider auf nichts, als die Unsträflichkeit ihres Lebenswandels berufen könne, indem ihre Zofe grade wegen eines Besuchs, den sie in der bewußten Nacht bei ihren Eltern abgestattet, aus ihrem Schlafzimmer abwesend gewesen sei: so stieß Rudolf sie mit Füßen von sich, riß ein Schwert das an der Wand hing, aus der Scheide, und befahl ihr, in mißgeschaffner Leidenschaft tobend, indem er Hunde und Knechte herbeirief, augenblicklich das Haus und die Burg zu verlassen. Littegarde stand bleich wie Kreide, vom Boden auf; sie bat, indem sie seinen Mißhandlungen schweigend auswich, ihr wenigstens zur Anordnung der erforderten Abreise die nötige Zeit zu lassen; doch Rudolf antwortete weiter nichts, als, vor Wut schäumend: hinaus, aus dem Schloß! dergestalt, daß da er auf seine eigne Frau, die ihm mit der Bitte um Schonung und Menschlichkeit, in den Weg trat, nicht hörte, und sie, durch einen Stoß mit dem Griff des Schwerts, der ihr das Blut fließen machte, rasend auf die Seite warf, die unglückliche Littegarde, mehr tot als lebendig, das Zimmer verließ: sie wankte, von den Blicken der gemeinen Menge umstellt, über den Hofraum der Schloßpforte zu, wo Rudolf ihr ein Bündel mit Wäsche, wozu er einiges Geld legte, hinausreichen ließ, und selbst hinter ihr, unter Flüchen und Verwünschungen, die Torflügel verschloß.

Dieser plötzliche Sturz, von der Höhe eines heiteren und fast ungetrübten Glücks, in die Tiefe eines unabsehbaren und gänzlich hülflosen Elends, war mehr als das arme Weib ertragen konnte. Unwissend, wohin sie sich wenden solle,

elle ne pouvait malheureusement qu'invoquer l'intégrité de son mode de vie, sa caméristе, en effet, ne s'étant justement pas trouvée dans sa chambre à coucher, puisqu'elle était partie rendre visite, cette nuit-là, à ses parents : alors Rudolph l'écarta de lui à coups de pied, prit une épée qui pendait au mur, dégaina et dans une furieuse passion, appelant chiens et valets, lui ordonna de quitter à l'instant la maison et le château. Littegarde se redressa, pâle comme la craie ; esquivant sans mot dire ses brutalités, elle le pria de lui laisser au moins le temps nécessaire à la préparation de ce voyage imposé ; mais Rudolph, écumant de rage, ne répondit rien d'autre que : dehors, hors du château ! de sorte que, n'écoutant pas les prières de sa propre femme qui s'interposait pour lui demander d'être clément et humain et qu'il rejeta dans sa fureur en lui donnant de la poignée de son épée un coup qui fit couler le sang, la malheureuse Littegarde, plus morte que vive, quitta la pièce : chancelante, au milieu des regards de la foule ordinaire, elle traversa la cour jusqu'à la porte du château où Rudolph lui fit passer un paquet de linge auquel il avait joint un peu d'argent, et il ferma lui-même derrière elle les battants du portail avec des malédictions et des imprécations.

Cette chute aussi soudaine du haut d'un bonheur serein et presque sans nuage dans les profondeurs d'une misère incommensurable et sans recours possible était plus que la pauvre femme ne pouvait supporter. Ne sachant vers où se tourner,

wankte sie, gestützt am Geländer, den Felsenpfad hinab, um sich wenigstens für die einbrechende Nacht ein Unterkommen zu verschaffen; doch ehe sie noch den Eingang des Dörfchens, das verstreut im Tale lag, erreicht hatte, sank sie schon ihrer Kräfte beraubt, auf den Fußboden nieder. Sie mochte, allen Erdenleiden entrückt, wohl eine Stunde so gelegen haben, und völlige Finsternis deckte schon die Gegend, als sie, umringt von mehreren mitleidigen Einwohnern des Orts, erwachte. Denn ein Knabe, der am Felsenabhang spielte, hatte sie daselbst bemerkt, und in dem Hause seiner Eltern von einer so sonderbaren und auffallenden Erscheinung Bericht abgestattet; worauf diese, die von Littegarden mancherlei Wohltaten empfangen hatten, äußerst bestürzt sie in einer so trostlosen Lage zu wissen, sogleich aufbrachen, um ihr mit Hülfe, so gut es in ihren Kräften stand, beizuspringen. Sie erholte sich durch die Bemühungen dieser Leute gar bald, und gewann auch, bei dem Anblick der Burg, die hinter ihr verschlossen war, ihre Besinnung wieder; sie weigerte sich aber das Anerbieten zweier Weiber, sie wieder auf das Schloß hinauf zu führen, anzunehmen, und bat nur um die Gefälligkeit, ihr sogleich einen Führer herbei zu schaffen, um ihre Wanderung fortzusetzen. Vergebens stellten ihr die Leute vor, daß sie in ihrem Zustande keine Reise antreten könne; Littegarde bestand unter dem Vorwand, daß ihr Leben in Gefahr sei, darauf, augenblicklich die Grenzen des Burggebiets zu verlassen; ja, sie machte, da sich der Haufen um sie, ohne ihr zu helfen, immer vergrößerte, Anstalten, sich mit Gewalt los zu reißen, und sich allein, trotz der Dunkelheit hereinbrechenden Nacht, auf den Weg zu begeben;

elle descendit en chancelant le sentier des rochers en s'appuyant à la balustrade, afin de se trouver au moins un gîte pour la nuit qui tombait ; mais avant même qu'elle eût atteint l'entrée du petit village disséminé dans la vallée, elle s'effondra, privée de forces, sur le sol. Elle était restée étendue ainsi une heure, loin de toutes les souffrances terrestres, et une obscurité complète couvrait déjà les environs, lorsque, entourée de quelques habitants miséricordieux du lieu, elle se réveilla. Car un garçon qui jouait sur la pente des rochers l'avait remarquée et il avait fait le récit, chez ses parents, d'une apparition aussi étrange et frappante ; ce sur quoi ces gens, qui avaient reçu toutes sortes de bienfaits de Littegarde, extrêmement consternés de la savoir dans une situation aussi désespérante, étaient partis sur-le-champ courir à son secours autant qu'il était en leur pouvoir. Grâce à leurs efforts, elle ne tarda pas à se remettre, et la vue du château fermé derrière elle, lui rendit toute sa conscience ; elle refusa cependant l'offre que lui faisaient deux femmes de la remonter au château et leur demanda seulement d'avoir la complaisance de lui procurer immédiatement un guide, pour continuer son chemin. En vain les gens lui indiquèrent que, dans l'état où elle était, elle ne pouvait entreprendre aucun voyage ; Littegarde persista, sous prétexte que sa vie était en danger, à vouloir quitter sur l'heure les frontières du domaine ; bien plus, comme la foule se faisait toujours plus dense autour d'elle, sans lui être d'aucun secours, elle se disposa à s'en arracher de force, pour se remettre en route toute seule, malgré l'obscurité de la nuit tombante ;

dergestalt daß die Leute notgedrungen, aus Furcht, von der Herrschaft, falls ihr ein Unglück zustieße, dafür in Anspruch genommen zu werden, in ihren Wunsch willigten, und ihr ein Fuhrwerk herbeischafften, das mit ihr, auf die wiederholt an sie gerichtete Frage, wohin sie sich denn eigentlich wenden wolle, nach Basel abfuhr.

Aber schon vor dem Dorfe änderte sie, nach einer aufmerksamern Erwägung der Umstände, ihren Entschluß, und befahl ihrem Führer umzukehren, und sie nach der, nur wenige Meilen entfernten Trotenburg zu fahren. Denn sie fühlte wohl, daß sie ohne Beistand, gegen einen solchen Gegner, als der Graf Jakob der Rotbart war, vor dem Gericht zu Basel nichts ausrichten würde; und niemand schien ihr des Vertrauens, zur Verteidigung ihrer Ehre aufgerufen zu werden, würdiger, als ihr wackerer, ihr in Liebe, wie sie wohl wußte, immer noch ergebener Freund, der treffliche Kämmerer Herr Friedrich von Trota. Es mochte ohngefähr Mitternacht sein, und die Lichter im Schlosse schimmerten noch, als sie äußerst ermüdet von der Reise, mit ihrem Fuhrwerk daselbst ankam. Sie schickte einen Diener des Hauses, der ihr entgegen kam, hinauf, um der Familie ihre Ankunft anmelden zu lassen; doch ehe dieser noch seinen Auftrag vollführt hatte, traten auch schon Fräulein Bertha und Kunigunde, Herrn Friedrichs Schwestern, vor die Tür hinaus, die zufällig, in Geschäften des Haushalts, im untern Vorsaal waren.

de sorte que les gens ainsi contraints, craignant que leur seigneur ne s'en prît à eux au cas où il lui arriverait malheur, se rendirent à son désir et lui procurèrent une voiture attelée qui partit avec elle pour Bâle, après qu'on lui eut demandé à plusieurs reprises l'endroit où elle voulait donc se rendre.

Mais juste devant le village, après un examen attentif de la situation, elle changea d'avis et enjoignit à son conducteur de revenir en arrière pour l'emmener au château de Trotenburg, éloigné seulement de quelques lieues. Car elle sentait que, sans soutien, elle ne parviendrait à rien au tribunal de Bâle contre un adversaire de l'espèce du comte Jacob Barberousse ; et personne ne lui paraissait plus digne de la confiance d'être appelé à la défense de son honneur que son vaillant ami, toujours plein d'amour pour elle, elle le savait fort bien, l'excellent seigneur chambellan Friedrich von Trota. Il pouvait être à peu près minuit, et les lumières du château brillaient encore lorsqu'elle arriva à cet endroit, extrêmement fatiguée par le voyage, avec sa charrette. Elle envoya un serviteur de la maison venu à sa rencontre pour annoncer son arrivée à la famille ; mais avant qu'il eût pu remplir sa mission, les demoiselles Bertha et Kunigunde, sœurs du seigneur Friedrich, qui se trouvaient par hasard dans la salle du bas pour quelque affaire domestique, sortirent devant la porte.

Die Freundinnen hoben Littegarden, die ihnen gar wohl bekannt war, unter freudigen Begrüßungen vom Wagen, und führten sie, obschon nicht ohne einige Beklemmung, zu ihrem Bruder hinauf, der in Akten, womit ihn ein Prozeß überschüttete, versenkt, an einem Tische saß. Aber wer beschreibt das Erstaunen Herrn Friedrichs, als er auf das Geräusch, das sich hinter ihm erhob, sein Antlitz wandte, und Frau Littegarden, bleich und entstellt, ein wahres Bild der Verzweiflung, vor ihm auf Knieen nieder sinken sah. »Meine teuerste Littegarde!« rief er, indem er aufstand, und sie vom Fußboden erhob: »was ist Euch widerfahren?« Littegarde, nachdem sie sich auf einen Sessel niedergelassen hatte, erzählte ihm, was vorgefallen; welch eine verruchte Anzeige der Graf Jakob der Rotbart, um sich von dem Verdacht, wegen Ermordung des Herzogs, zu reinigen, vor dem Gericht zu Basel in Bezug auf sie, vorgebracht habe; wie die Nachricht davon ihrem alten, eben an einer Unpäßlichkeit leidenden Vater augenblicklich den Nervenschlag zugezogen, an welchem er auch, wenige Minuten darauf, in den Armen seiner Söhne verschieden sei; und wie diese in Entrüstung darüber rasend, ohne auf das, was sie zu ihrer Verteidigung vorbringen könne, zu hören, sie mit den entsetzlichsten Mißhandlungen überhäuft, und zuletzt, gleich einer Verbrecherin, aus dem Hause gejagt hatten. Sie bat Herrn Friedrich, sie unter einer schicklichen Begleitung nach Basel zu befördern, und ihr daselbst einen Rechtsgehülfen anzuweisen, der ihr, bei ihrer Erscheinung vor dem von dem Kaiser eingesetzten Gericht, mit klugem und besonnenem Rat, gegen jene schändliche Beschuldigung, zur Seite stehen könne.

Les amies soulevèrent Littegarde, qu'elles connaissaient bien, pour descendre de la voiture en la saluant avec joie et la conduisirent non sans quelque angoisse chez leur frère qui était assis, penché à sa table, submergé par les pièces d'un procès. Mais qui décrira l'étonnement du seigneur Friedrich quand, tournant la tête au bruit qu'il avait entendu derrière lui, il vit dame Littegarde, blême et méconnaissable, véritable image du désespoir, se jeter à genoux devant lui. « Ma bien chère Littegarde ! » s'écria-t-il en se dressant et en la relevant, « que vous est-il arrivé ? » Littegarde, qui s'était laissée tomber sur un fauteuil, lui raconta ce qui s'était passé ; comment le comte Jacob Barberousse avait proféré une infâme accusation devant le tribunal de Bâle, pour se laver des soupçons d'avoir assassiné le comte ; comment, à cette nouvelle, son vieux père, souffrant déjà de malaises, avait subi un choc nerveux et était mort quelques minutes plus tard dans les bras de ses fils ; et comment enfin ceux-ci, dans leur fureur extrême, sans entendre ce qu'elle pouvait présenter pour sa défense, l'avaient accablée d'odieuses brutalités et enfin l'avaient chassée de la maison, telle une criminelle. Elle pria le seigneur Friedrich de l'aider à se rendre à Bâle avec une escorte convenable, et là de l'adresser à un homme de loi qui pourrait l'assister de conseils sages et avisés contre cette inculpation infamante, lors de sa comparution devant le tribunal constitué par l'empereur.

Sie versicherte, daß ihr aus dem Munde eines Parthers oder Persers, den sie nie mit Augen gesehen, eine solche Behauptung nicht hätte unerwarteter kommen können, als aus dem Munde des Grafen Jakobs des Rotbarts, indem ihr derselbe seines schlechten Rufs sowohl, als seiner äußeren Bildung wegen, immer in der tiefsten Seele verhaßt gewesen sei, und sie die Artigkeiten, die er sich, bei den Festgelagen des vergangenen Sommers, zuweilen die Freiheit genommen ihr zu sagen, stets mit der größten Kälte und Verachtung abgewiesen habe. »Genug, meine teuerste Littegarde!« rief Herr Friedrich, indem er mit edlem Eifer ihre Hand nahm, und an seine Lippen drückte: »verliert kein Wort zur Verteidigung und Rechtfertigung Eurer Unschuld! In meiner Brust spricht eine Stimme für Euch, weit lebhafter und überzeugender, als alle Versicherungen, ja selbst als alle Rechtsgründe und Beweise, die Ihr vielleicht aus der Verbindung der Umstände und Begebenheiten, vor dem Gericht zu Basel für Euch aufzubringen vermögt. Nehmt mich, weil Eure ungerechten und ungroßmütigen Brüder Euch verlassen, als Euren Freund und Bruder an, und gönnt mir den Ruhm, Euer Anwalt in dieser Sache zu sein; ich will den Glanz Eurer Ehre vor dem Gericht zu Basel und vor dem Urteil der ganzen Welt wiederherstellen!« Damit führte er Littegarden, deren Tränen vor Dankbarkeit und Rührung, bei so edelmütigen Äußerungen heftig flossen, zu Frau Helenen, seiner Mutter hinauf, die sich bereits in ihr Schlafzimmer zurückgezogen hatte; er stellte sie dieser würdigen alten Dame, die ihr mit besonderer Liebe zugetan war,

Elle assura que, de la bouche d'un Parthe ou d'un Perse qu'elle n'aurait jamais vu de ses yeux, une telle assertion n'aurait pas pu être pour elle plus inattendue que venant de celle du comte Jacob Barberousse, cet homme qu'elle avait toujours haï du fond de l'âme, tant pour sa mauvaise réputation que pour son aspect physique, et dont elle avait toujours repoussé avec la froideur et le dédain les plus grands les amabilités qu'il avait pris la liberté quelquefois de lui tenir dans les festins de l'été passé. « Assez, ma bien chère Littegarde ! » s'écria le seigneur Friedrich, en lui prenant la main avec un noble empressement et en y pressant ses lèvres : « Ne perdez pas un mot pour défendre et pour justifier votre innocence ! Dans mon cœur parle pour vous une voix beaucoup plus vivante et plus convaincante que toutes les assurances, oui, que toutes les raisons juridiques et toutes les preuves mêmes que vous sauriez avancer en votre faveur au tribunal de Bâle, à partir de l'enchaînement des circonstances et des faits. Acceptez-moi, puisque vos frères sans équité ni grandeur d'âme vous abandonnent, comme votre ami et votre frère et accordez-moi la gloire d'être votre avocat dans cette affaire ; je veux établir l'éclat de votre honneur devant le tribunal de Bâle et devant le jugement du monde entier ! » Après quoi il conduisit Littegarde à qui l'émotion faisait verser d'abondantes larmes de gratitude devant une déclaration aussi noble, chez dame Hélène, sa mère, qui s'était déjà retirée dans sa chambre ; il la présenta à cette vénérable vieille dame qui avait pour elle une affection toute particulière,

als eine Gastfreundin vor, die sich, wegen eines Zwistes, der in ihrer Familie ausgebrochen, entschlossen habe, ihren Aufenthalt während einiger Zeit auf seiner Burg zu nehmen; man räumte ihr noch in derselben Nacht einen ganzen Flügel des weitläufigen Schlosses ein, erfüllte, aus dem Vorrat der Schwestern, die Schränke, die sich darin befanden, reichlich mit Kleidern und Wäsche für sie, wies ihr auch, ganz ihrem Range gemäß, eine anständige ja prächtige Dienerschaft an: und schon am dritten Tage befand sich Herr Friedrich von Trota, ohne sich über die Art und Weise, wie er seinen Beweis vor Gericht zu führen gedachte, auszulassen, mit einem zahlreichen Gefolge von Reisigen und Knappen auf der Straße nach Basel.

Inzwischen war, von den Herren von Breda, Littegardens Brüdern, ein Schreiben, den auf der Burg statt gehabten Vorfall anbetreffend, bei dem Gericht zu Basel eingelaufen, worin sie das arme Weib, sei es nun, daß sie dieselbe wirklich für schuldig hielten, oder daß sie sonst Gründe haben mochten, sie zu verderben, ganz und gar, als eine überwiesene Verbrecherin, der Verfolgung der Gesetze preis gaben. Wenigstens nannten sie die Verstoßung derselben aus der Burg, unedelmütiger und unwahrhaftiger Weise, eine freiwillige Entweichung; sie beschrieben, wie sie sogleich, ohne irgend etwas zur Verteidigung ihrer Unschuld aufbringen zu können, auf einige entrüstete Äußerungen, die ihnen entfahren wären, das Schloß verlassen habe; und waren, bei der Vergeblichkeit aller Nachforschungen, die sie beteuerten, ihrethalb angestellt zu haben, der Meinung, daß sie jetzt wahrscheinlich, an der Seite eines dritten Abenteurers, in der Welt umirre, um das Maß ihrer Schande zu erfüllen.

comme une amie qui, à cause d'une discorde survenue dans sa famille, avait décidé de séjourner quelque temps au château ; on lui aménagea cette nuit-là même toute une aile de la vaste demeure, on prit aux deux sœurs de quoi remplir abondamment en vêtements et en linge les armoires qui s'y trouvaient, on mit à sa disposition, conformément à son rang, toute une suite convenable, même somptueuse, de domestiques : et le troisième jour déjà le seigneur Friedrich von Trota, sans avoir révélé la manière dont il pensait mener sa démonstration devant le tribunal, se trouvait sur la route de Bâle avec une suite nombreuse de cavaliers et de valets.

Entre-temps, les seigneurs von Breda, frères de Littegarde, avaient fait parvenir au tribunal de Bâle une lettre sur l'incident ayant eu lieu au château dans laquelle, soit parce qu'ils la croyaient réellement coupable, soit parce qu'ils avaient par ailleurs des motifs de la ruiner, ils abandonnaient complètement la pauvre femme aux conséquences de la loi, comme une criminelle certaine. Du moins qualifiaient-ils bassement et contre toute vérité de fuite volontaire son expulsion du château : ils décrivaient comment, sans qu'elle pût invoquer en faveur de son innocence, elle avait immédiatement quitté le château après quelques observations indignées qui leur avaient échappé ; et ils supposaient, toutes les recherches auxquelles ils affirmaient s'être livrés pour la trouver étant demeurées vaines, qu'elle devait à cette heure errer par le monde aux côtés d'un troisième aventurier, pour mettre le comble à son infamie.

Dabei trugen sie, zur Ehrenrettung der durch sie beleidigten Familie, darauf an, ihren Namen aus der Geschlechtstafel des Bredaschen Hauses auszustreichen, und begehrten, unter weitläufigen Rechtsdeduktionen, sie, zur Strafe wegen so unerhörter Vergehungen, aller Ansprüche auf die Verlassenschaft des edlen Vaters, den ihre Schande ins Grab gestürzt, für verlustig zu erklären. Nun waren die Richter zu Basel zwar weit entfernt, diesem Antrag, der ohnehin gar nicht vor ihr Forum gehörte, zu willfahren; da inzwischen der Graf Jakob, beim Empfang dieser Nachricht, von seiner Teilnahme an dem Schicksal Littegardens die unzweideutigsten und entscheidendsten Beweise gab, und heimlich, wie man erfuhr, Reuter ausschickte, um sie aufzusuchen und ihr einen Aufenthalt auf seiner Burg anzubieten: so setzte das Gericht in die Wahrhaftigkeit seiner Aussage keinen Zweifel mehr, und beschloß die Klage die wegen Ermordung des Herzogs über ihn schwebte, sofort aufzuheben. Ja, diese Teilnahme, die er der Unglücklichen in diesem Augenblick der Not schenkte, wirkte selbst höchst vorteilhaft auf die Meinung des in seinem Wohlwollen für ihn sehr wankenden Volks; man entschuldigte jetzt, was man früherhin schwer gemißbilligt hatte, die Preisgebung einer ihm in Liebe ergebenen Frau, vor der Verachtung aller Welt, und fand, daß ihm unter so außerordentlichen und ungeheuren Umständen, da es ihm nichts Geringeres, als Leben und Ehre galt, nichts übrig geblieben sei, als rücksichtslose Aufdeckung des Abenteuers, das sich in der Nacht des heiligen Remigius zugetragen hatte. Demnach ward, auf ausdrücklichen Befehl des Kaisers,

Ils demandaient en plus, pour sauver l'honneur de la famille outragée par elle, que son nom fût rayé du tableau généalogique de la maison de Breda, et, avec abondance de déductions juridiques, ils exposaient leur désir que, en punition de ses méfaits inouïs, elle fût déclarée déchue de tous droits sur l'héritage de leur noble père, que son infamie avait précipité au tombeau. Or, les juges de Bâle étaient à la vérité très éloignés de donner satisfaction à cette requête qui, de toute manière, n'était nullement de leur compétence ; comme, entre-temps, le comte Jacob, dès qu'il eut appris cette nouvelle, donna les preuves les moins équivoques et les plus décisives de l'intérêt qu'il prenait au destin de Littegarde et qu'il envoya en secret, apprit-on, des cavaliers à sa recherche, pour lui proposer de séjourner dans son château : le tribunal ne mit plus du tout en doute la véracité de sa déposition, et il décida de renvoyer aussitôt la plainte que l'assassinat du duc faisait peser sur lui. Oui, cet intérêt qu'il témoignait à la malheureuse en ce moment de détresse agit de la façon la plus favorable sur l'opinion du peuple dont la faveur à son égard était très chancelante ; on en arrivait à excuser ce qu'on avait auparavant sévèrement condamné, le fait de livrer au mépris du monde une femme qui l'aimait profondément, et l'on trouvait qu'en des circonstances à ce point extraordinaires et monstrueuses, où il ne s'agissait de rien de moins que sa vie et son honneur, il ne lui restait plus rien d'autre à faire que de révéler sans scrupule l'aventure qui s'était déroulée dans la nuit de la Saint-Remi. Il s'ensuivit que, sur l'ordre exprès de l'empereur,

der Graf Jakob der Rotbart von neuem vor Gericht geladen, um feierlich, bei offnen Türen, von dem Verdacht, zur Ermordung des Herzogs mitgewirkt zu haben, freigesprochen zu werden. Eben hatte der Herold, unter den Hallen des weitläufigen Gerichtssaals, das Schreiben der Herren von Breda abgelesen, und das Gericht machte sich bereit, dem Schluß des Kaisers gemäß, in Bezug auf den ihm zur Seite stehenden Angeklagten, zu einer förmlichen Ehrenerklärung zu schreiten: als Herr Friedrich von Trota vor die Schranken trat, und sich, auf das allgemeine Recht jedes unparteiischen Zuschauers gestützt, den Brief auf einen Augenblick zur Durchsicht ausbat. Man willigte, während die Augen alles Volks auf ihn gerichtet waren, in seinen Wunsch; aber kaum hatte Herr Friedrich aus den Händen des Herolds das Schreiben erhalten, als er es, nach einem flüchtig hinein geworfenen Blick, von oben bis unten zerriß, und die Stücke, samt seinem Handschuh, die er zusammen wickelte, mit der Erklärung dem Grafen Jakob dem Rotbart ins Gesicht warf: daß er ein schändlicher und niederträchtiger Verleumder, und er entschlossen sei, die Schuldlosigkeit Frau Littegardens an dem Frevel, den er ihr vorgeworfen, auf Tod und Leben, vor aller Welt, im Gottesurteil zu beweisen! — Graf Jakob der Rotbart, nachdem er, blaß im Gesicht, den Handschuh aufgenommen, sagte: »so gewiß als Gott gerecht, im Urteil der Waffen, entscheidet, so gewiß werde ich dir die Wahrhaftigkeit dessen, was ich, Frau Littegarden betreffend, notgedrungen verlautbart, im ehrlichen ritterlichen Zweikampf beweisen! Erstattet, edle Herren«, sprach er, indem er sich zu den Richtern wandte,

le comte Jabob Barberousse fut à nouveau cité devant le tribunal afin d'être disculpé solennellement, toutes portes ouvertes, du soupçon d'avoir participé à l'assassinat du duc. Le héraut venait de donner lecture sous le péristyle de la vaste salle de justice de la lettre des seigneurs von Breda et le tribunal s'apprêtait à procéder conformément à l'arrêt de l'empereur, à une réparation d'honneur formelle de l'accusé se tenant près de lui : alors le seigneur Friedrich von Trota s'avança à la barre et, invoquant le droit reconnu à toute personne impartiale dans le public, il demanda la lettre pour l'examiner un instant. Alors que tous les yeux se fixèrent sur lui, on céda à son désir ; mais à peine le seigneur Friedrich avait-il reçu la lettre des mains du héraut qu'il la déchira du haut en bas, après y avoir jeté un coup d'œil rapide et en lança les morceaux au visage du comte Jacob en même temps que son gant où il les avait roulés en lui déclarant qu'il était un infâme et vil calomniateur et qu'il était résolu, à la vie et à la mort, à prouver à la face du monde que dame Littegarde était innocente du crime qu'il lui avait imputé par le jugement de Dieu — Le comte Jacob Barberousse, la pâleur au front, dit, après avoir ramassé le gant : « Autant il est vrai que la décision divine se prononce dans le jugement des armes, autant je te prouverai, dans ce duel d'honneur et de chevalerie, la vérité des déclarations que j'ai été contraint de faire au sujet de dame Littegarde ! Nobles seigneurs », dit-il en se tournant vers les juges,

»kaiserlicher Majestät Bericht von dem Einspruch, welchen Herr Friedrich getan, und ersucht sie, uns Stunde und Ort zu bestimmen, wo wir uns, mit dem Schwert in der Hand, zur Entscheidung dieser Streitsache begegnen können!« Dem gemäß schickten die Richter, unter Aufhebung der Session, eine Deputation, mit dem Bericht über diesen Vorfall [1] an den Kaiser ab; und da dieser durch das Auftreten Herrn Friedrichs, als Verteidiger Littegardens, nicht wenig in seinem Glauben an die Unschuld des Grafen irre geworden war: so rief er, wie es die Ehrengesetze erforderten, Frau Littegarden, zur Beiwohnung des Zweikampfs, nach Basel, und setzte zur Aufklärung des sonderbaren Geheimnisses, das über dieser Sache schwebte, den Tag der heiligen Margarethe als die Zeit, und den Schloßplatz zu Basel als den Ort an, wo beide, Herr Friedrich von Trota und der Graf Jakob der Rotbart, in Gegenwart Frau Littegardens einander treffen sollten.

Eben ging, diesem Schluß gemäß, die Mittagssonne des Margarethentages über die Türme der Stadt Basel, und eine unermeßliche Menschenmenge, für welche man Bänke und Gerüste zusammen gezimmert hatte, war auf dem Schloßplatz versammelt, als auf den dreifachen Ruf des vor dem Altan der Kampfrichter stehenden Herolds, beide, von Kopf zu Fuß in schimmerndes Erz gerüstet, Herr Friedrich und der Graf Jakob, zur Ausfechtung ihrer Sache, in die Schranken traten.

« veuillez informer Sa Majesté Impériale de l'opposition du seigneur Friedrich et demandez-lui de fixer l'heure et le lieu où nous pourrons nous rencontrer, l'épée à la main, pour trancher ce différend ! » En conséquence, les juges, après avoir levé la séance, envoyèrent à l'empereur une députation avec un rapport sur cet incident [1] et comme celui-ci, en voyant le seigneur Friedrich intervenir comme défenseur de Littegarde, ne fut pas peu ébranlé dans sa croyance en l'innocence du comte : il convoqua dame Littegarde à Bâle, comme le code d'honneur l'exigeait, pour assister au duel et pour élucider l'étrange mystère qui planait sur cette affaire, il fixa, comme jour, la Sainte-Marguerite, et, comme lieu, la place du château de Bâle, pour la rencontre du seigneur Friedrich von Trota et du comte Jacob Barberousse, en présence de dame Littegarde.

Alors que, conformément à cette ordonnance, le soleil de midi, en ce jour de la Sainte-Marguerite, passait au-dessus des tours de Bâle et qu'une foule énorme, pour laquelle on avait construit bancs et échafaudages se trouvait rassemblée sur la place du château, au triple appel du héraut debout devant la tribune des juges, les deux adversaires entrèrent dans l'enceinte, cuirassés de pied en cap d'airain étincelant, pour vider leur querelle.

1. À plusieurs reprises déjà Kleist recourt à la notion de *Vorfall* pour désigner des événements dont — c'est le moins qu'on puisse dire — la gravité n'est pas la même. Nous nous permettons de renvoyer le lecteur, à propos de cette utilisation constante, à notre introduction.

Fast die ganze Ritterschaft von Schwaben und der Schweiz war auf der Rampe des im Hintergrund befindlichen Schlosses gegenwärtig; und auf dem Balkon desselben saß, von seinem Hofgesinde umgeben, der Kaiser selbst, nebst seiner Gemahlin, und den Prinzen und Prinzessinnen, seinen Söhnen und Töchtern. Kurz vor Beginn des Kampfes, während die Richter Licht und Schatten zwischen den Kämpfern teilten, traten Frau Helena und ihre beiden Töchter Bertha und Kunigunde, welche Littegarden nach Basel begleitet hatten, noch einmal an die Pforten des Platzes, und baten die Wächter, die daselbst standen, um die Erlaubnis, eintreten, und mit Frau Littegarden, welche, einem uralten Gebrauch gemäß, auf einem Gerüst innerhalb der Schranken saß, ein Wort sprechen zu dürfen. Denn obschon der Lebenswandel dieser Dame die vollkommenste Achtung und ein ganz uneingeschränktes Vertrauen in die Wahrhaftigkeit ihrer Versicherungen zu erfordern schien, so stürzte doch der Ring, den der Graf Jakob aufzuweisen hatte, und noch mehr der Umstand, daß Littegarde ihre Kammerzofe, die einzige, die ihr hätte zum Zeugnis dienen können, in der Nacht des heiligen Remigius beurlaubt hatte, ihre Gemüter in die lebhafteste Besorgnis; sie beschlossen die Sicherheit des Bewußtseins, das der Angeklagten inwohnte, im Drang dieses entscheidenden Augenblicks, noch einmal zu prüfen, und ihr die Vergeblichkeit, ja Gotteslästerlichkeit des Unternehmens, falls wirklich eine Schuld ihre Seele drückte, auseinander zu setzen, sich durch den heiligen Ausspruch der Waffen, der die Wahrheit unfehlbar ans Licht bringen würde, davon reinigen zu wollen.

Presque toute la chevalerie de Souabe et de Suisse était présente sur la rampe du château qui se trouvait à l'arrière-plan ; et au balcon de celui-ci était assis l'empereur lui-même, entouré de sa suite, ayant auprès de lui sa femme, les princes et les princesses, ses fils et ses filles. Un peu avant le début du combat, pendant que les juges indiquaient à l'un et à l'autre combattant sa part de lumière et d'ombre, dame Helena et ses deux filles, Bertha et Kunigunde, qui avaient accompagné Littegarde à Bâle, se présentèrent de nouveau à l'entrée de la place et demandèrent aux gardes la permission d'aller dire un mot à dame Littegarde qui, selon une très vieille coutume, était assise sur une estrade, à l'intérieur de l'enceinte. Car bien que la conduite de cette dame semblât exiger la plus parfaite estime et une confiance absolument illimitée dans la véracité de ses affirmations, cet anneau que le comte Jacob avait pu produire et encore plus le fait que la femme de chambre de Littegarde, seule personne à pouvoir lui servir de témoin se soit trouvée en congé pendant la nuit de la Saint-Remi plongeaient l'esprit des femmes dans la plus vive inquiétude ; elles décidèrent de mettre encore une fois à l'épreuve, sous la pression de ce moment décisif, la conscience intime de l'accusée et de lui démontrer combien il serait vain, voire sacrilège de sa part, au cas où réellement pèserait sur son âme le poids d'une faute, d'essayer de s'en purifier grâce à la décision sacrée des armes qui ne manquerait pas de faire éclater la vérité.

Und in der Tat hatte Littegarde alle Ursache, den Schritt, den Herr Friedrich jetzt für sie tat, wohl zu überlegen; der Scheiterhaufen wartete ihrer sowohl, als ihres Freundes, des Ritters von Trota, falls Gott sich im eisernen Urteil nicht für ihn, sondern für den Grafen Jakob den Rotbart, und für die Wahrheit der Aussage entschied, die derselbe vor Gericht gegen sie abgeleistet hatte. Frau Littegarde, als sie Herrn Friedrichs Mutter und Schwestern zur Seite eintreten sah, stand, mit dem ihr eigenen Ausdruck von Würde, der durch den Schmerz, welcher über ihr Wesen verbreitet war, noch rührender ward, von ihrem Sessel auf, und fragte sie, indem sie ihnen entgegen ging: was sie in einem so verhängnisvollen Augenblick zu ihr führe? »Mein liebes Töchterchen«, sprach Frau Helena, indem sie dieselbe auf die Seite führte: »wollt Ihr einer Mutter, die keinen Trost im öden[1] Alter, als den Besitz ihres Sohnes hat, den Kummer ersparen, ihn an seinem Grabe beweinen zu müssen; Euch, ehe noch der Zweikampf beginnt, reichlich beschenkt und ausgestattet, auf einen Wagen setzen, und eins von unsern Gütern, das jenseits des Rheins liegt, und Euch anständig und freundlich empfangen wird, von uns zum Geschenk annehmen?« Littegarde, nachdem sie ihr, mit einer Blässe, die ihr über das Antlitz flog, einen Augenblick starr ins Gesicht gesehen hatte, bog, sobald sie die Bedeutung dieser Worte in ihrem ganzen Umfang verstanden hatte, ein Knie vor ihr. Verehrungswürdigste und vortreffliche Frau! sprach sie;

Et, de fait, Littegarde avait toutes raisons de bien peser la signification du pas que le seigneur Friedrich effectuait pour elle ; le bûcher l'attendait, aussi bien que son ami, le chevalier von Trota, au cas où Dieu, dans le jugement du fer, ne se prononcerait pas pour lui, mais pour le comte Jacob Barberousse et pour la vérité de la déposition qu'il avait faite contre elle au tribunal. Dame Littegarde, en voyant entrer la mère et les sœurs du seigneur Friedrich, se leva de son siège avec la dignité qui lui était familière et que rendait plus émouvante encore la douleur répandue en son être et leur demanda, en allant à leur rencontre, ce qui les amenait vers elle en un aussi fatal moment ? « Ma chère petite fille », lui dit dame Helena en la plaçant auprès d'elle, « voulez-vous épargner à une mère, qui à l'âge de la solitude [1], n'a pas d'autre consolation que d'avoir un fils, le chagrin de devoir verser des larmes sur sa tombe ; et, avant que le duel ne commence, monter dans une voiture, richement pourvue de tout le nécessaire, et accepter de nous, en cadeau, l'un de nos domaines situé de l'autre côté du Rhin, où vous serez reçue de façon décente et amicale ? » Littegarde, après avoir fixée un instant son visage, tandis qu'une pâleur envahissait sa face, fléchit un genou devant elle dès qu'elle eut saisi dans toute sa portée la signification de ces paroles. Vous, la plus vénérable et la plus remarquable des femmes, dit-elle.

1. *Öde* : désert.

kommt die Besorgnis, daß Gott sich, in dieser entscheidenden Stunde, gegen die Unschuld meiner Brust erklären werde, aus dem Herzen Eures edlen Sohnes? — »Weshalb?« fragte Frau Helena. — Weil ich ihn in diesem Falle beschwöre das Schwert, das keine vertrauensvolle Hand führt, lieber nicht zu zücken, und die Schranken, unter welchem schicklichen Vorwand es sei, seinem Gegner zu räumen: mich aber, ohne dem Gefühl des Mitleids, von dem ich nichts annehmen kann, ein unzeitiges Gehör zu geben, meinem Schicksal, das ich in Gottes Hand stelle, zu überlassen! — »Nein!« sagte Frau Helena verwirrt; »mein Sohn weiß von nichts! Es würde ihm, der vor Gericht sein Wort gegeben hat, Eure Sache zu verfechten, wenig anstehen, Euch jetzt, da die Stunde der Entscheidung schlägt, einen solchen Antrag zu machen. Im festen Glauben an Eure Unschuld steht er, wie Ihr seht, bereits zum Kampf gerüstet, dem Grafen Eurem Gegner gegenüber; es war ein Vorschlag, den wir uns, meine Töchter und ich, in der Bedrängnis des Augenblicks, zur Berücksichtigung aller Vorteile und Vermeidung alles Unglücks ausgedacht haben.« — Nun, sagte Frau Littegarde, indem sie die Hand der alten Dame, unter einem heißen Kuß, mit ihren Tränen befeuchtete: so laßt ihn sein Wort lösen! Keine Schuld befleckt mein Gewissen; und ginge er ohne Helm und Harnisch in den Kampf, Gott und alle seine Engel beschirmen ihn! Und damit stand sie vom Boden auf, und führte Frau Helena und ihre Töchter auf einige, innerhalb des Gerüstes befindliche Sitze, die hinter dem, mit rotem Tuch beschlagenen Sessel, auf dem sie sich selbst niederließ, aufgestellt waren.

La crainte que Dieu, en cette heure décisive, puisse se prononcer contre l'innocence de mon cœur vient-elle du cœur de votre noble fils ? — « Pourquoi ? » demanda dame Helena. — Parce que, dans ce cas, je l'adjure de s'abstenir de tirer une épée que ne conduit pas une main pleine de confiance et de quitter l'enceinte devant son adversaire sous n'importe quel prétexte honorable : et de m'abandonner à mon destin que je remets dans la main de Dieu, sans prêter au sentiment de pitié, dont je ne peux rien accepter, une oreille intempestive. — « Non ! » dit dame Helena, troublée, « mon fils ne sait rien de tout cela ! Il serait peu convenable pour lui, qui a engagé sa parole devant le tribunal à se battre pour votre cause, de vous faire maintenant une telle proposition, quand sonne l'heure de la décision. C'est en pleine confiance dans votre innocence qu'il se tient là, comme vous voyez, prêt au combat, en face du comte, votre adversaire. C'était un projet que nous avions conçu, mes filles et moi, dans l'angoisse du moment, en raison de tous ses avantages et pour éviter tout malheur. » — Eh bien ! dit dame Littegarde, en versant sur la main de la vieille dame ses larmes sous un baiser fiévreux : alors laissez-le tenir sa parole ! Aucune faute ne souille ma conscience et même s'il allait au combat sans casque ni armure, Dieu et tous ses anges le protègent ! Puis elle se releva et conduisit dame Helena et ses filles à l'intérieur de l'estrade, vers des places aménagées derrière le siège garni de drap rouge sur lequel elle s'assit elle-même.

Hierauf blies der Herold, auf den Wink des Kaisers, zum Kampf, und beide Ritter, Schild und Schwert in der Hand, gingen auf einander los. Herr Friedrich verwundete gleich auf den ersten Hieb den Grafen; er verletzte ihn mit der Spitze seines, nicht eben langen Schwertes da, wo zwischen Arm und Hand die Gelenke der Rüstung in einander griffen; aber der Graf, der, durch die Empfindung geschreckt, zurücksprang, und die Wunde untersuchte, fand, daß, obschon das Blut heftig floß, doch nur die Haut obenhin geritzt war: dergestalt, daß er auf das Murren der auf der Rampe befindlichen Ritter, über die Unschicklichkeit dieser Aufführung, wieder vordrang, und den Kampf, mit erneuerten Kräften, einem völlig Gesunden gleich, wieder fortsetzte. Jetzt wogte zwischen beiden Kämpfern der Streit, wie zwei Sturmwinde einander begegnen, wie zwei Gewitterwolken, ihre Blitze einander zusendend, sich treffen, und, ohne sich zu vermischen, unter dem Gekrach häufiger Donner, getürmt um einander herumschweben. Herr Friedrich stand, Schild und Schwert vorstreckend, auf dem Boden, als ob er darin Wurzel fassen wollte, da; bis an die Sporen grub er sich, bis an die Knöchel und Waden, in dem, von seinem Pflaster befreiten, absichtlich aufgelockerten, Erdreich ein, die tückischen Stöße des Grafen, der, klein und behend, gleichsam von allen Seiten zugleich angriff, von seiner Brust und seinem Haupt abwehrend. Schon hatte der Kampf, die Augenblicke der Ruhe, zu welcher Entatmung beide Parteien zwang, mitgerechnet, fast eine Stunde gedauert: als sich von neuem ein Murren unter den auf dem Gerüst befindlichen Zuschauern erhob.

Là-dessus, sur un signe de l'empereur, le héraut sonna pour le combat, et les deux chevaliers, épée et bouclier en main foncèrent l'un sur l'autre. Le seigneur Friedrich blessa le comte du premier coup ; il le toucha de la pointe de son épée pourtant assez courte entre le bras et la main, à l'endroit de l'articulation de l'armure; mais le comte qui, effrayé par cette sensation, avait bondi en arrière et examinait la blessure, découvrit que, malgré l'écoulement abondant de sang, la peau n'était que superficiellement coupée; aussi, devant les murmures des chevaliers placés sur la rampe du château mécontents de son attitude inconvenante, il avança de nouveau et reprit le combat, comme rétabli, avec de nouvelles forces. Dès lors, la lutte ondoyait entre les deux combattants, tels deux vents de tempête qui s'affrontent, telles deux nuées d'orage qui, lançant leurs foudres l'une sur l'autre, se rencontrent et, sans se mêler, sous le fracas répété du tonnerre, s'amoncellent en flottant l'une autour de l'autre. Le seigneur Friedrich était là, épée et bouclier tendus au bras, droit au sol, comme s'il voulait y prendre racine ; jusqu'aux éperons, jusqu'aux chevilles et aux mollets, il s'enfonçait dans cette terre débarrassée de ses pavés, ameublie à dessein, écartant de sa poitrine et de sa tête les coups insidieux du comte qui, petit et agile, attaquait pour ainsi dire de tous les côtés à la fois. Déjà le combat avait duré une heure, en comptant les pauses auxquelles l'essoufflement contraignait les adversaires : lorsque, de nouveau, un murmure s'éleva parmi les spectateurs placés sur l'estrade.

Es schien, es galt diesmal nicht den Grafen Jakob, der es an Eifer, den Kampf zu Ende zu bringen, nicht fehlen ließ, sondern Herrn Friedrichs Einpfählung auf einem und demselben Fleck, und seine seltsame, dem Anschein nach fast eingeschüchterte, wenigstens starrsinnige Enthaltung alles eignen Angriffs. Herr Friedrich, obschon sein Verfahren auf guten Gründen beruhen mochte, fühlte dennoch zu leise, als daß er es nicht sogleich gegen die Forderung derer, die in diesem Augenblick über seine Ehre entschieden, hätte aufopfern sollen; er trat mit einem mutigen Schritt aus dem, sich von Anfang herein gewählten Standpunkt, und der Art natürlicher Verschanzung, die sich um seinen Fußtritt gebildet hatte, hervor, über das Haupt seines Gegners, dessen Kräfte schon zu sinken anfingen, mehrere derbe und ungeschwächte Streiche, die derselbe jedoch unter geschickten Seitenbewegungen mit seinem Schild aufzufangen wußte, danieder schmetternd. Aber schon in den ersten Momenten dieses dergestalt veränderten Kampfs, hatte Herr Friedrich ein Unglück, das die Anwesenheit höherer, über den Kampf waltender Mächte nicht eben anzudeuten schien; er stürzte, den Fußtritt in seinen Sporen verwickelnd, stolpernd abwärts, und während er, unter der Last des Helms und des Harnisches, die seine oberen Teile beschwerten, mit in dem Staub vorgestützter Hand, in die Kniee sank, stieß ihm Graf Jakob der Rotbart, nicht eben auf die edelmütigste und ritterlichste Weise, das Schwert in die dadurch bloßgegebene Seite. Herr Friedrich sprang, mit einem Laut des augenblicklichen Schmerzes, von der Erde empor.

Il semblait bien, cette fois, ne plus s'adresser au comte Jacob qui ne ménageait pas son ardeur pour mener le combat à son terme, mais au seigneur Friedrich planté à la même place et à son comportement étrange et pour le moins têtu de s'abstenir de toute offensive, ressemblant presque à de la crainte. Seigneur Friedrich, si bonnes que fussent les raisons fondant sa tactique, avait un esprit trop serein pour ne pas se faire un devoir de sacrifier immédiatement aux exigences de ceux qui, dans ce moment, décidaient de son honneur; d'un pas vaillant, il sortit de la position qu'il avait adoptée dès le début et l'espèce de retranchement naturel qui s'était formé autour de ses pieds, assenant sans faiblir sur la tête de son adversaire dont les forces commençaient à baisser plusieurs coups rudes et fermes que celui-ci arrivait pourtant à esquiver avec son bouclier par d'habiles écarts. Mais dès les premiers instants de ce combat ainsi modifié le seigneur Friedrich fut frappé d'un malheur d'où l'on ne pouvait guère conclure à la présence de puissances supérieures régnant sur ce combat; il trébucha, en se prenant le pied dans les éperons, et tandis qu'il s'affaissait sous le poids du casque et de la cuirasse alourdissant le haut de son corps, sur les genoux, la main appuyée en avant dans la poussière, le comte Jacob Barberousse, d'une manière bien dépourvue de noblesse chevaleresque, lui enfonça son épée dans le flanc ainsi découvert. D'un bond, le seigneur Friedrich se releva du sol, poussant un soudain cri de douleur.

Er drückte sich zwar den Helm in die Augen, und machte, das Antlitz rasch seinem Gegner wieder zuwendend, Anstalten, den Kampf fortzusetzen: aber während er sich, mit vor Schmerz krummgebeugtem Leibe auf seinen Degen stützte, und Dunkelheit seine Augen umfloß: stieß ihm der Graf seinen Flammberg noch zweimal, dicht unter dem Herzen, in die Brust; worauf er, von seiner Rüstung umrasselt, zu Boden schmetterte, und Schwert und Schild neben sich niederfallen ließ. Der Graf setzte ihm, nachdem er die Waffen über die Seite geschleudert, unter einem dreifachen Tusch der Trompeten, den Fuß auf die Brust; und inzwischen alle Zuschauer, der Kaiser selbst an der Spitze, unter dumpfen Ausrufungen des Schreckens und Mitleidens, von ihren Sitzen aufstanden: stürzte sich Frau Helena, im Gefolge ihrer beiden Töchter, über ihren teuern, sich in Staub und Blut wälzenden Sohn. »O mein Friedrich!« rief sie, an seinem Haupt jammernd niederknieend; während Frau Littegarde ohnmächtig und besinnungslos[1], durch zwei Häscher, von dem Boden des Gerüstes, auf welchen sie herab gesunken war, aufgehoben und in ein Gefängnis getragen ward. »Und o die Verruchte«, setzte sie hinzu, »die Verworfene, die, das Bewußtsein der Schuld im Busen, hierher zu treten, und den Arm des treusten und edelmütigsten Freundes zu bewaffnen wagt, um ihr ein Gottesurteil, in einem ungerechten Zweikampf zu erstreiten!« Und damit hob sie den geliebten Sohn, inzwischen die Töchter ihn von seinem Harnisch befreiten, wehklagend vom Boden auf, und suchte ihm das Blut, das aus seiner edlen Brust vordrang, zu stillen.

Certes il ajusta son casque sur ses yeux, tourna vivement son visage vers l'adversaire, et se prépara à poursuivre le combat : mais tandis que son corps, tordu par la douleur, s'appuyait sur son épée et que les ténèbres inondaient ses yeux : le comte lui porta encore deux coups de sa flamberge dans la poitrine, juste au-dessous du cœur ; sur quoi il s'écroula sur le sol, dans le cliquetis de son armure, laissant tomber à ses côtés son épée et son bouclier. Le comte, après avoir jeté ses armes, pendant que les trompettes sonnaient à trois reprises, lui posa le pied sur la poitrine ; tandis que tous les spectateurs, l'empereur lui-même en tête, se levaient de leurs sièges, au milieu de sourdes exclamations d'effroi et de pitié : dame Helena, suivie de ses deux filles, vint se jeter sur le corps de son fils chéri qui se roulait dans la poussière et le sang. « Ô mon Friedrich ! » cria-t-elle en s'agenouillant près de sa tête en gémissant ; tandis que deux archers relevaient dame Littegarde, inerte et sans connaissance [1], du plancher de l'estrade où elle s'était effondrée, et la conduisaient en prison. « Oh, la sacrilège », ajouta-t-elle, « l'abjecte qui, avec au cœur la conscience de sa faute, ose entrer ici et armer le bras de l'ami le plus fidèle et le plus valeureux, pour obtenir un jugement de Dieu par la décision d'un duel injuste ! » Et puis, avec des plaintes de douleur, elle soulevait du sol son fils chéri que ses filles libéraient de sa cuirasse, et elle cherchait à étancher le sang qui sortait de sa noble poitrine.

1. Nous nous permettons de renvoyer le lecteur à la note 2 de la p. 144 : les deux termes, *ohnmächtig* et *besinnungslos*, se traduisent, en somme, par « sans connaissance » ou « évanoui ».

Aber Häscher traten auf Befehl des Kaisers herbei, die auch ihn, als einen dem Gesetz Verfallenen, in Verwahrsam nahmen; man legte ihn, unter Beihülfe einiger Ärzte, auf eine Bahre, und trug ihn, unter der Begleitung einer großen Volksmenge gleichfalls in ein Gefängnis, wohin Frau Helena jedoch und ihre Töchter, die Erlaubnis bekamen, ihm, bis an seinen Tod, an dem niemand zweifelte, folgen zu dürfen.

Es zeigte sich aber gar bald, daß Herrn Friedrichs Wunden, so lebensgefährliche und zarte Teile sie auch berührten, durch eine besondere Fügung des Himmels nicht tödlich waren; vielmehr konnten die Ärzte, die man ihm zugeordnet hatte, schon wenige Tage darauf die bestimmte Versicherung an die Familie geben, daß er am Leben erhalten werden würde, ja, daß er, bei der Stärke seiner Natur, binnen wenigen Wochen, ohne irgend eine Verstümmlung an seinem Körper zu erleiden, wieder hergestellt sein würde. Sobald ihm seine Besinnung, deren ihn der Schmerz während langer Zeit beraubte, wiederkehrte, war seine an die Mutter gerichtete Frage unaufhörlich: was Frau Littegarde mache? Er konnte sich der Tränen nicht enthalten, wenn er sich dieselbe in der Öde des Gefängnisses, der entsetzlichsten Verzweiflung zum Raube hingegeben dachte, und forderte die Schwestern, indem er ihnen liebkosend das Kinn streichelte, auf, sie zu besuchen und sie zu trösten. Frau Helena, über diese Äußerung betroffen, bat ihn, diese Schändliche und Niederträchtige zu vergessen; sie meinte, daß das Verbrechen, dessen der Graf Jakob vor Gericht Erwähnung getan, und das nun durch den Ausgang des Zweikampfs ans Tageslicht gekommen,

Mais d'autres archers arrivèrent sur l'ordre de l'empereur pour le mettre sous garde, comme tombant sous le coup de la loi ; avec l'assistance de quelques médecins, on le coucha sur une civière et, accompagné d'une grande foule, il fut porté à son tour dans une prison où dame Helena et ses filles reçurent toutefois la permission de le suivre, jusqu'à sa mort dont personne ne doutait.

Il apparut pourtant très vite que les blessures du seigneur Friedrich, bien que touchant dangereusement des parties vitales et délicates, n'étaient, par une curieuse disposition du ciel, pas mortelles ; bien plus, les médecins qu'on avait placés auprès de lui purent, quelques jours après, donner déjà à la famille la nette assurance qu'il serait sauvé, oui, qu'en peu de semaines, étant donné la force de sa nature, il serait rétabli sans souffrir de la moindre mutilation sur le corps. Dès que lui revint la conscience dont la douleur l'avait longtemps privé, il ne cessa de demander à sa mère : que fait Littegarde ? Il ne pouvait retenir ses larmes quand il se la représentait, en proie aux affres du désespoir, dans la solitude de sa prison, et il enjoignit à ses sœurs en leur cajolant le menton d'aller lui rendre visite et de la consoler. Dame Helena, troublée par de tels propos, le pria d'oublier cette femme honteuse et mauvaise ; elle estimait que le crime dont le comte Jacob avait fait mention au tribunal, et sur lequel l'issue du duel avait fait la pleine lumière,

verziehen werden könne, nicht aber die Schamlosigkeit und Frechheit, mit dem Bewußtsein dieser Schuld, ohne Rücksicht auf den edelsten Freund, den sie dadurch ins Verderben stürze, das geheiligte Urteil Gottes, gleich einer Unschuldigen, für sich aufzurufen. Ach, meine Mutter[1], sprach der Kämmerer, wo ist der Sterbliche, und wäre die Weisheit aller Zeiten sein, der es wagen darf, den geheimnisvollen Spruch, den Gott in diesem Zweikampf getan hat, auszulegen? »Wie?« rief Frau Helena: »blieb der Sinn dieses göttlichen Spruchs dir dunkel? Hast du nicht, auf eine nur leider zu bestimmte und unzwei deutige Weise, dem Schwert deines Gegners im Kampf unterlegen?« — Sei es! versetzte Herr Friedrich: auf einen Augenblick unterlag ich ihm. Aber ward ich durch den Grafen überwunden? Leb ich nicht? Blühe ich nicht, wie unter dem Hauch des Himmels, wunderbar wieder empor, vielleicht in wenig Tagen schon mit der Kraft doppelt und dreifach ausgerüstet, den Kampf, in dem ich durch einen nichtigen Zufall gestört ward, von neuem wieder aufzunehmen? — »Törichter Mensch!« rief die Mutter. »Und weißt du nicht, daß ein Gesetz besteht, nach welchem ein Kampf, der einmal nach dem Ausspruch der Kampfrichter abgeschlossen ist, nicht wieder zur Ausfechtung derselben Sache vor den Schranken des göttlichen Gerichts aufgenommen werden darf?« — Gleichviel! versetzte der Kämmerer unwillig. Was kümmern mich diese willkürlichen Gesetze der Menschen? Kann ein Kampf, der nicht bis an den Tod eines der beiden Kämpfer fortgeführt worden ist, nach jeder vernünftigen Schätzung der Verhältnisse für abgeschlossen gehalten werden?

pouvait être pardonné, mais non l'impudence et l'effronterie d'en avoir appelé, comme une innocente, au jugement sacré de Dieu, avec la conscience de sa faute, sans égard pour le si noble ami qu'elle précipitait ainsi à sa perte. Ah, ma mère [1], dit le chambellan, quel est le mortel, eût-il en lui la sagesse de tous les temps, qui pourrait oser interpréter la mystérieuse sentence que Dieu a rendue dans ce duel? « Comment? » s'écria dame Helena : « le sens de cette sentence divine t'est-il resté obscur? N'as-tu pas succombé dans le combat par le glaive de ton adversaire d'une manière qui ne fut, malheureusement, que trop certaine et trop manifeste? » Soit! répliqua Friedrich : pendant un instant je lui ai succombé. Mais ai-je été vaincu par le comte? Ne suis-je pas en vie? Ne suis-je pas resplendissant comme sous le souffle du ciel, miraculeusement debout de nouveau et peut-être, d'ici quelques jours, doué déjà d'une force double ou triple, pour reprendre une fois encore ce combat où je n'ai été gêné que par un hasard insignifiant? — « Quel homme insensé! » s'écria la mère. « Et ne sais-tu pas qu'il existe une loi selon laquelle un combat, une fois clos par l'arrêt du juge, ne peut être repris pour la même affaire dans l'enceinte du divin tribunal? » — Qu'importe! répliqua le chambellan avec humeur. En quoi ces lois arbitraires des hommes m'intéresseraient-elles? Peut-on considérer comme terminé un combat, à apprécier raisonnablement la situation, qui n'a pas été conduit jusqu'à la mort d'un des deux combattants?

und dürfte ich nicht, falls mir ihn wieder aufzunehmen gestattet wäre, hoffen, den Unfall, der mich betroffen, wieder herzustellen, und mir mit dem Schwert einen ganz andern Spruch Gottes zu erkämpfen, als den, der jetzt beschränkter und kurzsichtiger Weise dafür angenommen wird? »Gleichwohl«, entgegnete die Mutter bedenklich, »sind diese Gesetze, um welche du dich nicht zu bekümmern vorgibst, die waltenden und herrschenden; sie üben, verständig oder nicht, die Kraft göttlicher Satzungen aus, und überliefern dich und sie, wie ein verabscheuungswürdiges Frevelpaar, der ganzen Strenge der peinlichen Gerichtsbarkeit.« — Ach, rief Herr Friedrich; das eben ist es, was mich Jammervollen in Verzweiflung stürzt! Der Stab ist, einer Überwiesenen gleich, über sie gebrochen; und ich, der ihre Tugend und Unschuld vor der Welt erweisen wollte, bin es, der dies Elend über sie gebracht: ein heilloser Fehltritt in die Riemen meiner Sporen, durch den Gott mich vielleicht, ganz unabhängig von ihrer Sache, der Sünden meiner eignen Brust wegen, strafen wollte, gibt ihre blühenden Glieder der Flamme und ihr Andenken ewiger Schande preis! ——Bei diesen Worten stieg ihm die Träne heißen männlichen Schmerzes ins Auge; er kehrte sich, indem er sein Tuch ergriff, der Wand zu, und Frau Helena und ihre Töchter knieten in stiller Rührung an seinem Bett nieder, und mischten, indem sie seine Hand küßten, ihre Tränen mit den seinigen. Inzwischen war der Turmwächter, mit Speisen für ihn und die Seinigen, in sein Zimmer getreten, und da Herr Friedrich ihn fragte, wie sich Frau Littegarde befinde: vernahm er in abgerissenen und nachlässigen Worten desselben,

et n'aurais-je pas le droit, au cas où l'on m'autoriserait à le reprendre, d'espérer réparer le revers qui m'a frappé et obtenir de Dieu, par mon épée, une tout autre sentence que celle que d'une manière étriquée et bornée, on considère aujourd'hui comme admise? « Pourtant », objecta pensivement la mère, « ces lois dont tu prétends ne pas te soucier, sont souveraines maîtresses ; raisonnables ou non, elles excercent la force des prescriptions divines et elles vous livrent, toi et elle, comme un couple criminel répugnant, à toute la sévérité prévue par la juridiction pénale. » Hélas ! s'écria le seigneur Friedrich ; c'est bien là ce qui met le misérable que je suis au désespoir ! La sentence pèse sur elle, comme sur une coupable convaincue ; et c'est moi qui voulais prouver sa vertu et son innocence à la face du monde, qui ai amené sur elle ce malheur : un malencontreux faux pas dans les courroies de mes éperons, qui peut-être a été voulu par Dieu, tout à fait en dehors de sa cause, comme la punition de mes propres péchés, livre aux flammes son corps florissant et sa mémoire à une honte éternelle ! —— À ces mots, des larmes de virile et brûlante douleur lui montèrent aux yeux ; en saisissant son drap, il se retourna vers le mur et dame Helena et ses deux filles, tout émues, s'agenouillèrent en silence auprès de son lit et, couvrant sa main de baisers, mêlèrent leurs larmes aux siennes. Cependant, le geôlier était entré dans la pièce, apportant le repas du prisonnier et des siens et comme seigneur Friedrich lui demanda des nouvelles de dame Littegarde : il apprit, par ses propos hachés et nonchalants,

daß sie auf einem Bündel Stroh liege, und noch seit dem Tage, da sie eingesetzt worden, kein Wort von sich gegeben habe. Herr Friedrich ward durch diese Nachricht in die äußerste Besorgnis gestürzt; er trug ihm auf, der Dame, zu ihrer Beruhigung zu sagen, daß er, durch eine sonderbare Schickung des Himmels, in seiner völligen Besserung begriffen sei, und bat sich von ihr die Erlaubnis aus, sie nach Wiederherstellung seiner Gesundheit, mit Genehmigung des Schloßvogts, einmal in ihrem Gefängnis besuchen zu dürfen. Doch die Antwort, die der Turmwächter von ihr, nach mehrmaligem Rütteln derselben am Arm, da sie wie eine Wahnsinnige, ohne zu hören und zu sehen, auf dem Stroh lag, empfangen zu haben, vorgab, war: nein, sie wolle, so lange sie auf Erden sei, keinen Menschen mehr sehen; — ja, man erfuhr, daß sie noch an demselben Tage dem Schloßvogt, in einer eigenhändigen Zuschrift, befohlen hatte, niemanden, wer es auch sei, den Kämmerer von Trota aber am allerwenigsten, zu ihr zu lassen; dergestalt, daß Herr Friedrich, von der heftigsten Bekümmernis über ihren Zustand getrieben, an einem Tage, an welchem er seine Kraft besonders lebhaft wiederkehren fühlte, mit Erlaubnis des Schloßvogts aufbrach, und sich, ihrer Verzeihung gewiß, ohne bei ihr angemeldet worden zu sein, in Begleitung seiner Mutter und beiden Schwestern, nach ihrem Zimmer verfügte.

Aber wer beschreibt das Entsetzen der unglücklichen Littegarde, als sie sich, bei dem an der Tür entstehenden Geräusch,

qu'elle était couchée sur une botte de paille et que, depuis le jour où elle avait été enfermée, elle n'avait pas encore prononcé un mot. Cette nouvelle plongea le seigneur Friedrich dans la plus vive inquiétude ; il le chargea d'annoncer à la dame, pour la tranquilliser, que, par une singulière faveur du ciel, il était en voie de guérison complète et qu'il lui demandait la permission d'aller la voir un jour dans sa prison, avec l'autorisation de l'intendant du château, quand sa santé serait rétablie. Mais la réponse que le geôlier prétendit avoir reçue après avoir secoué par les bras, à maintes reprises Littegarde, gisant sur la paille comme une démente, sans rien voir ni entendre, fut : non, qu'elle ne voulait, tant qu'elle serait sur la terre, plus voir personne ; on apprit aussi que, dès le jour même, elle avait écrit de sa main une lettre à l'intendant du château lui ordonnant de ne laisser pénétrer personne jusqu'à elle, qui que ce fût, mais, moins que tout autre, le chancelier von Trota ; de sorte que, poussé par le souci le plus vif sur l'état de Littegarde, un jour où il sentait des forces particulièrement vigoureuses lui revenir, le seigneur Friedrich partit avec l'autorisation de l'intendant du château et, sans s'être fait annoncer, se rendit dans sa cellule, en compagnie de sa mère et de ses deux sœurs.

Mais qui décrira l'effroi de la malheureuse Littegarde lorsque, au bruit qui venait de la porte, elle se souleva de sa litière de paille,

mit halb offner Brust und aufgelöstem Haar, von dem Stroh, das ihr untergeschüttet war, erhob und statt des Turmwächters, den sie erwartete, den Kämmerer, ihren edlen und vortrefflichen Freund, mit manchen Spuren der ausgestandenen Leiden, eine wehmütige und rührende Erscheinung, an Berthas und Kunigundens Arm bei sich eintreten sah. »Hinweg!« rief sie, indem sie sich mit dem Ausdruck der Verzweiflung rückwärts auf die Decken ihres Lagers zurückwarf, und die Hände vor ihr Antlitz drückte: »wenn dir ein Funken von Mitleid im Busen glimmt, hinweg!« — Wie, meine teuerste Littegarde? versetzte Herr Friedrich. Er stellte sich ihr, gestützt auf seine Mutter, zur Seite und neigte sich in unaussprechlicher Rührung über sie, um ihre Hand zu ergreifen. »Hinweg!« rief sie, mehrere Schritt weit auf Knien vor ihm auf dem Stroh zurückbebend[1]: »wenn ich nicht wahnsinnig werden soll, so berühre mich nicht! Du bist mir ein Greuel; loderndes Feuer ist mir minder schrecklich, als du!« — Ich dir ein Greuel? versetzte Herr Friedrich betroffen. Womit, meine edelmütige Littegarde, hat dein Friedrich diesen Empfang verdient? — Bei diesen Worten setzte ihm Kunigunde, auf den Wink der Mutter, einen Stuhl hin, und lud ihn, schwach wie er war, ein, sich darauf zu setzen. »O Jesus!« rief jene, indem sie sich, in der entsetzlichsten Angst, das Antlitz ganz auf den Boden gestreckt, vor ihm niederwarf: »räume das Zimmer, mein Geliebter, und verlaß mich! Ich umfasse in heißer Inbrunst deine Kniee, ich wasche deine Füße mit meinen Tränen, ich flehe dich, wie ein Wurm vor dir im Staube gekrümmt, um die einzige Erbarmung an: räume, mein Herr und Gebieter,

la poitrine à demi découverte et les cheveux défaits et que, au lieu du geôlier qu'elle attendait, elle vit arriver chez elle, au bras de Bertha et de Kunigunde, apparition mélancolique et touchante, le chambellan, son noble et excellent ami, portant maintes traces des souffrances endurées. « Disparais ! » s'écria-t-elle, en se rejetant en arrière sur les couvertures de sa couche avec l'expression du désespoir et en se couvrant le visage de ses mains : « si une étincelle de pitié couve encore dans ton cœur, disparais ! » — Comment, ma bien chère Littegarde ? dit alors le seigneur Friedrich. Il vint se placer à son côté, appuyé sur sa mère et, avec une indicible émotion, il se pencha sur elle pour lui prendre la main. « Disparais ! » cria-t-elle en reculant d'effroi plusieurs pas à genoux [1] : « si tu ne veux pas que je devienne folle, ne me touche pas ! Tu me fais horreur ; les flammes dévorantes m'effraient moins que toi ! » — Moi, te faire horreur ? répliqua le seigneur Friedrich, consterné. En quoi, ma noble Littegarde, ton Friedrich a-t-il mérité un pareil accueil ? — À ces mots, Kunigunde, sur un signe de sa mère, avança une chaise et l'invita à s'asseoir, faible qu'il était. « Ô Jésus ! » s'écria-t-elle qui, en proie à la plus effroyable angoisse, la face plaquée contre terre, se jeta devant lui : « quitte cette pièce, mon bien-aimé, et abandonne-moi ! J'embrasse tes genoux avec une ardente ferveur, je baigne tes pieds de mes larmes, tordue devant toi comme un ver dans la poussière, je te supplie d'avoir cette pitié suprême : quitte, mon seigneur bien-aimé,

1. Littéralement : reculer en tremblant. Aujourd'hui inusité.

räume mir das Zimmer, räume es augenblicklich und verlaß mich!« — Herr Friedrich stand durch und durch erschüttert vor ihr da. Ist dir mein Anblick so unerfreulich Littegarde? fragte er, indem er ernst auf sie niederschaute. »Entsetzlich, unerträglich, vernichtend!« antwortete Littegarde, ihr Gesicht mit verzweiflungsvoll vorgestützten Händen, ganz zwischen die Sohlen seiner Füße bergend. »Die Hölle, mit allen Schauern und Schrecknissen, ist süßer mir und anzuschauen lieblicher, als der Frühling deines mir in Huld und Liebe zugekehrten Angesichts!« — Gott im Himmel! rief der Kämmerer; was soll ich von dieser Zerknirschung deiner Seele denken? Sprach das Gottesurteil, Unglückliche, die Wahrheit, und bist du des Verbrechens, dessen dich der Graf vor Gericht geziehen hat, bist du dessen schuldig? — »Schuldig, überwiesen, verworfen, in Zeitlichkeit und Ewigkeit verdammt und verurteilt!« rief Littegarde, indem sie sich den Busen, wie eine Rasende zerschlug: »Gott ist wahrhaftig und untrüglich; geh, meine Sinne reißen, und meine Kraft bricht. Laß mich mit meinem Jammer und meiner Verzweiflung allein!« — Bei diesen Worten fiel Herr Friedrich in Ohnmacht; und während Littegarde sich mit einem Schleier das Haupt verhüllte, und sich, wie in gänzlicher Verabschiedung von der Welt, auf ihr Lager zurücklegte, stürzten Bertha und Kunigunde jammernd über ihren entseelten Bruder, um ihn wieder ins Leben zurückzurufen. »O sei verflucht!« rief Frau Helena, da der Kämmerer wieder die Augen aufschlug:

quitte cette pièce, quitte-la à l'instant même et abandonne-moi ! » — Le seigneur Friedrich restait là, ébranlé jusqu'au fond de l'être, debout devant elle. Est-ce que ma vue est pour toi si désagréable, Littegarde ? demanda-t-il, en baissant ses regards sur elle d'un air grave. « Effroyable, intolérable, ta vue m'anéantit ! » répondit Littegarde, ses mains prenant appui dans son désespoir loin devant elle, son visage caché directement entre les pieds de Friedrich. « L'enfer, avec toutes ses horreurs et ses terreurs, est plus doux pour moi et plus aimable à contempler que le printemps de ton visage tourné vers moi avec affection et amour ! » — Dieu du ciel ! s'écria le chambellan ; que dois-je penser de la contrition de ton âme ? L'arrêt de Dieu, malheureuse, a-t-il dit la vérité et es-tu coupable de ce crime pour lequel le comte t'a traînée en justice ? « Coupable, convaincue, réprouvée, maudite et condamnée maintenant et pour l'éternité ! » cria Littegarde en se frappant la poitrine comme une folle furieuse : « Dieu est réel et infaillible ; va, mon esprit se déchire et ma force se brise. Laisse-moi seule avec ma douleur et mon désespoir ! » A ces mots, le seigneur Friedrich s'évanouit ; et tandis que Littegarde s'entourait la tête d'un voile et, comme si elle quittait totalement le monde, se remettait sur sa couche, Bertha et Kunigunde se jetèrent en gémissant sur leur frère inanimé, pour le rappeler à la vie. « Sois maudite ! » cria dame Helena, au moment où le chambellan rouvrait les yeux :

»verflucht zu ewiger Reue diesseits des Grabes, und jenseits desselben zu ewiger Verdammnis: nicht wegen der Schuld, die du jetzt eingestehst, sondern wegen der Unbarmherzigkeit und Unmenschlichkeit, sie eher nicht, als bis du meinen schuldlosen Sohn mit dir ins Verderben herabgerissen, einzugestehn! Ich Törin!« fuhr sie fort, indem sie sich verachtungsvoll von ihr abwandte, »hätte ich doch einem Wort, das mir, noch kurz vor Eröffnung des Gottesgerichts, der Prior des hiesigen Augustinerklosters anvertraut, bei dem der Graf, in frommer Vorbereitung zu der entscheidenden Stunde, die ihm bevorstand, zur Beichte gewesen, Glauben geschenkt! Ihm hat er, auf die heilige Hostie, die Wahrhaftigkeit der Angabe, die er vor Gericht in Bezug auf die Elende, niedergelegt, beschworen; die Gartenpforte hat er ihm bezeichnet, an welcher sie ihn, der Verabredung gemäß, beim Einbruch der Nacht erwartet und empfangen, das Zimmer ihm, ein Seitengemach des unbewohnten Schloßturms, beschrieben, worin sie ihn, von den Wächtern unbemerkt, eingeführt, das Lager, von Polstern bequem und prächtig unter einem Thronhimmel aufgestapelt, worauf sie sich, in schamloser Schwelgerei, heimlich mit ihm gebettet! Ein Eidschwur in einer solchen Stunde getan, enthält keine Lüge: und hätte ich, Verblendete, meinem Sohn, auch nur noch in dem Augenblick des ausbrechenden Zweikampfs, eine Anzeige davon gemacht: so würde ich ihm die Augen geöffnet haben, und er vor dem Abgrund an welchem er stand, zurückgebebt sein. — Aber komm!« rief Frau Helena, indem sie Herrn Friedrich sanft umschloß, und ihm einen Kuß auf die Stirne drückte:

« maudite pour un repentir éternel de ce côté-ci de la tombe et, au-delà, pour une damnation sans fin ; non à cause de la faute que maintenant tu avoues, mais à cause de cette cruauté et barbarie que tu n'as avouée qu'après avoir entraîné avec toi à sa perte mon fils innocent ! Folle que je suis ! » poursuivit-elle en se détournant de Littegarde avec mépris ; « que n'ai-je ajouté foi à ce que m'a confié, peu d'instants avant l'ouverture du tribunal divin, le prieur du couvent des Augustins de la ville auprès de qui le comte, quand il se préparait pieusement en vue de l'heure décisive qui l'attendait, s'est confessé. Il lui a juré sur la sainte hostie la véracité de la déposition qu'il avait faite devant les juges au sujet de la misérable ; indiqué la porte du jardin où, comme il était convenu, elle l'a attendu et accueilli à la nuit tombante, décrit la chambre, une pièce à l'écart du donjon inhabité où elle l'a introduit à l'insu des gardes, le lit, dressé de coussins moelleux et magnifiques sous un baldaquin, où elle s'est couchée secrètement avec lui, dans une impudique débauche ! Un serment fait à une heure pareille ne contient pas de mensonge : et si j'en avais avisé mon fils, aveugle que j'étais, dès cet instant même où le duel allait s'engager : je lui aurais ouvert les yeux et, lui, il aurait reculé d'effroi devant l'abîme au bord duquel il se trouvait. — Mais viens ! » cria dame Helena en prenant doucement Friedrich dans ses bras et en posant un baiser sur son front.

»Entrüstung, die sie der Worte würdigt, ehrt sie; unsern Rücken mag sie erschaun, und vernichtet durch die Vorwürfe, womit wir sie verschonen, verzweifeln!« — Der Elende! versetzte Littegarde, indem sie sich gereizt durch diese Worte emporrichtete. Sie stützte ihr Haupt schmerzvoll auf ihre Kniee, und indem sie heiße Tränen auf ihr Tuch niederweinte, sprach sie: Ich erinnere mich, daß meine Brüder und ich, drei Tage vor jener Nacht des heiligen Remigius, auf seinem Schlosse waren; er hatte, wie er oft zu tun pflegte, ein Fest mir zu Ehren veranstaltet, und mein Vater, der den Reiz meiner aufblühenden Jugend gern gefeiert sah, mich bewogen, die Einladung, in Begleitung meiner Brüder, anzunehmen. Spät, nach Beendigung des Tanzes, da ich mein Schlafzimmer besteige, finde ich einen Zettel auf meinem Tisch liegen, der, von unbekannter Hand geschrieben und ohne Namensunterschrift, eine förmliche Liebeserklärung enthielt. Es traf sich, daß meine beiden Brüder grade wegen Verabredung unserer Abreise, die auf den kommenden Tag festgesetzt war, in dem Zimmer gegenwärtig waren; und da ich keine Art des Geheimnisses vor ihnen zu haben gewohnt war, so zeigte ich ihnen, von sprachlosem Erstaunen ergriffen, den sonderbaren Fund, den ich soeben gemacht hatte. Diese, welche sogleich des Grafen Hand erkannten, schäumten vor Wut, und der Ältere war willens, sich augenblicks mit dem Papier in sein Gemach zu verfügen; doch der Jüngere stellte ihm vor, wie bedenklich dieser Schritt sei, da der Graf die Klugheit gehabt, den Zettel nicht zu unterschreiben;

« L'indignation qui la juge digne de nos paroles, est un honneur ; qu'elle regarde notre dos tourné et qu'elle désespère, anéantie par les reproches que nous lui épargnons ! » — Le misérable ! répliqua Littegarde, qui se redressa, piquée par ces paroles. Appuyant douloureusement sa tête sur les genoux et versant de brûlantes larmes qui coulaient sur son drap, elle dit : Je me souviens que nous étions, mes frères et moi, trois jours avant la nuit de la Saint-Remi, dans son château ; il avait organisé une fête en mon honneur, comme il le faisait souvent, et mon père, heureux de voir ainsi fêté le charme de ma jeunesse florissante, m'avait amenée à accepter l'invitation en compagnie de mes frères. Très tard, après la fin du bal, en montant à ma chambre, je trouve un billet sur ma table, écrit d'une main inconnue et dépourvu de signature, contenant une évidente déclaration d'amour. Or mes deux frères se trouvaient justement alors dans ma chambre pour convenir de notre départ fixé au lendemain ; et comme je n'avais pas l'habitude d'avoir pour eux aucune espèce de secret, je leur fis voir, saisie d'étonnement et muette, la singulière trouvaille que je venais de faire. Eux, qui y reconnurent immédiatement la main du comte, écumèrent de rage et l'aîné voulait se rendre à l'instant même, avec le papier, dans son appartement ; mais le plus jeune lui représenta combien cette démarche serait inconsidérée, le comte ayant eu l'astuce de ne pas signer le billet ;

worauf beide in der tiefsten Entwürdigung über eine so beleidigende Aufführung, sich noch in derselben Nacht mit mir in den Wagen setzten, und mit dem Entschluß, seine Burg nie wieder mit ihrer Gegenwart zu beehren, auf das Schloß ihres Vaters zurückkehrten. — Dies ist die einzige Gemeinschaft, setzte sie hinzu, die ich jemals mit diesem Nichtswürdigen und Niederträchtigen gehabt! — »Wie?« sagte der Kämmerer, indem er ihr sein tränenvolles Gesicht zukehrte: »diese Worte waren Musik meinem Ohr! — Wiederhole sie mir!« sprach er nach einer Pause, indem er sich auf Knieen vor ihr niederließ, und seine Hände faltete: »Hast du mich, um jenes Elenden willen, nicht verraten, und bist du rein von der Schuld, deren er dich vor Gericht geziehen?« Lieber! flüsterte Littegarde, indem sie seine Hand an ihre Lippen drückte — »Bist dus?« rief der Kämmerer: »bist dus?« — Wie die Brust eines neugebornen Kindes, wie das Gewissen eines aus der Beichte kommenden Menschen, wie die Leiche einer, in der Sakristei, unter der Einkleidung, verschiedenen Nonne! — »O Gott, der Allmächtige!« rief Herr Friedrich, ihre Kniee umfassend: »habe Dank! Deine Worte geben mir das Leben wieder; der Tod schreckt mich nicht mehr, und die Ewigkeit, soeben noch wie ein Meer unabsehbaren Elends vor mir ausgebreitet, geht wieder, wie ein Reich voll tausend glänziger Sonnen, vor mir auf!« — Du Unglücklicher, sagte Littegarde, indem sie sich zurückzog: wie kannst du dem, was dir mein Mund sagt, Glauben schenken? — »Warum nicht?« fragte Herr Friedrich glühend. — Wahnsinniger! Rasender! rief Littegarde; hat das geheiligte Urteil Gottes nicht gegen mich entschieden?

sur quoi tous deux, profondément ulcérés dans leur honneur par une attitude aussi offensante, montèrent avec moi en voiture dans la nuit même et, bien résolus à ne plus désormais faire au comte l'honneur de leur présence dans son domaine, regagnèrent le château paternel. Voilà la seule chose que j'aie jamais eue en commun, ajouta-t-elle, avec ce vil et bas personnage ! — « Comment ? » dit le chambellan, en tournant vers elle son visage plein de larmes : « Ces paroles ont été musique pour mes oreilles ! — Répète-les-moi ! » ajouta-t-il un peu après, en se mettant à genoux devant elle, les mains jointes. « Tu ne m'as pas trahi pour ce misérable, et es-tu pure de la faute pour laquelle il t'a traînée au tribunal ? » Mon aimé ! chuchota Littegarde en pressant sur ses lèvres la main de Friedrich — « L'es-tu ? » s'écria le chambellan : « l'es-tu ? » — Comme le cœur d'un nouveau-né, comme la conscience d'un homme qui sort du confessionnal, comme le corps d'une religieuse défunte, le jour de la prise du voile, dans la sacristie ! « Ô Dieu tout-puissant ! » s'écria le seigneur Friedrich en enlaçant ses genoux. « Sois remerciée ! » Tes paroles me rendent la vie ; la mort ne m'effraie plus et l'éternité qui s'étendait tout à l'heure devant moi comme une mer d'infinie misère, reparaît à mes yeux comme un royaume plein de mille soleils rayonnants ! » — Malheureux que tu es, dit Littegarde en reculant : comment peux-tu ajouter foi à ce que dit ma bouche ? — « Pourquoi non ? » demanda le seigneur Friedrich avec flamme. — Insensé. Fou furieux ! s'écria Littegarde ; le jugement sacré de Dieu ne s'est-il pas prononcé contre moi ?

Hast du dem Grafen nicht in jenem verhängnisvollen Zweikampf unterlegen, und er nicht die Wahrhaftigkeit dessen, was er vor Gericht gegen mich angebracht, ausgekämpft? — »O meine teuerste Littegarde«, rief der Kämmerer: »bewahre deine Sinne vor Verzweiflung! türme [1] das Gefühl, das in deiner Brust lebt, wie einen Felsen empor: halte dich daran und wanke nicht, und wenn Erd und Himmel unter dir und über dir zu Grunde gingen! Laß uns, von zwei Gedanken, die die Sinne verwirren, den verständlicheren und begreiflicheren [2] denken, und ehe [3] du dich schuldig glaubst, lieber glauben, daß ich in dem Zweikampf den ich für dich gefochten, siegte! — Gott, Herr meines Lebens«, setzte er in diesem Augenblick hinzu, indem er seine Hände vor sein Antlitz legte, »bewahre meine Seele selbst vor Verwirrung! Ich meine, so wahr ich selig werden will, vom Schwert meines Gegners nicht überwunden worden zu sein, da ich schon unter den Staub seines Fußtritts hingeworfen, wieder ins Dasein erstanden bin. Wo liegt die Verpflichtung der höchsten göttlichen Weisheit, die Wahrheit im Augenblick der glaubensvollen Anrufung selbst, anzuzeigen und auszusprechen? O Littegarde«, beschloß er, indem er ihre Hand zwischen die seinigen drückte: »im Leben laß uns auf den Tod, und im Tode auf die Ewigkeit hinaus sehen, und des festen, unerschütterlichen Glaubens sein: deine Unschuld wird, und wird durch den Zweikampf, den ich für dich gefochten, zum heitern, hellen Licht der Sonne gebracht werden!« — Bei diesen Worten trat der Schloßvogt ein; und da er Frau Helena, welche weinend an einem Tisch saß,

N'as-tu pas cédé au comte dans ce duel fatal et n'a-t-il pas établi par les armes la vérité de ce qu'il a déclaré contre moi devant le tribunal ? — « Ô ma toute chère Littegarde », s'écria le chambellan : « préserve ton esprit du désespoir ! que le sentiment qui vit au fond de toi s'érige[1] comme un roc ; appuie-toi sur lui et ne fléchis pas quand bien même à tes pieds et sur ta tête la terre et le ciel s'effondreraient ! Entre deux pensées qui déroutent nos esprits, pensons la plus rationnelle et la plus compréhensible[2] et, plutôt[3] que de te croire coupable, il vaut mieux croire que, dans le combat que j'ai livré pour toi, c'est moi qui fus vainqueur ! — Dieu ! seigneur de ma vie », ajouta-t-il à ce moment, en se couvrant le visage de ses mains, « préserve mon âme elle-même de toute confusion ! Je pense, aussi vrai que je veux être sauvé, que l'épée de mon adversaire ne m'a pas terrassé, car déjà jeté à terre, sous la poussière de son pied, je me suis senti revenir à la vie. Où se trouve l'obligation de la suprême sagesse de Dieu de montrer et d'exprimer la vérité juste au moment de la fidèle invocation ? Ô Littegarde », conclut-il en pressant sa main dans les siennes : « dans la vie, regardons vers la mort et, dans la mort, vers l'éternité, et soyons fermes et inébranlables dans notre foi : ton innocence apparaîtra sous la sereine et claire lumière du soleil et cela grâce au duel que j'ai livré pour toi. » — À ces mots l'intendant du château entra ; et comme il rappela à dame Helena, qui pleurait, assise à une table,

1. Amonceler, de *Turm* : tour.
2. Voir note 2 de la p. 144.
3. Emploi et causal et temporel.

erinnerte, daß so viele Gemütsbewegungen ihrem Sohne schädlich werden könnten: so kehrte Herr Friedrich, auf das Zureden der Seinigen, nicht ohne das Bewußtsein, einigen Trost gegeben und empfangen zu haben, wieder in sein Gefängnis zurück.

Inzwischen war, vor dem zu Basel von dem Kaiser eingesetzten Tribunal, gegen Herrn Friedrich von Trota sowohl, als seine Freundin, Frau Littegarde von Auerstein, die Klage wegen sündhaft angerufenen göttlichen Schiedsurteils eingeleitet, und beide, dem bestehenden Gesetz gemäß, verurteilt worden, auf dem Platz des Zweikampfs selbst, den schmählichen Tod der Flammen zu erleiden. Man schickte eine Deputation von Räten ab, um es den Gefangenen anzukündigen, und das Urteil würde auch, gleich nach Wiederherstellung des Kämmerers an ihnen vollstreckt worden sein, wenn es des Kaisers geheime Absicht nicht gewesen wäre, den Grafen Jakob den Rotbart, gegen den er eine Art von Mißtrauen nicht unterdrücken konnte, dabei gegenwärtig zu sehen. Aber dieser lag, auf eine in der Tat sonderbare und merkwürdige Weise, an der kleinen, dem Anschein nach unbedeutenden Wunde, die er, zu Anfang des Zweikampfs, von Herrn Friedrich erhalten hatte, noch immer krank; ein äußerst verderbter Zustand seiner Säfte verhinderte, von Tage zu Tage, und von Woche zu Woche, die Heilung derselben, und die ganze Kunst der Ärzte, die man nach und nach aus Schwaben und der Schweiz herbeirief, vermochte nicht, sie zu schließen.

que tant d'émotions pouvaient être néfastes pour son fils : le seigneur Friedrich, sur les instances des siens, regagna sa prison, non sans avoir conscience d'avoir donné et reçu lui-même quelque consolation.

Entre-temps, devant le tribunal institué à Bâle par l'empereur, on avait introduit une plainte contre le seigneur Friedrich von Trota et contre son amie, dame Littegarde von Auerstein, pour avoir, de façon coupable, invoqué l'arbitrage de Dieu, et tous deux furent, conformément à la loi, condamnés à périr ignominieusement par les flammes à l'endroit même où avait eu lieu le duel. On envoya une délégation de conseillers pour l'annoncer aux prisonniers, et le jugement aurait été aussitôt exécuté après le rétablissement du chambellan, si l'empereur n'avait eu l'intention secrète de voir assister au supplice le comte Jacob Barberousse, à l'égard duquel il ne pouvait pas réprimer une certaine méfiance. Mais celui-ci était encore souffrant, d'une manière vraiment singulière et étonnante, de la petite blessure, en apparence insignifiante, qu'il avait reçue du seigneur Friedrich au début du duel ; un état tout à fait malsain de ses humeurs en empêchait la guérison de jour en jour et de semaine en semaine, et tout l'art des médecins qu'on appelait successivement de Souabe et de Suisse n'arrivait pas à la fermer.

Ja, ein ätzender der ganzen damaligen Heilkunst unbekannter Eiter, fraß auf eine krebsartige Weise, bis auf den Knochen herab im ganzen System seiner Hand um sich, dergestalt, daß man zum Entsetzen aller seiner Freunde genötigt gewesen war, ihm die ganze schadhafte Hand, und späterhin, da auch hierdurch dem Eiterfraß kein Ziel gesetzt ward, den Arm selbst abzunehmen. Aber auch dies, als eine Radikalkur gepriesene Heilmittel vergrößerte nur, wie man heutzutage leicht eingesehen haben würde, statt ihm abzuhelfen, das Übel; und die Ärzte, da sich sein ganzer Körper nach und nach in Eiterung und Fäulnis auflöste, erklärten, daß keine Rettung für ihn sei, und er noch, vor Abschluß der laufenden Woche, sterben müsse. Vergebens forderte ihn der Prior des Augustinerklosters, der in dieser unerwarteten Wendung der Dinge die furchtbare Hand Gottes zu erblicken glaubte, auf, im Bezug auf den zwischen ihm und der Herzogin Regentin bestehenden Streit, die Wahrheit einzugestehen; der Graf nahm, durch und durch erschüttert, noch einmal das heilige Sakrament auf die Wahrhaftigkeit seiner Aussage, und gab, unter allen Zeichen der entsetzlichsten Angst, falls er Frau Littegarden verleumderischer Weise angeklagt hätte, seine Seele der ewigen Verdammnis preis. Nun hatte man, trotz der Sittenlosigkeit seines Lebenswandels, doppelte Gründe, an die innerliche Redlichkeit dieser Versicherung zu glauben: einmal, weil der Kranke in der Tat von einer gewissen Frömmigkeit war, die einen falschen Eidschwur, in solchem Augenblick getan, nicht zu gestatten schien, und dann, weil sich aus einem Verhör, das über den Turmwächter des Schlosses derer von Breda angestellt worden war,

Et même, un pus corrosif, inconnu à toute la médecine de l'époque, rongea comme un chancre de proche en proche tout le système de sa main, en creusant jusqu'à l'os, de telle sorte que, au grand effroi de tous ses amis, il fut nécessaire de l'amputer de la main attaquée et, par la suite, comme ce moyen n'avait pu, même ainsi, enrayer la gangrène, du bras lui-même. Mais ce remède, vanté comme un traitement radical, ne fit qu'empirer le mal au lieu de le guérir, comme on s'en serait facilement aperçu de nos jours ; et les médecins, voyant tout son corps se défaire peu à peu en purulence et putréfaction, déclarèrent qu'il ne pouvait plus être sauvé et que, dès avant la fin de la semaine, il mourrait. En vain le prieur du couvent des Augustins qui, dans la tournure inattendue que prenaient les choses, croyait apercevoir la main terrible de Dieu, le somma de lui avouer la vérité sur le conflit existant entre lui et la duchesse régente ; le comte, totalement ébranlé, reçut encore une fois la sainte communion en déclarant que sa déposition était véridique et, avec tous les signes de l'angoisse la plus horrible, abandonna son âme à la damnation éternelle, au cas où il aurait accusé calomnieusement dame Littegarde. Or, en dépit de ses mœurs dépravées, on avait alors une double raison de croire à la sincérité intime de cette affirmation : d'abord parce que le malade avait certains sentiments de piété qui paraissaient interdire un faux serment fait à une heure pareille, et ensuite parce que, grâce à un interrogatoire auquel fut soumis le guetteur du château von Breda,

welchen er, behufs[1] eines heimlichen Eintritts in die Burg, bestochen zu haben vorgegeben hatte, bestimmt ergab, daß dieser Umstand gegründet, und der Graf wirklich in der Nacht des heiligen Remigius, im Innern des Bredaschen Schlosses gewesen war. Demnach blieb dem Prior fast nichts übrig, als an eine Täuschung des Grafen selbst, durch eine dritte ihm unbekannte Person zu glauben; und noch hatte der Unglückliche, der, bei der Nachricht von der wunderbaren Wiederherstellung des Kämmerers selbst auf diesen schrecklichen Gedanken geriet, das Ende seines Lebens nicht erreicht, als sich dieser Glaube schon zu seiner Verzweiflung vollkommen bestätigte. Man muß nämlich wissen, daß der Graf schon lange, ehe seine Begierde sich auf Frau Littegarden stellte, mit Rosalie, ihrer Kammerzofe, auf einem nichtswürdigen Fuß lebte; fast bei jedem Besuch, den ihre Herrschaft auf seinem Schlosse abstattete, pflegte er dies Mädchen, welches ein leichtfertiges und sittenloses Geschöpf war, zur Nachtzeit auf sein Zimmer zu ziehen. Da nun Littegarde, bei dem letzten Aufenthalt, den sie mit ihren Brüdern auf seiner Burg nahm, jenen zärtlichen Brief, worin er ihr seine Leidenschaft erklärte, von ihm empfing: so erweckte dies die Empfindlichkeit und Eifersucht dieses seit mehreren Monden schon von ihm vernachlässigten Mädchens; sie ließ, bei der bald darauf erfolgten Abreise Littegardens, welche sie begleiten mußte, im Namen derselben einen Zettel an den Grafen zurück, worin sie ihm meldete, daß die Entrüstung ihrer Brüder über den Schritt, den er getan, ihr zwar keine unmittelbare Zusammenkunft gestattete: ihn aber einlud, sie zu diesem Zweck, in der Nacht des heiligen Remigius,

qu'il prétendait avoir corrompu pour[1] entrer secrètement au château, il en résulta clairement que ce fait était fondé et que le comte avait vraiment passé la nuit de la Saint-Remi dans le château des Breda. Dès lors, il ne restait plus rien d'autre au prieur que de croire que le comte avait été mystifié lui-même par une tierce personne inconnue de lui ; et le malheureux qui, à la nouvelle du miraculeux rétablissement du chambellan, en était venu de lui-même à cette pensée effrayante, n'avait pas encore atteint le terme de sa vie que cette opinion fut, à son désespoir, pleinement confirmée. Il faut savoir, en effet, que depuis longtemps le comte, avant que ses désirs se fixent sur dame Littegarde, avait avec Rosalie, sa camériste, une relation indigne ; il avait coutume, presque à chaque fois que sa maîtresse venait à son château, d'emmener cette fille, créature facile et dissolue, la nuit dans sa chambre. Or, comme Littegarde, lors de son dernier séjour au château avec ses frères, avait reçu du comte cette lettre d'amour où il lui déclarait sa passion, la susceptibilité et la jalousie de la camériste qui, depuis plusieurs lunes déjà se voyait délaissée, furent éveillées. Elle laissa, lors du départ précipité de Littegarde qu'elle devait accompagner, au nom de sa maîtresse, et adressé au comte, un billet où elle lui disait que l'indignation de ses frères devant la démarche qu'il avait faite ne lui laissait aucune possibilité de rencontre immédiate : mais qu'elle l'invitait dans ce dessein à venir la voir, dans les appartements du château de son père la nuit de la Saint-Remi.

1. *Behufs* : terme vieilli pour : *zum Zweck* + génitif : afin de.

in den Gemächern ihrer väterlichen Burg zu besuchen. Jener, voll Freude über das Glück seiner Unternehmung, fertigte sogleich einen zweiten Brief an Littegarden ab, worin er ihr seine bestimmte Ankunft in der besagten Nacht meldete, und sie nur bat, ihm, zur Vermeidung aller Irrung, einen treuen Führer, der ihn nach ihren Zimmern geleiten könne, entgegen zu schicken; und da die Zofe, in jeder Art der Ränke geübt, auf eine solche Anzeige rechnete, so glückte es ihr, dies Schreiben aufzufangen, und ihm in einer zweiten falschen Antwort zu sagen, daß sie ihn selbst an der Gartenpforte erwarten würde. Darauf, am Abend vor der verabredeten Nacht, bat sie sich unter dem Vorwand, daß ihre Schwester krank sei, und daß sie dieselbe besuchen wolle, von Littegarden einen Urlaub aufs Land aus; sie verließ auch, da sie denselben erhielt, wirklich, spät am Nachmittag, mit einem Bündel Wäsche den sie unter dem Arm trug, das Schloß, und begab sich, vor aller Augen nach der Gegend, wo jene Frau wohnte, auf den Weg. Statt aber diese Reise zu vollenden, fand sie sich bei Einbruch der Nacht, unter dem Vorgeben, daß ein Gewitter heranziehe, wieder auf der Burg ein, und mittelte sich, um ihre Herrschaft, wie sie sagte, nicht zu stören, indem es ihre Absicht sei in der Frühe des kommenden Morgens ihre Wanderung anzutreten, ein Nachtlager in einem der leerstehenden Zimmer des verödeten und wenig besuchten Schloßturms aus. Der Graf, der sich bei dem Turmwächter durch Geld den Eingang in die Burg zu verschaffen wußte, und in der Stunde der Mitternacht,

Le comte, empli de joie par le succès de son entreprise, envoya sur l'heure une seconde lettre à Littegarde où il lui annonçait son arrivée certaine cette nuit-là et lui demandait seulement, pour éviter toute méprise, d'envoyer au-devant de lui un guide dévoué qui pût le conduire dans ses appartements ; et comme la caméristc, rompue à tous genres d'intrigues, comptait sur une telle annonce, elle réussit à intercepter la lettre et à faire connaître au comte dans une seconde fausse réponse qu'elle l'attendrait elle-même à la porte du jardin. Là-dessus, le soir qui précéda la nuit convenue, elle demanda à Littegarde un congé pour aller à la campagne, sous prétexte que sa sœur était malade et qu'elle voulait lui rendre visite ; la permission lui ayant été accordée, elle quitta le château tard dans l'après-midi avec un paquet de linge sous le bras et prit ostensiblement le chemin de la région où habitait cette femme. Mais au lieu d'achever son voyage, elle se retrouva au château à la tombée de la nuit, alléguant l'approche d'un orage, et, pour ne pas, disait-elle, déranger sa maîtresse, car elle avait l'intention de se mettre en route le lendemain de bonne heure, elle se procura un lit dans une chambre inoccupée du donjon désert et peu fréquenté. Le comte, qui savait se ménager l'accès dans le château en donnant de l'argent au guetteur et qui, sur le coup de minuit,

der Verabredung gemäß, von einer verschleierten Person an der Gartenpforte empfangen ward, ahndete, wie man leicht begreift, nichts von dem ihm gespielten Betrug; das Mädchen drückte ihm flüchtig einen Kuß auf den Mund, und führte ihn, über mehrere Treppen und Gänge des verödeten Seitenflügels, in eines der prächtigsten Gemächer des Schlosses selbst, dessen Fenster vorher sorgsam von ihr verschlossen worden waren. Hier, nachdem sie seine Hand haltend, auf geheimnisvolle Weise an den Türen umhergehorcht, und ihm, mit flüsternder Stimme, unter dem Vorgeben, daß das Schlafzimmer des Bruders ganz in der Nähe sei, Schweigen geboten hatte, ließ sie sich mit ihm auf dem zur Seite stehenden Ruhebette nieder; der Graf, durch ihre Gestalt und Bildung getäuscht, schwamm im Taumel des Vergnügens, in seinem Alter noch eine solche Eroberung gemacht zu haben; und als sie ihn beim ersten Dämmerlicht des Morgens entließ, und ihm zum Andenken an die verflossene Nacht einen Ring, den Littegarde von ihrem Gemahl empfangen und den sie ihr am Abend zuvor zu diesem Zweck entwendet hatte, an den Finger steckte, versprach er ihr, sobald er zu Hause angelangt sein würde, zum Gegengeschenk einen anderen, der ihm am Hochzeitstage von seiner verstorbenen Gemahlin verehrt worden war. Drei Tage darauf hielt er auch Wort, und schickte diesen Ring, den Rosalie wieder geschickt genug war aufzufangen, heimlich auf die Burg; ließ aber, wahrscheinlich aus Furcht, daß dies Abenteuer ihn zu weit führen könne, weiter nichts von sich hören, und wich, unter mancherlei Vorwänden, einer zweiten Zusammenkunft aus.

comme il avait été convenu, fut accueilli à la porte du jardin par une personne voilée, ne soupçonna rien, on le conçoit aisément, de la duperie dont il était l'objet ; la fille lui posa un baiser furtif sur la bouche et, à travers une suite d'escaliers et de couloirs de l'aile déserte de la demeure, le conduisit dans un des plus splendides appartements du château même, dont elle avait auparavant fermé les fenêtres avec soin. Là, après avoir écouté de façon mystérieuse aux portes de tous les côtés en le tenant par la main, et lui avoir ordonné en chuchotant de garder le silence sous prétexte que la chambre à coucher de son frère était toute voisine, elle se laissa tomber avec lui sur la couche qui était auprès d'eux ; le comte, abusé par son aspect et par ses formes, nageait dans l'ivresse du plaisir d'avoir, encore à son âge, réussi à faire une telle conquête ; et lorsque, aux premières lueurs de l'aube, elle le quitta et lui eut passé au doigt, en souvenir de la nuit écoulée, un anneau que Littegarde avait reçu de son époux et qu'elle lui avait dérobé la veille à cette fin, il lui promit qu'aussitôt rentré chez lui il lui en donnerait un autre en retour que sa femme défunte lui avait offert le jour de leur mariage. Trois jours après, il tint parole et il envoya en secret au château cet anneau que Rosalie fut assez habile pour intercepter, mais ne donna plus de ses nouvelles par la suite, sans doute de peur que l'aventure ne l'entraînât trop loin et sous divers prétextes, évita une seconde rencontre.

Späterhin war das Mädchen eines Diebstahls wegen, wovon der Verdacht mit ziemlicher Gewißheit auf ihr ruhte, verabschiedet und in das Haus ihrer Eltern, welche am Rhein wohnten, zurückgeschickt worden, und da, nach Verlauf von neun Monaten, die Folgen ihres ausschweifenden Lebens sichtbar wurden, und die Mutter sie mit großer Strenge verhörte, gab sie den Grafen Jakob den Rotbart, unter Entdeckung der ganzen geheimen Geschichte, die sie mit ihm gespielt hatte, als den Vater ihres Kindes an. Glücklicherweise hatte sie den Ring, der ihr von dem Grafen übersendet worden war, aus Furcht, für eine Diebin gehalten zu werden, nur sehr schüchtern zum Verkauf ausbieten können, auch in der Tat, seines großen Werts wegen, niemand gefunden, der ihn zu erstehen Lust gezeigt hätte: dergestalt, daß die Wahrhaftigkeit ihrer Aussage nicht in Zweifel gezogen werden konnte, und die Eltern, auf dies augenscheinliche Zeugnis gestützt, klagbar, wegen Unterhaltung des Kindes, bei den Gerichten gegen den Grafen Jakob einkamen. Die Gerichte, welche von dem sonderbaren Rechtsstreit, der in Basel anhängig gemacht worden war, schon gehört hatten, beeilten sich, diese Entdeckung, die für den Ausgang desselben von der größten Wichtigkeit war, zur Kenntnis des Tribunals zu bringen; und da eben ein Ratsherr in öffentlichen Geschäften nach dieser Stadt abging, so gaben sie ihm, zur Auflösung des fürchterlichen Rätsels, das ganz Schwaben und die Schweiz beschäftigte, einen Brief mit der gerichtlichen Aussage des Mädchens, dem sie den Ring beifügten, für den Grafen Jakob den Rotbart mit.

Un peu plus tard, la fille, à cause d'un vol dont le soupçon pesait sur elle avec une assez grande certitude, fut congédiée et renvoyée dans la maison de ses parents qui habitaient sur les bords du Rhin, et comme au bout de neuf mois les suites de sa vie débauchée devinrent visibles et que sa mère l'interrogea avec une grande sévérité, elle indiqua le comte Jacob Barberousse comme étant le père de son enfant, en dévoilant toute l'histoire secrète qu'elle lui avait fait jouer. Heureusement pour elle, elle n'avait que très timidement essayé, par crainte de passer pour une voleuse, de vendre l'anneau que lui avait envoyé le comte et, de fait, à cause de sa grande valeur, elle n'avait trouvé personne qui eût manifesté l'envie de l'acheter : de sorte que la véracité de ses déclarations ne pouvait être mise en doute et les parents, s'appuyant sur cette incontestable pièce à conviction, attaquèrent le comte devant les tribunaux pour qu'il assume la charge de l'enfant. Les tribunaux, qui avaient entendu parler de l'étrange affaire dont avait été saisi le tribunal de Bâle, s'empressèrent de porter à sa connaissance cette découverte, de la plus grande importance pour l'issue du procès ; et comme justement, un conseiller de leur ville se rendait dans cette ville en mission, ils le chargèrent pour trouver la solution de la terrible énigme qui entretenait toute la Souabe et la Suisse, de remettre à Jacob Barberousse une lettre contenant la déposition de la fille, en y ajoutant l'anneau.

Es war eben an dem zur Hinrichtung Herrn Friedrichs und Littegardens bestimmten Tage, welche der Kaiser, unbekannt mit den Zweifeln, die sich in der Brust des Grafen selbst erhoben hatten, nicht mehr aufschieben zu dürfen glaubte, als der Ratsherr zu dem Kranken, der sich in jammervoller Verzweiflung auf seinem Lager wälzte, mit diesem Schreiben ins Zimmer trat. »Es ist genug!« rief dieser, da er den Brief überlesen, und den Ring empfangen hatte: »ich bin das Licht der Sonne zu schauen, müde! Verschafft mir«, wandte er sich zum Prior, »eine Bahre, und führt mich Elenden, dessen Kraft zu Staub versinkt, auf den Richtplatz hinaus: ich will nicht, ohne eine Tat der Gerechtigkeit verübt zu haben, sterben!« Der Prior, durch diesen Vorfall tief erschüttert, ließ ihn sogleich, wie er begehrte, durch vier Knechte auf ein Traggestell heben; und zugleich mit einer unermeßlichen Menschenmenge, welche das Glockengeläut um den Scheiterhaufen, auf welchen Herr Friedrich und Littegarde bereits festgebunden waren, versammelte, kam er, mit dem Unglücklichen, der ein Kruzifix in der Hand hielt, daselbst an. »Halt!« rief der Prior, indem er die Bahre, dem Altan des Kaisers gegenüber, niedersetzen ließ: »bevor ihr das Feuer an jenen Scheiterhaufen legt, vernehmt ein Wort, das euch der Mund dieses Sünders zu eröffnen hat!« — Wie? rief der Kaiser, indem er sich leichenblaß von seinem Sitz erhob, hat das geheiligte Urteil Gottes nicht für die Gerechtigkeit seiner Sache entschieden, und ist es, nach dem was vorgefallen, auch nur zu denken erlaubt, daß Littegarde an dem Frevel, dessen er sie geziehen, unschuldig sei? — Bei diesen Worten stieg er betroffen vom Altan herab;

C'est justement le jour fixé pour l'exécution du seigneur Friedrich et de Littegarde que l'empereur, ignorant des doutes qui avaient surgi dans le cœur du comte lui-même, n'avait pas cru pouvoir différer davantage, que le conseiller entra, avec cette lettre, dans la chambre du malade qui, dans un état de pitoyable désespoir, se roulait sur sa couche : « En voilà assez ! » s'écria celui-ci après avoir lu la lettre et reçu l'anneau : « Je suis las, las de voir la lumière du jour ! Apportez-moi une civière », dit-il au prieur, « et emmenez au lieu du supplice le misérable que je suis, dont les forces tombent en poussière : je ne veux pas mourir sans avoir accompli un acte de justice ! » Le prieur, profondément bouleversé par cet incident, le fit aussitôt, selon son désir, installer sur un brancard par quatre valets ; et il arriva, en même temps qu'une foule innombrable que le son des cloches rassemblait autour du bûcher où l'on avait déjà attaché le seigneur Friedrich et Littegarde, sur la place avec le malheureux qui tenait un crucifix à la main. « Halte ! » cria le prieur, faisant déposer la civière en face de la tribune de l'empereur : « Avant de mettre le feu à ce bûcher, écoutez une parole que la bouche de ce pécheur a à vous faire entendre ! » — Comment ? dit l'empereur, qui, blêmissant, se levait de son siège, le jugement sacré de Dieu n'a-t-il pas décidé pour la justice de sa cause et est-il donc permis, après ce qui s'est passé, de penser que Littegarde est innocente de l'acte criminel pour lequel il l'a traînée en justice ? — À ces mots, il descendit, consterné, de la tribune ;

und mehr denn tausend Ritter, denen alles Volk, über Bänke und Schranken herab, folgte, drängten sich um das Lager des Kranken zusammen. »Unschuldig«, versetzte dieser, indem er sich gestützt auf den Prior, halb darauf emporrichtete: »wie es der Spruch des höchsten Gottes, an jenem verhängnisvollen Tage, vor den Augen aller versammelten Bürger von Basel entschieden hat! Denn er, von drei Wunden, jede tödlich, getroffen, blüht, wie ihr seht, in Kraft und Lebensfülle; indessen ein Hieb von seiner Hand, der kaum die äußerste Hülle meines Lebens zu berühren schien, in langsam fürchterlicher Fortwirkung den Kern desselben selbst getroffen, und meine Kraft, wie der Sturmwind eine Eiche, gefällt hat. Aber hier, falls ein Unglaübiger noch Zweifel nähren sollte, sind die Beweise: Rosalie, ihre Kammerzofe, war es, die mich in jener Nacht des heiligen Remigius empfing, während ich Elender in der Verblendung meiner Sinne, sie selbst, die meine Anträge stets mit Verachtung zurückgewiesen hat, in meinen Armen zu halten meinte!« Der Kaiser stand erstarrt wie zu Stein, bei diesen Worten da. Er schickte, indem er sich nach dem Scheiterhaufen umkehrte, einen Ritter ab, mit dem Befehl, selbst die Leiter zu besteigen, und den Kämmerer sowohl als die Dame, welche letztere bereits in den Armen ihrer Mutter in Ohnmacht lag, loszubinden und zu ihm heranzuführen. »Nun, jedes Haar auf eurem Haupt bewacht ein Engel!« rief er, da Littegarde, mit halb offner Brust und entfesselten Haaren, an der Hand Herrn Friedrichs, ihres Freundes,

et plus de mille chevaliers, suivis de tout le peuple qui passait par-dessus les bancs et les barrières, se pressèrent autour de la couche du malade. « Innocente ! » répliqua le comte en s'appuyant sur le prieur pour se redresser à moitié : « comme l'a décidé la sentence du Dieu souverain, en ce jour fatal, devant les yeux de tous les bourgeois de Bâle rassemblés ! Car lui, en effet, frappé de trois blessures dont chacune était mortelle, est là, florissant comme vous voyez, en pleine force et dans l'épanouissement de la vie ; tandis qu'un coup de sa main qui semblait toucher l'enveloppe extérieure de ma vie, dans une marche lente et terrible, a gagné jusqu'au cœur même et a abattu mes forces comme la tempête abat un chêne. Mais maintenant, au cas où quelque incrédule nourrirait encore un doute, voici les preuves : c'est Rosalie, sa camériste, qui m'a reçu pendant cette nuit de la Saint-Remi, alors que moi, misérable, dans l'aveuglement de mes sens, je croyais tenir dans mes bras celle-là même qui a constamment repoussé mes avances avec mépris ! » À ces mots, l'empereur resta comme pétrifié. Se tournant vers le bûcher, il envoya un chevalier avec l'ordre de gravir lui-même l'échelle, de délier et de lui amener le chambellan ainsi que la dame, tombée déjà évanouie dans les bras de sa mère. « Alors, chaque cheveu de votre tête est gardé par un ange ! » s'écria-t-il au moment où Littegarde, la poitrine à demi découverte et la chevelure dénouée, parvint jusqu'à lui, tenant la main de son ami,

dessen Kniee selbst, unter dem Gefühl dieser wunderbaren Rettung, wankten, durch den Kreis des in Ehrfurcht und Erstaunen ausweichenden Volks, zu ihm herantrat. Er küßte beiden, die vor ihm niederknieten, die Stirn; und nachdem er sich den Hermelin, den seine Gemahlin trug, erbeten, und ihn Littegarden um die Schultern gehängt hatte, nahm er, vor den Augen aller versammelten Ritter, ihren Arm, in der Absicht, sie selbst in die Gemächer seines kaiserlichen Schlosses zu führen. Er wandte sich, während der Kämmerer gleichfalls statt des Sünderkleids, das ihn deckte, mit Federhut und ritterlichem Mantel geschmückt ward, gegen den auf der Bahre jammervoll sich wälzenden Grafen zurück, und von einem Gefühl des Mitleidens bewegt, da derselbe sich doch in den Zweikampf, der ihn zu Grunde gerichtet, nicht eben auf frevelhafte und gotteslästerliche Weise eingelassen hatte, fragte er den ihm zur Seite stehenden Arzt: ob keine Rettung für den Unglücklichen sei? — »Vergebens!« antwortete Jakob der Rotbart, indem er sich, unter schrecklichen Zuckungen, auf den Schoß seines Arztes stützte: »und ich habe den Tod, den ich erleide, verdient. Denn wißt, weil mich doch der Arm der weltlichen Gerechtigkeit nicht mehr ereilen wird, ich bin der Mörder meines Bruders, des edeln Herzogs Wilhelm von Breysach: der Bösewicht, der ihn mit dem Pfeil aus meiner Rüstkammer nieder warf, war sechs Wochen vorher, zu dieser Tat, die mir die Krone verschaffen sollte, von mir gedungen!« — Bei dieser Erklärung sank er auf die Bahre zurück und hauchte seine schwarze Seele aus.

le seigneur Friedrich qui, lui-même sous l'émotion de cette miraculeuse délivrance, sentait ses genoux défaillir, à travers la foule qui, saisie de respect et d'étonnement, s'ouvrait devant elle. Il les baisa tous deux, agenouillés devant lui, au front, et après avoir demandé l'hermine que portait sa femme et en avoir couvert les épaules de Littegarde, il lui prit le bras, sous le regard de tous les chevaliers rassemblés, pour la conduire lui-même dans les appartements de son château impérial. Tandis que le chambellan, de son côté, échangeait le cilice dont il était vêtu pour être paré du chapeau à plumes et du manteau du chevalier, il se tourna vers le comte qui se tordait en gémissant sur la civière et mû par un sentiment de pitié, car cet homme, somme toute, ne s'était pas engagé dans ce duel, qui le faisait périr, d'une façon précisément criminelle et sacrilège, il demanda au médecin qui se tenait auprès de celui-ci : s'il n'y avait pas un moyen de sauver le malheureux. — « Inutile ! » répondit Jacob Barberousse qui, en proie à d'effrayantes convulsions, s'appuyait sur les genoux de son médecin : « j'ai mérité la mort que j'endure. Sachez, en effet, puisque maintenant le bras de la justice terrestre ne m'atteindra plus, que je suis le meurtrier de mon frère, le noble duc Wilhelm von Breysach : le scélérat qui l'a abattu avec la flèche provenant de ma salle d'armes avait été soudoyé par moi six semaines auparavant pour accomplir cet acte qui devait me procurer la couronne ! » — En faisant cette déclaration il s'affaissa sur la civière et dans un souffle rendit son âme ténébreuse.

»Ha, die Ahndung meines Gemahls, des Herzogs, selbst!« rief die an der Seite des Kaisers stehende Regentin, die sich gleichfalls vom Altan des Schlosses herab, im Gefolge der Kaiserin, auf den Schloßplatz begeben hatte: »mir noch im Augenblick des Todes, mit gebrochenen Worten, die ich gleichwohl damals nur unvollkommen verstand, kund getan!« — Der Kaiser versetzte in Entrüstung: so soll der Arm der Gerechtigkeit noch deine Leiche ereilen! nehmt ihn, rief er, indem er sich umkehrte, den Häschern zu, und übergebt ihn gleich, gerichtet wie er ist, den Henkern: er möge, zur Brandmarkung seines Andenkens, auf jenem Scheiterhaufen verderben, auf welchem wir eben, um seinetwillen, im Begriff waren, zwei Unschuldige zu opfern! Und damit, während die Leiche des Elenden in rötlichen Flammen aufprasselnd, vom Hauche des Nordwindes in alle Lüfte verstreut und verweht ward, führte er Frau Littegarden, im Gefolge aller seiner Ritter, auf das Schloß. Er setzte sie, durch einen kaiserlichen Schluß, wieder in ihr väterliches Erbe ein, von welchem die Brüder in ihrer unedelmütigen Habsucht schon Besitz genommen hatten; und schon nach drei Wochen ward, auf dem Schlosse zu Breysach, die Hochzeit der beiden trefflichen Brautleute gefeiert, bei welcher die Herzogin Regentin, über die ganze Wendung, die die Sache genommen hatte, sehr erfreut, Littegarden einen großen Teil der Besitzungen des Grafen, die dem Gesetz verfielen, zum Brautgeschenk machte.

« Ah ! le pressentiment de mon époux, le duc ! » s'écria au côté de l'empereur la régente qui était, elle aussi, descendue de la tribune du château avec la suite de l'impératrice, sur la place : « juste au moment de mourir il m'en a fait part, à mots entrecoupés que je n'arrivai à comprendre alors qu'imparfaitement ! » — L'empereur répliqua avec indignation : que le bras de la justice atteigne encore ton cadavre ! prenez-le, cria-t-il aux archers en se retournant, et livrez-le tout de suite aux bourreaux tel qu'il a été jugé : que pour la flétrissure de sa mémoire, il périsse sur ce bûcher où, à cause de lui, nous aurions sacrifié deux innocents ! Et là-dessus, tandis que le cadavre du misérable, crépitant dans les flammes rousses, se dissipait en fumée dans les airs, dispersé par le souffle du vent du nord, il conduisit Littegarde, escorté de tous ses chevaliers, au château. Par un décret impérial il la rétablit dans l'héritage de son père dont ses frères, dans leur cupidité sans noblesse, avaient déjà pris possession ; et après trois semaines, le mariage des deux valeureux fiancés fut célébré au château de Breysach et, à cette occasion, la duchesse régente, très heureuse de toute la tournure prise par cette affaire, donna à Littegarde, en cadeau de mariage, une grande partie des biens du comte, confisqués par la loi.

Der Kaiser aber hing Herrn Friedrich, nach der Trauung, eine Gnadenkette[1] um den Hals; und sobald er, nach Vollendung seiner Geschäfte mit der Schweiz, wieder in Worms angekommen war, ließ er in die Statuten des geheiligten göttlichen Zweikampfs, überall wo vorausgesetzt wird, daß die Schuld dadurch unmittelbar ans Tageslicht komme, die Worte einrükken: »wenn es Gottes Wille ist.«

Toutefois l'empereur, après la cérémonie, passa autour du cou du seigneur Friedrich une chaîne d'or [1] ; et dès que, après avoir réglé ses affaires avec la Suisse, il fut de retour à Worms, il fit insérer, dans les statuts du duel sacré et divin, partout où il est censé faire apparaître immédiatement la faute au grand jour, les mots : « Si telle est la volonté de Dieu. »

1. Accordée par le souverain en signe de bienveillance.

DANS LA MÊME COLLECTION

ANGLAIS

CAPOTE *One Christmas / The Thanksgiving visitor /*
Un Noël / L'invité d'un jour
CONRAD *Typhoon* / Typhon
DAHL *The Princess and the Poacher / Princess Mammalia /*
La Princesse et le braconnier / La Princesse Mammalia
FAULKNER *As I lay dying* / Tandis que j'agonise
KIPLING *Wee Willie Winkie* / Wee Willie Winkie
POE *Mystification and other tales /*
Mystification et autres contes
STEVENSON *The strange case of Dr Jekyll and Mr Hyde /*
L'étrange cas du Dr Jekyll et de M. Hyde
SWIFT *A voyage to Lilliput* / Voyage à Lilliput
UHLMAN *Reunion* / L'ami retrouvé
WELLS *The Time Machine* / La Machine à explorer le temps

ALLEMAND

CHAMISSO *Peter Schlemihls wundersame Geschichte /*
L'étrange histoire de Peter Schlemihl
FREUD *Eine Kindheitserinnerung des Leonardo da Vinci /*
Un souvenir d'enfance de Léonard de Vinci
GOETHE *Die Leiden des jungen Werther /*
Les souffrances du jeune Werther
GRIMM *Märchen* / Contes
HANDKE *Die Lehre der Sainte-Victoire /*
La leçon de la Sainte-Victoire
KAFKA *Die Verwandlung* / La métamorphose

RUSSE

DOSTOÏEVSKI *Кроткая / Сон смешного человека* / Douce /
Le songe d'un homme ridicule
GOGOL *Записки сумасшедшего / Нос / Шинель* / Le journal d'un
fou / Le nez / Le manteau
TOURGUENIEV *Первая любовь* / Premier amour

ITALIEN

GOLDONI *La Locandiera* / La Locandiera
MORAVIA *L'amore coniugale* / L'amour conjugal
PIRANDELLO *Novelle per un anno* / Nouvelles pour une année (choix)
PIRANDELLO *Novelle per un anno II* / Nouvelles pour une année II (choix)

ESPAGNOL

BORGES *El libro de arena* / Le livre de sable
CARPENTIER *Concierto barroco* / Concert baroque
CERVANTES *Novelas ejemplares* / Nouvelles exemplaires (choix)
VARGAS LLOSA *Los cachorros* / Les chiots

PORTUGAIS

MACHADO DE ASSIS *O alienista* / L'aliéniste

Impression Bussière à Saint-Amand (Cher),
le 24 septembre 1992.
Dépôt légal : septembre 1992.
Numéro d'imprimeur : 1846.
ISBN 2-07-038494-2. / Imprimé en France.

56977